喚醒你的英文語感！

Get a Feel for English !

喚醒你的英文語感！

Get a Feel for English !

# 外商‧百大
# 英文履歷
The Beta English Resume Bible 勝經

作者 ◎ David Katz、Mark Hammons、林建江

Get the job!

看看日曆，畢業季即將到來，正要踏出校門的你（或是正打算轉職的你），準備好接受職場上的各項挑戰了嗎？在你的心裡是否已有一個值得讓你投注心力、貢獻所學的職位？如果你已經鎖定求職目標，那你又是否知道如何才能提高錄取機會？

一般來說，比較嚴謹的企業求才活動包含以下步驟：首先，經由現有人力的盤點，企業可以對目前或是未來的人力缺口有一定程度的瞭解；瞭解人力缺口後，管理階層必須做出內聘、外聘或直接外包的決策；如果最終的決策是外聘，企業的人力資源部門便會將外聘人力的各項條件清楚列示，並透過不同的媒體將求才訊息散布出去；之後，便是求職者從平面媒體、求職求才網站或是其他來源獲知職缺訊息，並據此評估本身所具備的條件；在決定應徵後，求職者便需要開始進行各項資料的準備工作。其中，最重要的一份文件就是履歷。

由上述文字，讀者大概還無法體會一份謹慎製作的履歷對於獲得面試機會究竟有多大的影響力，以下利用一項由全球知名的高階求職求才網站TheLadders 所做的科學實驗來說明。TheLadders 是一個專營年薪十萬美金以上職務的求職求才網站；為了瞭解為什麼有些求職者可以獲得面試機會，有些求職者的履歷卻像石沉大海，TheLadders 藉由眼球追蹤技術的輔助，觀察三十位專業人力資源部門人員研讀履歷的過程。研究的結果頗為驚人：首先，人力資源部門人員花在檢視一份履歷的平均時間是六秒；其次，人力資源部門人員通常會先看求職者的姓名、接著是求職者目前的職務與公司、再來是之前工作時間的長短及相關經歷，最後則是教育程度。研究也發現，層次分明、結構細膩的履歷讓人力資源部門人員比較願意多花時間閱讀；相反地，結構鬆散、層次不清的履歷，則會降低人力資源部門人員繼續閱讀的動機。（資料來源：http://www.businessinsider.com/heres-what-recruiters-look-at-during-the-6-seconds-they-spend-on-your-resume-2012-4#!CbWLn）

看到這裡，讀者大概已經能夠明白花費時間與心力製作履歷，確實是十分重要的；如果讀者想要應徵國際級企業的職缺，那麼使用英文撰寫履歷文件，便是無可避免的首要之務，而這也是本書主要的價值所在。

本書將履歷分為兩大部分，共計十三個單元，聚焦於各個元素一一探討，並以四位背景各異的求職者作為範例，深入解析一份製作精良的履歷所應該要具備的各項特徵。第一個部分涵蓋履歷的重要元素，共計九個單元：第一個單元的重點在於求職者個人資料的呈現方式；第二個單元主要的焦點則是求職者所想要應徵的目標職務，有時求職者所想要應徵的職務與企業想要徵求的人才有所不同，本書也會針對這樣的狀況進行說明；第三個單元是資歷摘要，請記得這是人力資源部門人員頗為看重的一個部分，讀者一定要仔細閱讀；第四及第五個單元則是求職者的過去工作經驗與學歷，在某些狀況下，求職者的過去學經歷可能引發人力資源部門人員的質疑，本書也針對這樣的情形提出可能的解決方法；第六個單元是其他資料，也就是求職者所具備的證照、技能、參與的組織或是其他可以加分的資料；第七、第八以及第九個單元則針對履歷的內容、格式和設計提供調整的建議，讀者在閱讀完第一個部分後將可以對履歷的整體架構有更進一步的瞭解。

第二個部分是求職者在寄出履歷時隨附的求職信，求職信的重要性與履歷相當，絕不可輕忽。第十個單元的主題是求職信的開場白，開場白可以讓人力資源部門人員對於求職者有初步的認識，同時也有助於提高繼續閱讀履歷的機率；第十一個單元是自我推銷，自我推銷是東方人最不擅長的部分，而履歷與求職信皆可視為求職者的個人廣告，透過書中所提供的範例及關鍵句型，讀者對於自我推銷文句的撰寫將有更深層的掌握；第十二個單元是結尾，結尾通常不需要太多句話，不過好的結尾卻可能大幅提升求職者獲得面試的機會。最後，第十三個單元則介紹了許多潤飾求職信的小技巧，有助於讓求職信更加完美。

透過上述十三個單元，相信讀者對於英文履歷的製作將會有相當深入的瞭解；本書在最後的附錄中也提供了面試相關的提醒、面試後的追蹤，希望能幫助讀者順利贏得求才企業的青睞。祝福各位在求職路上一切順利！

林建江
2014 年 5 月

　　要拼湊出一份英文履歷，您可以利用 Google 搜尋範例，從這個範例借用一些字彙、從那個範例借用一些格式、再加入自己的個人資料，然後祈求有最好的結果。

　　在本書當中，我們採取了一個不同而且是我們認爲較好的方式來協助求職者撰寫英文履歷。捨棄了編製厚厚一大本的怪範例讓各位複製、剪貼，我們透過完整的步驟慢慢引導求職者從無到有地草擬履歷。我們也提供了許多範例，然而有別於其他履歷書的是，針對每一個範例箇中的語感差異，我們一一詳細解說，並教導求職者如何依照自己的情況加以運用。

　　這種方式顯然較簡單且較具挑戰性。之所以較簡單，是因爲我們陪伴求職者一行一行地撰寫履歷。在閱讀本書各環節時求職者將會發現一些專業的範例、通用的句型、準確的建議告知何者應納入（及何者不應納入）、檢查清單，以及更多實用的建議。而之所以較具挑戰性，則是因爲我們鼓勵求職者仔細深思究竟該如何向未來的雇主展現自己。遵循本書所介紹的指示與忠告將使各位能夠編寫出一份眞正優質的履歷——這不就是求職者的目標嗎？沒有任何一份文件有可能像履歷般地徹底改變您的生活。您不妨花一點時間好好撰寫。

　　接下來，您將看到四位履歷撰寫者：一個是剛從大學畢業、擁有少許工作經驗的學生，一個是離開職場多時而正打算重啓工作的女性，一個是正處於職涯中期的專業人士，以及一位高階經理人。我們期望您能從他們當中的至少一個人身上找到一些共通點。當您閱讀到我們修改上述四位求職者的初步草稿，並將其加以潤飾時，您將瞭解如何避免最常見的履歷錯誤，進而發掘出使自己的履歷從其他隨便撰寫的履歷堆中脫穎而出的技巧。

　　我們必須承認，撰寫英文履歷就是這麼一回事：但求脫穎而出。在您和您的夢幻職缺之間，不知道有多少求職者正在卡位。當人資主管翻閱著她辦公桌上堆積如山的履歷時，或瀏覽著她電腦裡無止盡的求職者資料時，什麼樣的履歷才能吸引她的目光並深入瞭解，甚至將您的履歷歸在「邀請面試區」？您的教育背景和工作經驗必須滿足最低要求，但在競爭激烈的就業市

場裡，您勢必得在履歷當中做更多努力——它不僅要展示您曾經做了什麼，更要證明您可以做什麼。這份文件必須向人資主管發出訊號：您是一名認真又能幹的專業人選。一份高品質的英文履歷是求職者能夠在國際工作環境中勝任職務的明確證據。

那些認為履歷只是一份簡單呈現求職者曾獲得的學位，以及曾服務過的職位之目錄的人，可以去做其他工作。但是，夢幻職缺則非您莫屬。

一起加油吧！

David Katz

2014 年 5 月

One way to put together your English resume is to Google up some samples, borrow some vocabulary from this one, some formatting from that one, plug in your personal information, and hope for the best.

In this book, we've taken a different, and we think better, approach. Instead of producing a thick stack of samples for you to cut and paste from Frankenstein-style, we gently guide you through the entire process of drafting your resume—from blank page to finished product. We do provide numerous samples, but unlike other resume books, we explain their nuances and show you how to adapt them for your particular set of circumstances.

This approach is at once easier and more challenging. It's easier because we really do support you as you write each line of your resume. You'll find professional examples, common patterns, clear advice about what to include (and what not to include), checklists, and more at every step along the way. The approach is more challenging because we encourage you to think deeply and clearly about how to present yourself to your future employer. Following the instructions and advice in this book will allow you to produce a truly exceptional resume. And why shouldn't you? There is no other document that has the potential to so radically transform your life. Spend a little time on it.

You will meet four other resume writers in the pages that follow: a recent university graduate with little work experience, a woman returning to the job market after an extended absence, a mid-career professional, and a high-level manager. We expect that you will have some things in common with at least one if not more of these job seekers. As you watch us revise their initial attempts and polish their prose and formatting, you will learn how to avoid the most common resume mistakes and discover how to make your resume stand out from those composed with less care.

And let's not kid ourselves, that's really what this is all about: standing out. There is some unknown number of other applicants standing between you and your dream job. As the hiring manager flips through the tall pile of resumes on her desk, or scans through the endless applications on her computer, what is it that causes her to pause, read more deeply, and place *your resume* in the "call for interview" pile? Your educational background and work experience must meet the minimum requirements, but in a competitive job market, your resume must do more. It must not only show what you've done, but demonstrate what you can do. And the document itself must signal to the hiring manager that you are a serious and competent professional. A high-quality English resume is unequivocal evidence that you can perform capably in an international work environment.

There is other work for those content to see the resume as a simple catalog of degrees earned and jobs worked. But that dream job is yours.

Let's go get it.

*David Katz*

May 2014

# CONTENTS

# 🔍 使用方法

## 本書架構

本書主要分成三大部分：Part 1 履歷、Part 2 求職信及附錄，共分 13 個單元，各 Part 當中大致皆包括**基本原則**、**關鍵句型**、**實例解析**等三個環節，另外 Part 1 還附上 **Checklist** 以歸納該單元之重點內容，幫助複習。除此之外，在正文裡隨機補充**履歷成功 Tips**，適時給予提點。

---

### 👍 履歷成功 Tips

傳統上「學歷」欄被放在「工作經驗」欄之後、「其他資料」欄之前。不過對大部分的學生和剛畢業的社會新鮮人而言，最亮眼的就是教育背景。如果你是剛進入職場的新鮮人，那麼將此欄安排在最前面，也就是「應徵職務」欄之後會比較有利。

---

各單元主旨如下：

| | |
|---|---|
| Unit 1~6 | 按步驟一一說明英文履歷寫作的各項重點 |
| Unit 7~9 | 傳授潤飾履歷的小撇步 |
| Unit 10~12 | 詳細解說如何打造出色的英文求職信 |
| Unit 13 | 傳授潤飾求職信的小撇步 |
| 附錄 | 包含完整履歷、求職信範例與四大類好用字彙，另加值提供面試小叮嚀與面試後追蹤信寫作技巧。 |

## 學習步驟

首先請閱讀各單元最前面的「基本原則」，以瞭解該單元的主旨及撰寫履歷（或求職信）時的最高指導原則。吸收完各項寫作重點及 Tips 之後，請依照「關鍵句型」編寫出符合讀者自身情況的句子，接著透過「實例解析」，結合設定背景及應徵職務，理解英文履歷寫作的 Dos & Don'ts 並試著組合成專屬於自己的履歷，最後利用「Checklist」做最後檢查，出擊必勝的英文履歷即可完成。

## 符號說明

| | | | |
|---|---|---|---|
| V | 動詞（片語） | N | 名詞（片語） |
| Ving | 現在分詞、動名詞（片語） | Adj | 形容詞（片語） |
| Ved | 過去分詞、過去式動詞（片語） | （　） | 可省略、補充說明 |
| / | 表示可替換 | ※ | 提醒備註 |

# Part 1

# 履 歷
## The Resume

在討論履歷寫作的基本要點之前，我們先來看看大家常有的一些疑問，以確定這本書真的適合你。

## 我真的需要英文履歷嗎？

假如你想在跨國公司或百大企業工作，或者是要應徵管理階層的職務，英文便是不可或缺的能力。如果你能提供雇主一份寫得很棒的英文履歷和求職信，將有助於讓自己在眾多求職者中脫穎而出。

## 我的履歷要給誰看？

大部分的公司都會收到大量的履歷，所以往往會先由特定人員過濾如雪片般飛來的履歷，並篩選出少數幾份人資主管可能會有興趣仔細看的履歷。

根據人力資源專家所做的調查顯示，人資部門的人員平均只用不到十秒鐘的時間閱讀一份履歷。換句話說，上述負責篩選履歷的人員不太可能會花好幾小時的時間，聚精會神地閱讀每一份履歷，並客觀地比較每一個人選的長處和資格。

然而，就算履歷可能會被仔細閱讀的時間很短，並不代表求職者就可以輕忽履歷的製作。寫履歷就跟過生活一樣，你通常只有一次給人好印象的機會。

## 一份精雕細琢的英文履歷，是否等於一張找到最佳工作的保證書？

很抱歉，十之八九不是。

有一發即中的履歷當作武器固然很好，但履歷並不是找好工作的萬靈丹。無論在世界上的哪一個地方，人脈關係仍然是進入大公司最有效的方法。不過就算是透過人脈推薦爭取到面試機會，仍須在面試時攜帶履歷；只是求職者有機會可以在面試過程中推銷自己，而不必僅靠履歷定生死。在缺乏人脈的狀況下，優秀的履歷就更顯重要了。經過充分準備的履歷就像是一個親密戰友，能幫助求職者打破雇主心中的陌生感，那麼說服他們雇用你就變得容易多了。

## 履歷寫作的三大黃金法則

### Rule 1: Your resume is an advertisement.
履歷即廣告。

謙遜是美德，但是在寫履歷時則並非如此。若想在未來雇主心中留下好印象或引起注意，求職者在履歷中多少得自我炫耀一番。要想寫出有效的履歷，就得準確地宣傳自己，直接表明自己能為雇主做出什麼貢獻。

## Rule 2: The purpose of a resume is to get you an interview.
履歷的目的在於爭取面試機會。

透過履歷讓雇主知道自己是誰還不夠，更重要的是要讓他們迫不及待地想認識你，並拿起電話約你面試。能夠成功地引起雇主興趣，然後找你來面試的履歷，才稱得上是有效的履歷。

## Rule 3: Think about things from the employer's perspective.
凡事從雇主的角度思考。

想要有效地推銷自己，就必須學習揣摩雇主的想法和需求。下面我們來比較一下求職者與雇主的需求。

| 許多求職者所希望的 | | 大多數雇主所希望的 | |
|---|---|---|---|
| 應用所學<br>學習新技能 | 自我挑戰<br>獲得經驗 | 獲利<br>改善效率 | 省時<br>增加業績 |

想要透過履歷說服雇主你能夠達成他們的期望，你應該做到以下兩點：

① 揣摩未來雇主所重視的事。
② 讓雇主知道你也重視同樣的事。

現在我們來看一些範例，這類例句都能幫助你吸引雇主注意。

### 獲利

- **Expanded product line from three products to seven, resulting in a 49% increase in sales.**
  曾將產品系列從三款增至七款，因而提高了 49% 的業績。

- **Developed new engineering process that led to an annual cost savings of US$40,000.**
  曾開發新的製程程序，因而每年節省了四萬美元的成本。

- **Implemented new planning and work management software, freeing up five extra hours of work time each week for all managers.**
  曾採用新的計畫和工作管理軟體,為所有經理每週省下五小時的工作時間。

- **Created new work teams that met company deadlines over 98% of the time.**
  曾組織新的工作團隊,使得公司超過 98% 的專案都能夠在期限內完成。

### 改善效率

- **Redesigned assembly line to reduce per-unit assembly time from 63 minutes to 50 minutes.**
  曾重新規劃裝配線,將元件組裝時間由 63 分鐘減至 50 分鐘。

- **Instituted new factory policies that reduced factory downtime from an average of 3.2 hours a week to 1.8 hours a week.**
  曾制定新的工廠政策,將工廠停工期由平均每週 3.2 小時減少至每週 1.8 小時。

### 增加業績

- **Doubled average monthly sales compared to previous sales manager.**
  曾提高月平均業績,為前任業務經理的兩倍。

- **Led branch office in total sales for 14 months in a row.**
  曾連續 14 個月保持分公司最高總業績紀錄。

注意到了嗎?上面的範例中都充分利用了百分比、數字和金額,這些就是關鍵!而這些跟自己切身相關的資料,要上哪兒找?要說明過去的職責不難,但是要描述實際成就則有點難度。建議你準備一個文件夾(實體的或電腦中的文件夾皆可),存放所有與你的工作和事業相關的資料,例如:

☑ 過去工作範例(如提案、財務分析、試算表等)
☑ 客戶或上司讚美你的便條或電子郵件影本
☑ 正式工作考績影本(一般可向公司的人資部索取)
☑ 說明你工作表現的資料影本(如業績報告、年營利報告等)

## 英文履歷的六大要素

在接下來的單元裡，本書將從頭到尾帶領讀者瞭解整個履歷寫作的過程。不過在此之前，我們先來看一下標準英文履歷的基本要素。

### ① 標題 The Heading

應註明求職者的姓名、電話號碼、電子郵件地址和其他聯絡方式。

### ② 應徵職務 The Objective

應簡短描述應徵工作的類型或職位。

### ③ 資歷摘要 Summary of Qualifications

應說明求職者爲何符合錄用資格。

### ④ 工作經驗 Professional Experience

應概述先前的工作經驗，同時凸顯求職者的貢獻和成就。

### ⑤ 學歷 Education

應列出正式的學位及任何其他求職者曾接受過的專業訓練。

### ⑥ 其他資料 Additional Information

可列出特殊技能或專長、參與的相關專業組織、嗜好或其他興趣。

## 履歷文化

身爲台灣人，你可能會覺得爲了履歷如此大費周章實在很奇怪，幹嘛不跟中文履歷一樣，直接填寫表格就好。

用填表格的方式當然可以，但是你可能會在還沒進行面試之前就慘遭淘汰。一流的履歷應面面俱到，經驗豐富的人資主管一眼就可以看出一份履歷是不是菜鳥寫的，就像書法大師一眼就能識破業餘書法家的作品一樣。

在美國有好幾千家專業的履歷代寫公司，專門幫客戶撰寫英文履歷和求職信，費用從 250 美元到 2,000 美元不等。別忘了，這些履歷代寫公司的客戶還可能都是高等學歷的英文母語人士！他們爲何願意爲了區區的幾張紙花那麼多錢？因爲他們非常清楚，履歷就是自我宣傳的最佳廣告，而他們的事業和未來就得靠這幾張紙。

# Unit 1

# 標　題
## The Heading

履歷的標題就像商店門口的招牌一樣，
如果設計得當又有吸引力，
自然就會有更多的人想要進去一探究竟。

# 基本原則

在還沒決定如何安排標題之前，首先必須考慮該放入哪些資料。以下列出標題中最常出現的七項資料。

| 基本資料 | 選填資料 |
|---|---|
| **Name** 姓名 | **Work phone number**<br>辦公室電話號碼 |
| **Address** 地址 | **Fax number** 傳真號碼 |
| **Home and/or cell phone number**<br>家用電話和／或行動電話號碼 | **Web address**<br>網頁連結 |
| **Email address** 電子郵件地址 | |

決定在標題中附上什麼資料之後，接下來就該學習標題的寫法了。只要按照以下原則，求職者就能夠製作出很優秀的「標準式」標題，首先從姓名開始。

## 姓名

為了區分姓和名，有時姓可以全部用大寫來表示（如 TSAI Yi-lin），但是全用大寫有些奇怪，因此除非必要否則最好不要用。現在也有愈來愈多人在將中文名字翻譯成英文時，會保持中文姓名固有的順序（如 Tsai Yi-lin，而非 Yi-lin Tsai），你也應該這麼做。至於雙名之間是否要用連字符號，則視個人偏好而定（Tsai Yi-lin 和 Tsai Yilin 都可以）。不過如果你有英文名字的話，就方便多了，因為英文名字最符合英文履歷的標準格式（如 Jolin Tsai）。

---

### 👍 履歷成功 Tips

1. 姓名應該寫在履歷的第一行，通常置中，一般用粗體。
2. 姓名的字體應該是履歷中最大的，但最好不要超過 20 級（20 point）。
3. 無論如何安排標題中的其他資料，千萬不要擠壓到姓名。你的名字要能夠引人注目，成為標題的焦點。
4. 如果你的履歷有兩頁或超過兩頁，每一頁的最上方都要寫出姓名（不過從第二頁起，你的名字就不必像第一頁那麼顯眼，可稍縮小）。範例請參見附錄 A。

---

# 地址

　　將中文地址翻譯成英文時雖無硬性規定，但一般來說各項元素皆應倒過來寫，而樓層、門牌號碼、城市（和郵遞區號）和國名等均以逗號隔開。如果門牌號碼和路段號碼不容易區分（如 "6 Lane 5"），那麼門牌號碼就用 "No." 表示，再用逗號區分開來（如 No. 6, Lane 5）。

**Example**

100 台灣台北市中正區館前路 14 巷 13 弄 12 號 11 樓之一
**11F-1, No. 12, Alley 13, Lane 14, Guanqian Road, Zhongzheng District,
Taipei 100, Taiwan, ROC**

| 👍 履歷成功 Tips |
|---|
| ★ 常見中文地址用詞的英文翻譯 |
| 區＝District（信義區＝Xinyi District）　　路＝Road（八德路＝Ba De Road）<br>段＝Section（一段＝Section 1）　　　　街＝Street（迪化街＝Di Hua Street）<br>巷＝Lane（187 巷＝Lane 187）　　　　　弄＝Alley（3 弄＝Alley 3） |

# 電話和傳真號碼

　　不論是住家或手機號碼，電話號碼只提供一支就好，方便求才機構聯絡你（他們無須猶豫該打哪一支電話才好）。至於辦公室電話，除非你的老闆已經知道你在找工作，否則最好不要提供。如果提供的電話號碼不只一支，務必要簡單標明類別：住家（Home）、手機（Cell/Mobile）或傳真（Fax）。

　　寫電話號碼時，區域號碼應該和其他號碼區隔開來，而且一串號碼以四個為限。例如，02-23142525 應寫成 02-2314-2525。注意，使用連字符號（ - ）比使用句號（02.2314.2525）或空格（02 2314 2525）來得好。如果是應徵海外工作，最好能在電話號碼前面附上台灣的國碼 886，如 886-2-2314-2525，以便有興趣的雇主打電話聯繫。

# 電子郵件地址

　　電子郵件地址中所有的字母都不應大寫。例如，ZhouJielun@yahoo.com.tw 寫成 zhoujielun@yahoo.com.tw 會比較妥當。此外，塑造專業的形象很重要，所以要是平常使用的是像 drunkenslut69@hottotrotmail.com 這類的電子郵件地址，為了找工作還是應該另外申請一個新的帳號。

## ⬆ 網頁連結

　　有的公司會覺得打開陌生人寄來的文件會威脅到公司電腦網絡的安全，所以不喜歡接受以附件形式寄送的履歷。這類公司會要求應徵者寄紙本履歷，或是將履歷貼在電子郵件中（將你精心設計的格式全打亂！），還有些公司會要求應徵者填寫線上履歷表。如果你能提供未來雇主網站連結，讓對方上網瀏覽並選擇用 HTML、.pdf、.doc、.txt 等不同格式下載你的履歷，你可能就會比其他應徵者更具優勢。不過，若是連結到你的個人網站，則要小心網站內容對你應徵工作是否有加分作用，因為對方會將你的網站當作一種預先面試的管道。假設你是作家或設計師，網站就應該具備作品集展示的功能。但是從另一方面來說，最好不要讓別人透過你的網站就可以輕易搜尋到你其他工作以外的嗜好。

　　接下來，請看以下幾種不同寫法的標題，並比較其中的優缺點。

### Michael Hsiao

16 Lane 130, Wen De Road
Taipei 114, Taiwan
michaelhsiao@gmail.com
0927-527-327

　　這個標題看起來有一點不平衡，所以蕭先生決定將資料分別放在頁面的兩側。

### Michael Hsiao

| 16 Lane 130, Wen De Road | michaelhsiao@gmail.com |
|---|---|
| Taipei 114, Taiwan, ROC | 0927-527-327 |

　　蕭先生在地址部分加了 "ROC"，讓左邊兩行字的長度比較一致；這樣不僅看起來比較平衡，還能節省兩行字的空間，留給履歷的其他部分使用。如果蕭先生希望多提供幾支電話號碼，他可以將所有電話號碼集中在右邊，然後將地址和電子郵件地址也寫在左邊，如下例所示。

**Michael Hsiao**

16 Lane 130, Wen De Road          Work: 02-2345-6789
Taipei 114, Taiwan, ROC           Cell: 0927-527-327
michaelhsiao@gmail.com            Home: 02-2253-5353

　　以下三種寫法也都可接受，差別只在於每一種格式給人的感覺不同罷了，只要夠清楚且專業皆可採用。

**Michael Hsiao**

16 Lane 130, Wen De Road, Taipei 114 • michaelhsiao@gmail.com • 0927-527-327

**Michael Hsiao**

No. 16, Lane 130                                  Cell: 0927-527-327
Wen De Road, Taipei      michaelhsiao@gmail.com   Home: 02-2253-5353

*Michael Hsiao*

16 Lane 130, Wen De Road, Taipei

michaelhsiao@gmail.com                            0927-527-327

　　標題格式的選擇，取決於你希望帶給求才機構什麼樣的感覺、履歷中其他部分的呈現方式，以及有多少剩餘的空間可供使用，因此在決定履歷的風格之後，應做好必要時可隨時修改的準備。

　　接下來，我們檢視四位應徵者的範例，根據他們不同的背景和經歷，看一看該如何改善他們的標題。

**Applicants 求職者**

| Sharon Wu | → | 剛畢業的社會新鮮人，第一次寫英文履歷。 |
| Angie Lee | → | 有空時會嘗試一些藝術創作，想製作出一份與眾不同的履歷。 |
| Tyson Chen | → | 職場技能熟練，這次想應徵經理職位。 |
| Brian Yeh | → | 資歷近十年的銀行副董，縱橫職場的超級老鳥。 |

接下來我們來看看以上各具特色的四位求職者如何撰寫他們的履歷。

## Sample 1　Sharon

【修改前】

Resume

**SHARON WU**

49 Ren'ai Road
Taipei 106, Taiwan
swu1982@gmail.com
0918-123-123

首先，Sharon 不須在最上方寫 "Resume"，任誰都知道這是她的履歷，所以並不需要特別標示。其次，姓名全部用大寫並非好主意，這會讓人感覺你好像在對著他們大吼大叫。原則上，編輯文字很重要的一點是，避免同時使用多種效果，如***斜體加粗體***，或者***斜體加粗體加底線***。這種作法非但無法達到凸顯的效果，讀者還會看得頭昏眼花。Sharon 要凸顯名字的最佳辦法是放大字體，然後將地址和聯絡資料分開，而不要全部集中在頁面中央。

【修改後】

## Sharon Wu

| 49 Ren'ai Road | swu1982@gmail.com |
| Taipei 106, Taiwan | 0918-123-123 |

這樣是不是好看多了？Sharon 使用了兩種字型，姓名用 Bookman Old Style，聯絡資料則用 Times New Roman。Bookman Old Style 字型讓她的姓名看起來莊嚴，另外由於她的名字比較短，所以同時用粗體也能適時讓名字顯得更有份量。如果你提供的是紙本履歷，選擇什麼字型都可以，只要讀起來清楚明瞭即可。不過若是用電子郵件寄送，或者用機器掃描，最好避免使用奇特怪異的字型，以免對方的電腦沒有安裝該字型，而自動選擇另一個字型（雖然差不多），如此一來你花在設定格式上的心血便全部泡湯了。

### Sample 2 Angie

【修改前】

## Angie Lee                                      0223142222

Angielee@Hotmail.Com        Taipei City Zhong Shan North Road Sec. 1 34 Taiwan

Angie 想將標題和履歷其他內容間隔開來，於是將名字和電話號碼放在最上方，其他所有聯絡資料則放在正文的最下方。但是，她的電話號碼數字全部連成一長串，在電子郵件地址中使用了大寫，而且住址是中文的寫法，也沒有用逗號分隔各個項目。這些疏忽都會造成閱讀上的困難。

【修改後】

## Angie Lee

02-2314-2222

angielee@hotmail.com  ·  34 Zhongshan North Road, Section 1  ·  Taipei, Taiwan

將電話號碼移到上端粗線下之後，不僅標題看起來由左到右有平衡感，由上到下也比較對稱。此外，她在 "Section 1" 和 "Taipei" 兩者之間放了一個小方塊，這不是標準格式，不過有助於將一長串的地址切割開來，達到易讀的目的。標題設計最重要的考量：**功能優先於形式**。如果某個設計具有特別功能，就儘管將它放在履歷中；如果沒有，那就應該按牌理出牌。

【修改前】

# Tyson Chen

153 An Kang Road
Taipei, Taiwan

Home: 02-8666-0303, Cell: 0918-992-751
tysonchen@msn.com.tw

Tyson 的問題在於他將太多資料擠在標題右方，整體看起來不大對稱，就像比薩斜塔一般，似乎一不留神就會從右邊栽下去似的。另外，標題下方的虛線感覺有些幼稚。履歷是專業文件，不是兒童剪貼簿。Tyson 若是用這種標題，想找到經理的職位絕對比登天還難。

【修改後】

# Tyson Chen

153 An Kang Road
Taipei, Taiwan

tysonchen@msn.com.tw

H: 02-8666-0303

C: 0918-992-751

現在 Tyson 的名字是用 Garamond 字型，看起來比 Arial 穩重。Tyson 也將電子郵件地址移到名字下面並置中，整個標題看起來平衡得多。他用字母 "H" 和 "C" 取代 "Home" 和 "Cell"，有助於平衡左邊過短的地址。同時，他也將虛線改為實線。

【修改前】

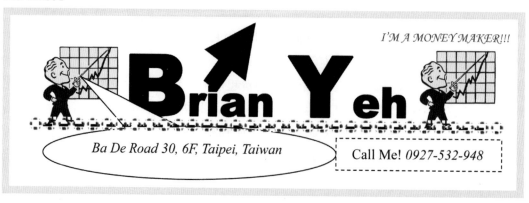

Brian 選擇從事銀行業而沒走設計這一行確實不無道理。修改前的履歷整個擠成一
團，的確與眾不同，但是絕對達不到 Brian 想要的效果。即使 Brian 應徵的是設計職
位，也不應將履歷當成作品集。履歷的首要功能是傳達資訊和表現專業度，可發揮的
藝術空間其實相當有限。在履歷中安排任何奇特設計之前（如圖案檔、花俏的線條、
額外的箭頭等），請考慮一下這些設計會不會引起對方反感，反而給求才機構一個不
打電話找你來面試的理由。現在，讓我們將 Brian 拉回現實。

【修改後】

# Brian Yeh

30 Ba De Road, 6F, Taipei, Taiwan

0927-532-948

brianyeh@yahoo.com.tw

www.brianyehonline.com.tw

Brian 在銀行當了快十年的副董，所以低調一點沒人會怪他。像這樣簡短而穩重的標
題事實上很符合他的身分。Brian 在標題中附了一個網頁連結，這是他為了找工作特
別架設的網站。他在上面張貼了履歷，並有數種不同格式可供下載。

寫標題時別忘了思考以下問題：

❏ 所有基本資料是否都寫下來了（姓名、地址、電話號碼、電子郵件地址）？

❏ 選填資料（辦公室電話、傳真、網址）是否都是必要的？重要的是哪幾項？

❏ 如果閱讀我的履歷的人並非中文母語人士，他們知不知道該如何稱呼我？

❏ 我的名字是否為標題中最清楚、顯眼的部分？

❏ 我的地址順序有沒有寫對？所有項目是否都有用逗號區隔？

❏ 我的電子郵件地址看起來夠不夠專業？所有字母有沒有都用小寫？

❏ 是否需要提供一個以上的電話號碼？電話號碼的寫法是否正確？是否已註明是哪裡的電話？是否應該提供國碼？

❏ 我的標題是否吸引人？專不專業？置中好還是置左好？有沒有對稱？可不可以做得更簡單？變得更短？

❏ 最後，所有資料是否都正確？記住，電話號碼中有任何一個號碼寫錯，或者電子郵件地址中有任何一個字母不對，你所有的心血等於都白費了！

# Unit 2

# 應徵職務
## The Objective

雖然履歷的長度通常只有短短一、兩頁，
但是如果雇主收到數百份應徵同一個職位的履歷，
這些履歷加起來可能會有一本電話簿那麼厚，
要消化這麼多履歷實在是一件辛苦的工作。
因此，假如你的履歷不能在頭幾行就抓住人資主管的目光，
八成就會被丟進「謝謝，再聯絡」的資料匣裡。

在應徵職務這個重要部分，人資主管主要是想要瞭解關於求職者（也就是你）的兩項資訊：

① 你要應徵什麼職位
② 你的技能與過去的任職經驗是否足以勝任該職位（專業資歷）

## 應徵職務是否非寫不可？

雖然在履歷中加一段應徵職務有不少好處，但並非每個人的履歷都需要這個部分。假如你要應徵特定的高階職位，或是從 Uint 3 資歷摘要中便能清楚知道你的應徵目標為何，就沒必要特別寫這一段。

## 應徵職務中應寫些什麼？

應徵職務的寫法有一個公式，求職者只要照著寫即可。首先請思考以下三個問題：

① **What position do you want?** 你想應徵什麼職位？
② **Why are you qualified?** 你為什麼符合資格？
③ **How can you help the employer?** 你能如何幫助雇主？

寫應徵職務的訣竅就在於將上述這三個問題的答案串連起來，寫成簡明扼要的一小段文字。以下提供幾個範例。

**Example 1**

① **What position do you want?**
→ **A computer programmer.**
電腦程式設計師。

② **Why are you qualified?**
→ **I can program in Perl, Python, and Ruby.**
我會用 Pearl、Python 和 Ruby 寫程式。

③ **How can you help the employer?**
→ **I am able to write bug-free code and meet deadlines.**
我能寫出零錯誤程式碼且如期完成工作。

因此你可以這樣寫：

**Objective**

Searching for a computer programming position where my advanced skills in Perl, Python and Ruby, and my proven ability to write bug-free code on deadline will be of value.

應徵職務

尋求可貢獻本人 Perl、Python 與 Ruby 之進階技術，以及如期寫出零錯誤程式碼之能力的電腦程式設計職位。

**Example 2**

① **What position do you want?**
  → **A retail sales position.**
    零售業務職位。

② **Why are you qualified?**
  → **I have nine years of experience in retail clothing sales.**
    我有九年服裝零售的實務經驗。

③ **How can you help the employer?**
  → **I can boost sales and develop a loyal customer base.**
    我能提升業績並開發忠誠的基本客戶群。

因此你可以這樣寫：

**Objective**

Retail sales position where I can use my nine years of retail clothing sales experience to boost store sales and develop a loyal customer base.

應徵職務

尋求可利用本人九年服裝零售的經驗，提升貴店業績並開發忠誠基本客戶群之零售業務職位。

---

### 👍 履歷成功 Tips

你是否已注意到這兩個應徵職務有何不尋常之處？兩者的主詞都是暗示性的，有 "I" 的意思卻沒有明白寫出來；同樣地，主要動詞也沒寫出來。履歷原本就僅是簡短的摘要，在履歷寫作中這種偷懶的寫法不僅可以被接受，也往往被認為是比較好的寫法。在本書接下來的每個單元中，你會發現這種寫法不斷地出現；建議想要熟練這種寫法的讀者在每次碰到一個新句型時便仔細琢磨一番，在看完整本書之後，自然而然就能寫出這種句子了。

# 📋 格式

應徵職務的格式差異甚大，從單獨一個字到一段短文都有。我們以前面曾提過的電腦程式設計師為例，深入探究幾個比較常見的格式。

應徵職務最簡單的格式就是直接寫出想應徵的職位。例如：

| Objective<br>應徵職務 | Perl, Python, and Ruby Programmer<br>Perl、Python 與 Ruby 程式設計師 |
| --- | --- |

如果你擔心寫得太具體反而會排除其他機會，可以考慮寫出一個領域或幾個相關領域，而不要寫明職位。例如：

| Objective<br>應徵職務 | Software Development using Perl, Python, and Ruby<br>運用 Perl、Python 與 Ruby 從事軟體開發 |
| --- | --- |

或

| Objective<br>應徵職務 | Software Development • Project Management<br>軟體開發 ・ 專案管理 |
| --- | --- |

以上的格式均有效傳達了資訊，但以自我推銷來說卻不太成功。還記得履歷寫作的第一條黃金法則「履歷即廣告」嗎？多加一點詳細資訊才是上策！例如：

**Objective**
Searching for a computer programming position where my advanced skills in Perl, Python, and Ruby, and my proven ability to write bug-free code on deadline will be of value.
應徵職務
尋求可貢獻本人 Perl、Python 與 Ruby 之進階技術，並且如期寫出零錯誤程式碼之能力的電腦程式設計職位。

# 📋 為「應徵職務」命名

除了 "Objective" 之外，你也可以用 "Goal"、"Target" 和 "Career Target" 或其他類似的字彙來表示「應徵職務」。不過，如果你的履歷設計得夠清楚，即不需要特地將此部分標明出來。

## ❶ Objective

**Searching for a [Field] position where my skills in N1 , N2 , and N3 , and my proven ability to V + N will be of value.**

尋求可貢獻本人 名詞 1 、 名詞 2 和 名詞 3 之技術,以及 動詞＋名詞 之能力的〔領域〕職位。

例 Searching for a graphic design position where my skills in Photoshop, InDesign and Illustrator, and my proven ability to meet deadlines under pressure will be of value.

尋求可貢獻本人 Photoshop、InDesign 與 Illustrator 之技術,以及在高壓環境下如期完成工作之能力的平面設計職位。

## ❷ Goal

**[Field] position where I can use/put my [Number] years of ( N ) experience to V1 + N1 and V2 + N2 .**

尋求可利用 / 貢獻本人〔數字〕年之 （名詞） 經驗,進而 動詞 1 ＋名詞 1 並 動詞 2 ＋名詞 2 的〔領域〕職位。

例 An analyst position in the finance industry where I can use my ten years of investment experience to identify opportunities and generate revenue.

尋求可利用本人十年的投資經驗,進而發掘機會並創造營收之金融業分析師職位。

例 International trade position where I can put my eight years of experience to use.

尋求可貢獻本人八年經驗之國際貿易職位。

## Applicants 求職者

| Sharon Wu | → | 擁有雙學位的學歷，從未寫過英文履歷。 |
| Angie Lee | → | 想要應徵祕書的職位。 |
| Tyson Chen | → | 語言能力很好，不排斥海外職務。 |
| Brian Yeh | → | 現任高級主管，經驗豐富。 |

接下來我們來看看以上各具特色的四位求職者如何撰寫他們的履歷。

## Sample 1　Sharon

【修改前】

**B.A. Mass Communication, B.A. Business Administration.**
I am looking for a job at a TV station or newspaper where I can further develop my writing skills and gain experience in journalism.
大眾傳播學士學位，企業管理學士學位。
本人尋求可進一步發展寫作能力並獲得新聞媒體經驗之電視台或報社工作。

看來 Sharon 根本沒有參閱過任何履歷寫作書。她在短短的三行字中就違反了履歷寫作黃金三原則中的兩條：

* Your resume is an advertisement. 履歷即廣告。
* Think about things from the employer's perspective. 凡事從雇主的角度思考。

除了提到自己有兩個不同領域的學位以外，Sharon 並沒有好好地推銷自己；更糟的是，她並沒有說明自己能夠給予雇主什麼好處。Sharon 很難透過這樣的應徵職務撰寫方式爭取到面試的機會。

【修改後】

## Objective ────────────────────

**Mass Communication/Business Administration double major**, searching for a media position where my skills in writing, broadcasting, and video editing will be of value.
大眾傳播／企業管理雙主修，尋找可貢獻本人在寫作、廣播與影片剪輯方面之專才的媒體職位。

Sharon 藉由在應徵職務中告知對方自己擁有雙學位，在此她已成功地凸顯出自己最重要的資格。凡是閱讀這份履歷的人最先看到的便是這項資訊，因此即使 Sharon 缺乏工作經驗，她也已經在對方心中留下了相當不錯的第一印象。另外，雖然她提出的資歷並不夠明確（也就是文中敘述有關寫作、廣播與影片剪輯方面的專才），但是她強調了自己所能提供的貢獻，而未提及希望從對方那兒學到什麼，光這一點至少態度上是表現得當了。

### Sample 2 Angie

【修改前】

## Job Sought

To find work as a secretary
求職
尋找當祕書的工作

現今祕書這種職位大都已改稱「行政助理（administrative assistant）」或「執行助理（executive assistant）」，範例中的標題寫著「求職」看起來亦稍嫌粗糙。簡單地說，Angie 最大的問題是用字遣詞須稍加修飾。讀者可從本書的許多範例及書末的附錄，找到能夠表現出專業語氣的用字建議。

【修改後】

## Goal

Office administration position where I can put my ten years of accounting and clerical experience to use.
應徵職務
尋求可利用本人十年會計與文書經驗之辦公室行政職位。

這個應徵職務也寫得極為簡單，但是求才者可以很清楚地知道 Angie 想應徵的是何種職位、能提供的是什麼貢獻。

【修改前】

# Objective

I have a lot of experience opening new markets and I really enjoy meeting new people and helping them solve problems. I'd like to find a position where I could work overseas, since, in addition to Mandarin and Taiwanese, I also speak both English and Spanish fluently.

本人在開發新市場方面的經驗豐富,特別喜歡結交新朋友並幫助他們解決問題。希望尋求海外工作職位,因為除了國語和台語之外,本人的英語和西語也非常流利。

Tyson 的應徵職務的確提到了一些可為未來雇主帶來的貢獻(如開發新市場和解決問題),他也花了一些篇幅談論自己喜歡什麼(結交朋友)和希望得到什麼(海外工作職位)。不過,儘管 Tyson 提到自己具備多種流暢的語言能力,卻沒有確切說明這些專長如何能夠幫助未來的雇主賺錢。此外,他的語氣也稍嫌不夠專業而且有些瑣碎。

【修改後】

# Objective

Searching for an international position where my skills in sales management and market development, and my proven ability to set up new businesses and increase revenue will be of value.

尋求可貢獻本人在業務管理與市場開發之專才,以及創設新事業和增加營收之能力的國際性職位。

這個版本不僅比較簡潔,重點也清楚多了。但是在這個版本中我們並沒有提到 Tyson 的語文能力,因為要說明這個能力對雇主會有什麼幫助得花上太多空間。不過不用擔心,我們可以在履歷中的其他段落中好好介紹他的語文能力。

當然,Tyson 也可以用其他的方式來撰寫應徵職務;事實上就連這種只有短短三行的應徵職務讀起來都得花一點時間。如果 Tyson 應徵的公司可能會收到大量的履歷,他可以選擇用更簡潔的方式來凸顯長才。例如:

如此一來 Tyson 可以為雇主所作出的貢獻便能一目瞭然。請注意，為了達到簡潔有力的目的，這個部分可以連標題都省略掉。在決定目標風格（或者是否有必要寫應徵職務）的時候，有幾個因素必須考量，例如：履歷的整體樣貌。如果履歷很短，應徵職務寫長一點是很合理的。但如果履歷很長，提供的資訊也很多，應徵職務就可以縮減成一行字，甚至也可以直接省略不寫。

### Sample 4 Brian

Brian 選擇不寫應徵職務，因為他有兩個重要的考量：

① **寫應徵職務可能會自我設限而排除了其他可能的工作機會。**

Brian 是經驗非常豐富的高級主管。他所能夠應徵的職位種類實際上已經相當稀少，若還註明要應徵特定的高階職位，豈非自我設限？

② **寫應徵職務可能會讓看履歷的人分心，反而不去注意比較重要的資料。**

Brian 和其他三位求職者不同，經驗廣泛且十分傑出。他希望大家看到他的履歷時對他輝煌的戰績感到欽佩，而不會分心去注意到他的下一步想怎麼走。因此 Brian 沒有寫應徵職務，而選擇在接下來的資歷摘要中寫了一段長文，來凸顯自己的成就。

---

### 👍 履歷成功 Tips

★ 不寫應徵職務還有幾個其他可能的原因
- 想要應徵的職位很獨特（如大學校長）
- 應徵職務已包含在資歷摘要（Summary of Qualifications）中
- 頁面空間不足
- 與履歷中其他部分不搭

# Checklist

寫應徵職務時別忘了思考以下事項：

❏ 就我的背景與所應徵的職位而言，有沒有寫出應徵職務的必要？

❏ 就我的背景和所應徵之職位而言，應徵職務寫多長較恰當？一兩個詞語夠不夠？
還是應該在應徵職務中提供更完整的敘述？

❏ 是否該寫明所應徵的職位名稱或希望從事的領域？

❏ 有沒有必要幫應徵職務下標題，還是只要將內容寫出來就好？

❏ 標題用 "Objective" 最好嗎？ "Goal"、"Target"、"Career Target" 或其他標題看起來
會不會更好？

❏ 應徵職務是否主要在描述我所希望得到的東西，是否有提及我所能夠帶給求才機
構的好處？

❏ 我的應徵職務是否吸引人且容易閱讀？人資主管有沒有可能因為這樣的履歷表而
願意提供面試機會？

# Unit 3

# 資歷摘要

# Summary of Qualifications

找尋資金的企業家通常會準備一段「電梯宣傳」，
也就是搭一段電梯的時間內便能說完的簡短說詞。
在這段說詞當中，企業家必須簡單扼要地
將產品或服務的理念說給潛在投資者聽。
如果說得好，投資者便會有興趣多瞭解一些；
如果說得不好，就沒戲唱了。
如果你只有短短 20 秒的時間說服對方雇用你，
你會說些什麼？

前面提到的「黃金法則三」希望求職者可以試著站在雇主的角度思考。現在請將你自己想像成一位典型的人資主管。

你有幾個職缺得補人，因此在報紙和人力銀行上刊登了徵才啟事；現在已有許多排隊等候的求職者，但卻沒有一位特別引起你的興趣。就在準備好埋首於履歷堆裡奮鬥時，你的思緒卻開始亂竄——新進的行政助理才上班三天就不幹了、符合資格的門市主管遲遲找不到，一整個下午的時間還排滿了面試，壓力真是有夠大。

當你翻閱堆積如山的履歷時，你看到什麼樣的履歷會停止翻閱，想要多瞭解一下該位求職者？資歷摘要是整份履歷中最核心的部分。你有哪兩、三個背景或資歷最令人讚歎，叫人不想雇用你也難？你最大的成就是什麼？你最強的技能是什麼？你最亮眼的人格特質是什麼？列出並凸顯你的看家本領是資歷摘要的重點，看完資歷摘要人資主管立刻就會覺得你就是這個職缺的不二人選。

## 資歷摘要是否非寫不可？

不是。如果你才剛從學校畢業或覺得自己的成就有限，與其他求職者相比並不算特別出色，那麼寫資歷摘要反而會對自己不利。當然，在這個部分，你可以透過側重個人的專長和特質，讓資歷摘要看起來比較有料，不過倘若整體而言仍不算特別突出，建議可以乾脆省略不寫。

## 資歷摘要中應寫些什麼？

資歷摘要的內容該寫些什麼，端視個人希望凸顯哪些事情而定，最好能夠針對不同的應徵職位進行修改。**如同前節的應徵職務一般，通常資歷摘要不需要使用完整的句子。人稱代名詞 "I" 應該省略，冠詞 "a"、"an" 和 "the" 也可以不用。**如此一來，"I managed the development of a customer database." 就會變成 "Managed development of customer database."。

資歷摘要的寫法有無數種，不過基本上必須提及以下四項重點。你可以選擇避開某（幾）項，以隱藏自己的弱點；或者結合其中幾項，以凸顯你的特殊專長。

# 一、背景與資歷

- 簡述自己的專業
  **A short description of your profession**

- 在某個領域中具備幾年的工作經驗
  **The number of years of work experience you have in a particular field**

- 簡述自己最擅長的領域
  **A short description of your main field of expertise**

※ 首先，告訴人資主管自己有多專業。

# 二、成就

- 簡述過去的豐功偉業
  **A summary of your career highlights**

- 曾獲升遷或接獲指派的專案
  **Promotions or special assignments you have received**

- 曾經參與或主導過的專案，包括那些專案的成果
  **Projects you have participated in or led, including the results of those projects**

- 前雇主或專業團體頒予的獎狀或給予的推薦
  **Awards or commendations given by your previous employer or professional association**

※ 這個部分如果量化呈現會更好。

# 三、技能

- 相關語文或專業技能
  **Relevant language or technical skills**

- 相關商業技巧（談判、行銷、業務等）
  **Relevant business skills (negotiation, marketing, sales, etc.)**

- 相關人際技巧（建立人脈關係的技巧、激勵他人的技巧等）
  **Relevant people skills (networking skills, motivation skills, etc.)**

※ 描述求職者所具備可能強化工作績效表現的能力。

## 四、個人特質

- 工作態度（積極、有活力、抗壓性強等）
  **Work Attitude (motivated, energetic, works well under pressure, etc.)**

- 人格特質（有創意、能創新、多才多藝、解決問題力強等）
  **Personal Attributes (creative, innovative, versatile, problem solver, etc.)**

- 團隊合作能力（能激勵他人、善於組織團隊、具領導能力等）
  **Working with Others (motivator, team builder, leader, etc.)**

※ 這是履歷中唯一能凸顯求職者「軟性專長」的部分（常用來描述個人特質的重要形容詞和名詞請見附錄 G）。

## 格式

　　雖然資歷摘要的內容彈性頗大，編排格式卻不然。基本上你只有段落式或條列式兩種選擇。段落式的好處是可以在狹小的空間內塞入較多的資訊，但是如果你只想要凸顯幾個重點，那麼條列式會更恰當。你也可以根據履歷其他部分的文體和格式，在資歷摘要中將兩者交替使用。

## 為「資歷摘要」命名

　　目前為止我們一直稱此部分為「資歷摘要（Summary of Qualifications）」或簡稱為「摘要（Summary）」，但下面這些標題也相當常見。例如：

**Qualifications** 資歷
**Profile** 簡介
**Career Profile** 專業簡介
**Strengths** 專長

# 關鍵句型

**❶ Experienced  N1 ,  N2 , and  N3 .**

經驗豐富的 名詞1 、 名詞2 和 名詞3 。

例 Experienced Web developer, database administrator, and project manager.
經驗豐富的網站開發師、資料庫管理人員與專案經理。

**❷ (Over) [Number] years of  N  experience in [Industry/Field].**

在〔產業／領域〕有（超過）〔數字〕年的 名詞 經驗。

例 Over ten years of sales experience in banking and finance.
在金融界有超過十年的業務經驗。

**❸ [Number] years as [Position] with a track record of  Ving  Adj  N .**

擔任〔職位〕〔數字〕年，曾經 動名詞 形容詞 名詞 。

例 Six years as art director with a track record of designing award-winning ads.
擔任藝術指導六年，曾經設計得獎廣告。

**❹ [Position] specializing/experienced in  N1 ,  N2 , and  N3 .**

〔職位〕，擅長／專攻 名詞1 、 名詞2 和 名詞3 。

例 Corporate tax accountant specializing in financial analysis, cost accounting, and international taxation.
企業稅務會計師，擅長財務分析、成本會計與國際稅務。

**❺ Strong  N  background with (special) expertise in  N/Ving .**

具堅強的 名詞 背景，（特別）擅長 名詞／動名詞 。

例 Strong newspaper background with special expertise in copyediting.
具堅強的報社背景，特別擅長編輯。

**❻  Adj + N .**

形容詞＋名詞 。

例 Skilled software engineer.
熟練的軟體工程師。

**7** **A talent for** __N__ **.**

名詞 的人才。

例 A talent for problem solving.
解決問題的人才。

**8** **Highly** __Adj 1__ **,** __Adj 2__ **, and** __Adj 3__ **[Position] with [Number] years of experience in [Field].**

〔職位〕，非常 形容詞 1、形容詞 2 且 形容詞 3，具〔數字〕年〔領域〕經驗。

例 Highly organized, meticulous, and efficient administrative assistant with five years of experience in medical insurance.
行政助理，組織能力強、一絲不苟且效率高，具五年醫療保險經驗。

**9** **History of** __Adj 1__ __N1__ **and** __Adj 2__ __N2__ **.**

具 形容詞 1 名詞 1 與 形容詞 2 名詞 2 紀錄。

例 History of million-dollar sales and rapid promotion.
具百萬美元業績和快速升遷紀錄。

**10** **Proven ability to** __V1__ **,** __V2__ **, and** __V3__ __(Adj)__ __N__ **.**

具備 動詞 1、動詞 2 與 動詞 3（形容詞）名詞 的能力。

例 Proven ability to design, build, and maintain complex databases.
具備設計、建構與維護複雜資料庫的能力。

**11** __Ved 1__ **,** __Ved 2__ **, and** __Ved 3__ **(something).**

曾經 過去式動詞 1、過去式動詞 2 與 過去式動詞 3（某事）。

例 Devised, built, and implemented online training courses for new employees.
曾經為新員工策劃、建立與執行線上培訓課程。

**12** __V__ **[Amount] in** __N1__ **through the use of** __N2__ **and** __N3__ **.**

經由運用 名詞 2 與 名詞 3，動詞〔數量〕名詞 1。

例 Generated over NT$460,000 in monthly revenue through the use of cold calling and on-site sales.
經由電話推銷與現場銷售，創造每月超過新台幣 460,000 元的營收。

**13** **Excellent** __Adj 1__ **and** __Adj 2__ **skills.**

形容詞 1 與 形容詞 2 技巧極佳。

例 Excellent speaking and writing skills in English.
英文說寫能力極佳。

⓮ **(Especially) skilled at/in  N1  and  N2 .**

（特別）擅長 名詞 1 與 名詞 2 方面的技巧。

　例 Especially skilled at customer service and troubleshooting.
　　特別擅長客服及疑難排解。

⓯ **Exceptional language skills. Fluent in [Language 1] and [Language 2]; proficient in [Language 3]; learning [Language 4].**

語文能力特優。〔語文 1〕和〔語文 2〕流利，精通〔語文 3〕，〔語文 4〕學習中。

　例 Exceptional language skills. Fluent in Taiwanese and English; proficient in Japanese; learning Korean.
　　語文能力特優。台語和英語流利，精通日語；韓語學習中。

⓰ **Areas of expertise include  N1 ,  N2 , and  N3 .**

擅長領域包括 名詞 1 、名詞 2 和 名詞 3。

　例 Areas of expertise include HTML, CSS, and JavaScript.
　　擅長領域包括 HTML、CSS 與 JavaScript。

※ 請記住，只要寫出與應徵職位相關的技能即可。如果你應徵的是插畫家，凸顯會計才能是沒有多大作用的。

---

### 👍 履歷成功 Tips

在撰寫履歷時，為了力求簡潔扼要，除了上述的 I、my、a、an 和 the，以及當主動詞的 have 之外，最好將所有助動詞如 have、has、be、am、was、were、can、will 和 would 也全都刪掉。

要寫出簡潔的摘要或許不容易，但是其實我們只是從前面的四大類別中挑出三個（背景與資歷、成就和技能），並參考了適當的句型，然後在空格中填入相關資料。如果你覺得這部分有困難，你可以繼續往下研讀，或許你會發現在寫完履歷的其餘部分之後，再回來寫摘要會比較容易。

**Applicants 求職者**

| Sharon Wu | → | 今年的應屆畢業生，曾於出版社擔任實習記者。 |
| Angie Lee | → | 缺乏近期工作經驗，離開職場多年。 |
| Tyson Chen | → | 凡事全力以赴的業務高手。 |
| Brian Yeh | → | 經驗充沛的職場老鳥，年紀較大。 |

接下來我們來看看以上各具特色的四位求職者如何撰寫他們的履歷。

## Sample 1 Sharon

【修改前】

# Summary of Qualifications

■ Experienced investigative reporter. Published features writer.
■ Award-winning public speaking skills.
■ A talent for growing organizations and raising funds.

Sharon 選用條列式而沒用段落式，因為以她剛從學校畢業的情況而言，其實沒有太多過去的工作經驗可展示。不過 Sharon 寫的第一條事蹟可能會給她帶來一點麻煩。她確實具備調查採訪記者的經驗，不過實習三個月並不能與「經驗豐富」劃上等號。在履歷中自吹自擂在所難免，但千萬不要吹過了頭。如果人資主管認為你有意欺瞞，即使願意繼續將履歷看完，心中肯定對你已有成見。Sharon 最好還是將自己描述成「反應靈活」或「企圖心強」的調查採訪記者會比較有利，而不要說自己「經驗豐富」。

第二、三條則點出了一些具體成就，這些成就的細節留待稍後再詳細說明。Sharon 或許可以再多寫一些個人特質（如效率高、積極等），讓資歷摘要看起來更充實。在此，雖然她列出了一些專長，但是從摘要中看不出重點為何。她是想應徵寫作的工作？募款的職位？還是和公關有關的工作？整體說來這部分寫得過於籠統。

【修改後】

求職時應根據不同工作的特定條件適時修改履歷。以 Sharon 為例，如果某個職位需要口說技巧，她可以特別凸顯這項專長；如果是要求寫作技巧，她在出版社的實習經驗便要強調出來。當然，**如果實在提不出符合雇主要求的技能和經驗，也可以和 Sharon 一樣選擇省略這個部分不寫。**

### Sample 2 Angie

【修改前】

> **Qualifications**
>
> I have experience doing many different kinds of administrative work. I was the personal assistant of a branch manager of a foreign trading company and also performed accounting work for my church for many years. I am a quick learner and a hard worker. I would be honored to work for your company.

與其稱之為資歷摘要,這篇讀起來反而比較像是求職信。Angie 給人非常誠懇的感覺,但也有點天真。記住,履歷不僅是推銷自己的工具,別人也可利用它來認識你。不過從上面的資歷摘要看來,Angie 似乎對於想要應徵的工作沒有足夠的專業常識。

Angie 沒有什麼經驗可以凸顯,只好在摘要中放進一堆無用且不恰當的資料濫竽充數。她的第一句話當作一封信中段落的主題句還行,但是放在履歷中則顯得格格不入,因為履歷文體一般講求簡明扼要。而她的最後一句話根本只能說是不專業。Angie 提到了工作經驗,但她只說她做過了什麼事,至於這些經驗對她所應徵的公司能有什麼幫助卻完全看不出來。

【修改後】

# Qualifications

- Six years as a bookkeeper with a track record of balanced accounts.
- Strong administrative background with special expertise in payroll, office management, and corporate communication.
- Quick learner. Hard worker. Team player.

資歷
- 具備六年記帳經驗,帳目清楚,從未出錯。
- 堅強行政工作背景,特別擅長薪資給付、辦公室管理和企業溝通。
- 學習快速,工作努力,團隊精神佳。

我們在此幫 Angie 修改了兩大部分。首先我們改採條列式,這種寫法比較適合工作成就較少的人。第二,我們參考了前面介紹的句型。除了幫她抓出資歷摘要的重點之外,我們所用的句型和關鍵詞(如 "track record"、"background"、"expertise" 等)在在表現出 Angie 非常熟悉履歷慣用的寫法,進而看得出她對整個業界也有相當的認識。以離開職場多年的人來說,這是一大改進。

【修改前】

# Strengths

| | |
|---|---|
| **Selling** | My accomplishments include leading the company in sales three years in a row (2010-2013). |
| **Negotiating** | I speak Spanish, which helped me grow our Latin American market by 200%. |
| **Mentoring** | I was responsible for training new sales talent and managing the sales team. |

Tyson 選擇以「專長（Strengths）」作為標題，而非「資歷（Qualifications）」，用 "Strengths" 一詞可有效表現出他有幹勁、肯打拚的形象。Tyson 也特別點出了自認最強的三大優點：銷售、談判和顧問指導。這些描述不解自明，但是整體而言還是不夠有力。為什麼呢？一言以蔽之，他的摘要寫得太囉唆了。

【修改後】

# Strengths

| | |
|---|---|
| **Sales Leader** | Led company in sales three years in a row (2010–2013). |
| **Latin America Expert** | Grew Latin American market by 200%. Fluent in Spanish. |
| **Team Mentor** | Trained, motivated, and managed new sales talent. |
| 強項 | |
| 業務主管 | 連續主導公司業務團隊三年（2010–2013）。 |
| 拉丁美洲專家 | 促成拉丁美洲市場成長 200%。西班牙文流利。 |
| 團隊顧問指導 | 訓練、激勵並管理新進業務人才。 |

這兩個版本有何不同？首先，空洞的片語如 "My accomplishments include leading ..." 和 "I was responsible for training ..." 被刪掉了，讓強而有力的動詞移到句首。現在我們一眼就知道 Tyson 做過哪些事（他 "Led ..."、"Grew ..." 和 "Trained, motivated, and managed ..."），而不再需要瀏覽句子尋找所需資訊。此作法也有助於節省空間。

另外，三個小標的名稱也做了修正。履歷即廣告，明示對方聘請自己將得到什麼樣的服務是很合理的作法。聘用 Tyson 就等於聘用到了「業務主管」、「拉丁美洲專家」和「團隊顧問指導」，而不只是一名曾經「銷售、談判和擔任指導」的員工而已。

### ![Sample 4 Brian]

**【修改前】**

# Summary

- I have thirty years of experience as a banking professional and I have built a successful career in corporate financial management, large-scale financing, and administration.
- I have a history of expanding my customer base and have captured a significant number of new, high-value accounts.
- I recognize and believe in the importance of community outreach and have worked to increase company visibility through marketing efforts.
- My attention to efficiency and superior interpersonal skills have allowed me to ensure that teams work in harmony and meet organizational goals.

Brian 具備豐富的相關技能和經驗，改寫的訣竅就在於要能讓讀者看了眼睛為之一亮。Brian 寫的這份摘要過於冗長，我們試試看能不能將其修改得扼要一點。

**【修改後】**

# Summary

Banking professional specializing in corporate financial management, large-scale financing, and administration. Proven ability to expand customer base, capture high-value accounts, and lead community outreach efforts. Especially skilled in increasing workplace efficiency, motivating colleagues, and ensuring that teams work in harmony to meet organizational goals.

摘要
銀行專業人員，專門從事企業財務管理、大規模財務和行政工作。具有擴充客層、爭取高價值客戶和主導服務社區行動的能力。尤其擅長提高辦公效率、激勵同事及確保團隊在和諧氣氛下共事，以達到組織目標。

首先我們將 I、my、a、an 和 the，以及在原版中出現了六次的 have 刪除，如此一來，新版顯得例落得多。注意，have 當主動詞（"I have thirty years of experience ..." 或 "I have a history of ..."）時可省略，而且在寫摘要時不需要用完成式（"have built"、"have captured" 等），因此可直接刪除。不過，即使字數少了一半，Brian 的摘要中資料仍然嫌多，所以我們選擇採用段落式而非條列式。最後，Brian 原本提到他在這行業有三十年經驗，這一句我們將它刪掉了，以免有些對年齡有偏見的雇主會對他有成見。

寫作時別忘了思考以下事項：

❏ 以我的個人背景和想應徵的職位，是否有必要寫資歷摘要？

❏ 資歷摘要中所提到的資歷、成就和技能是否貼近雇主的需求？應如何改寫摘要，以便更符合雇主的要求？

❏ 請分別嘗試用條列式和段落式來寫資歷摘要。哪一種格式比較容易閱讀？哪一種格式和履歷其餘部分的文體較吻合？

❏ 能不能刪除哪些贅詞，讓資歷摘要更簡潔有力？

❏ 這段資歷摘要是否該叫作 "Summary of Qualifications"？還是其他標題（"Summary," "Qualifications," "Profile," "Career Profile," "Strengths"）較恰當？

❏ 所呈現出來的各種資料是否很平均？比方說，會不會因為寫了太多人格特質，而占去了描述成就的版面？

❏ 這段資歷摘要是否大部分在描述我曾經做過什麼事情，還是在描述我能對所應徵的公司帶來什麼貢獻？

❏ 資歷摘要中有沒有什麼地方會讓人認為我對標準履歷寫作很不熟悉？

❏ 資歷摘要中有沒有什麼地方會讓人覺得我很不誠實？

❏ 這段摘要是否夠亮眼？算不算是好的「電梯宣傳」？

# Unit 4

# 工作經驗
## Professional Experience

資歷摘要就像一道前菜，
讓人資主管先嚐到一點滋味。
只要處理得當，對方就會胃口大開。
而工作經驗，則是履歷中的主菜。
能否留住「客人」的心，就看你能端出什麼好料。

# 基本原則

　　一般而言，所謂的工作經驗應包含所有曾經從事過的工作，包括兵役、實習和義工經驗等。不過這是「一般而言」，在寫履歷時，略過對求職者沒有幫助的職位才是較為實際的作法。履歷是一種廣告而不是個人簡史，所以別一股腦兒地將短期工作或與應徵職位無關的經驗全寫進去了。

　　此外，距離應徵時間十五年以上的工作也不必寫，因為那些工作多半與現在從事的工作無關，寫出來反而會有風險，比如讓自己顯得資歷繁雜或歲數太高。如果工作史中出現很長一段空窗期，勢必會啓人疑竇，也要特別小心。假如你的「空窗期」非常明顯，可能會連應徵的機會都沒有；即使對方找你面試了，也必定會要求你解釋。在本單元中我們將傳授一些技巧和用語，教你將某個看似毫不相干（甚至有如一場災難）的工作經驗轉變成正面的經歷。

## 「工作經驗」的四大元素

　　一旦決定好在工作經驗中要列出曾擔任過哪些職位，接下來就得確定每個職位都融入了以下四大元素：（一）職稱、（二）公司名稱、（三）任職日期，以及（四）工作職責與成就。這是所有履歷都必須包括的，求職者是否能夠脫穎而出，關鍵就在於這些元素的呈現方式。

### 一、職稱

　　如果你的職稱比任職公司的名稱還響亮，那就直接將職稱寫在前面。假使職稱太過抽象或冷僻，如 Officer, Level II，則建議你採用大家看得懂的名稱，例如：Senior Management Trainee。切記千萬不要自以為聰明地為自己「升官」。如果曾經調職或升遷，兩個不同的職稱應分開排列。另外，要盡量表現出在公司中有步步高升的趨勢，即使事實上你只是被調去擔任同等位階的職務。

### 二、公司名稱

　　如果任職的公司名氣響亮、聲譽崇高，則可考慮將公司名寫在職稱之前。若公司知名度較低，但簡短描述一下有加分作用的話，可以考慮以下的處理方式：

**Sumoutex–the largest manufacturer of rechargeable batteries in Indonesia.**

如果任職公司規模龐大，請註明任職部門：

**Shin Kong Life Insurance Co., Product Development Division.**

如果任職公司規模小，而所隸屬的母公司卻是知名的大型企業，則可以將母公司寫出來：

**Raintree, a Proctor & Gamble company.**

最後，別忘了註明現任公司的所在地。雖然沒有必要將地址、電話號碼或網址全告訴未來雇主，但是註明現任公司所在城市有助於加深對方對你的印象。

## 三、任職日期

儘管對贏得面試機會幫助並不大，任職日期卻是履歷中的必要資訊。在不可省略的前提下，任職日期的格式安排上應盡量低調。傳統上，日期被放在履歷左側成一列；不過這種作法早已過時，因為這會使履歷看起來像個人簡史，而無法發揮履歷真正的效用：自我宣傳。

現今的作法之一是將日期放在履歷右側，自成一欄（如本單元「實例解析」中 Sharon 的範例）。另一種更常見的作法是將它們列在職稱、公司名或公司所在地之後（如「實例解析」中 Tyson 和 Brian 的範例）。在極少數的情況下，履歷中省略日期說不定反而對自己比較有利（如 Angie 的範例）；不過這是雙面刃，一個不小心可能會招致人資主管徹底拒絕你的噩運。通常求職者只須提供任職年份；寫出月份恐怕適得其反，因為這麼做會讓對方特別注意日期（而忽略了你的工作成就！），還會讓履歷版面看起來擁擠。最後，**日期的範圍要用破折號「–」表示，不要用連字號「-」或介系詞 to**。

前面提到，人資主管會注意到你工作經驗中的空窗期，如果你計畫長期休息，可考慮在 1 月辭職，然後在隔年的 12 月開始在下一家公司上班。如此你一方面可以休 22 個月的長假，同時空窗期也不會特別顯眼。例如：

**Company A: 2010–present (Actually, hired in Dec. 2010)**
**Company B: 2007–2009 (Actually, resigned in Jan. 2009)**
A 公司：2010 年至今（實際上 2010 年 12 月到職）
B 公司：2007 年–2009 年（實際上 2009 年 1 月離職）

## 四、工作職責與成就

這是履歷中人資主管最有可能仔細閱讀的部分,所以內容必須非常扎實。基本上在此應提供職務內容與工作成就等兩類資料,不過最好能藉由描寫工作成就,讓對方從中看出你的職務內容。

下面何者看起來比較優秀?

- **Responsibilities included selling supplemental health coverage**
  職責包括銷售追加健康保險方案。

- **Sold over NT$100 million dollars in supplemental health coverage in two years**
  在兩年內賣出的追加健康保險方案,超過新台幣一億元。

仔細比較這兩個範例,你會發現有兩個重點:

### 1 善用具說服力的動詞

比起 "Responsibilities included" 或 "Duties included" 等片語,句子一開頭就用 "Sold" 這種具有說服力的動詞,可以讓人資主管感覺強而有力。除了本單元所提供的許多類似範例之外,你也可以參考附錄 C、D「行動動詞」所蒐錄的動詞,再根據需求,稍加修改後運用在自己的履歷中。

### 2 盡可能量化工作成就

數字是有憑有據的客觀事實,人資主管看到量化呈現的工作成就便會知道求職者是講求實在的人。量化工作成就時,應包括以下資料:

- **Amounts** 數量
  **units sold, new customers brought in, etc.**
  銷售套數、帶進的新客戶人數等

- **Dollars** 金額
  **revenue generated, profits earned, money saved, etc.**
  創造的收益、賺進的利潤、省下的金錢等

- **Percentages** 百分比
  **the percentage of increased sales, reduced returns, etc.**
  提高多少百分比的業績、減少多少百分比的退貨等

- **Time Periods** 時間範圍
  **increased production per month, reduced turnaround time, etc.**
  每月增加的產量、減少的作業時間等

在條列量化的成就時，最好能同時使用不同種類的數字資料。例如在前面的項目列出金額，後面的項目則以百分比呈現。不過除非有利於凸顯成就，否則並不需要寫出時間範圍。比方說，doubling sales in six months（在六個月內達到雙倍業績）令人印象深刻，但若是 doubling sales in six years（在六年內達到雙倍業績），相對就遜色多了。

如果因為工作性質的關係，量化法不適用，或者你的工作成就屈指可數，這時可以利用這個部分來凸顯你的技能，並說明你如何運用這些技能對曾經任職的公司做出貢獻。如果值得自豪的技能也不多，那就只能仰賴傳統的「備胎」資料，也就是個人特質來推銷自我了。

## 非必要資料

履歷表的空間和人資主管的注意力一樣非常珍貴，因此請遵守以下三個原則，以免浪費篇幅。

### 1 不要重複同樣的資料

如果有二份甚至更多的工作中職務如出一轍，請盡量著眼於這些工作之間的差異。假設你在 A 公司和 B 公司中都負責維持客戶群，你可以如此描述：

**Company A: Conducted customer surveys and analyzed responses**
**Company B: Directed customer retention research. Created surveys,**
**                interpreted results, and presented recommendations to**
**                senior management**

A 公司：執行客戶問卷調查並分析客戶反應
B 公司：主導客戶群維持研究
          製作問卷調查、分析結果並向高層管理人員提出建議

這兩者分別都達到了目的：告訴人資主管，求職者有能力執行問卷調查和分析結果，但放在一起時，可發揮的效果就不僅止於此。只要在用語上稍加改變（將 conducted surveys 改成 created surveys，將 analyzed responses 改成 interpreted results），就能讓對方感覺兩者不同。更重要的是，為最近一份公司寫的資訊比較多，看起來也

較專業（Directed customer retention research），求職者所肩負的職責好像愈來愈重。這可是透露出求職者未來能勝任工作的重要指標！

### ◨ 不要放進太多的資料

有些職位需要能夠處理多種工作的能力。例如，早上做行銷，中午做業務，下午做產品開發，晚上與客戶應酬。如果你有這樣的經驗，思考一下將自己寫得如此多才多藝是否有利。建議求職者依據徵才啟事所提到的職務內容，將重點鎖定在該方面的工作成就或許較為恰當。

### ◨ 不要寫未來不希望用到的技能

即使曾經花了相當多的時間從事某種特定的職務，也並不表示就一定得將它寫進履歷中。比方說，你曾經每週花一天的時間為前公司維護網站，但現在應徵的是軟體開發工程師的職位，提到網站維護工作反而可能分散人資主管的注意力，而忽略你在軟體開發上的經驗；更糟的是，人資主管甚至可能雇用你來從事討厭的職務。

## 📥 描述工作成就的用語

描述工作成就的方式有很多種，不過泰半不出兩種模式：「基本式」或「擴充式」。基本式的敘述，永遠是用一個或多個具有說服力、積極的動詞開頭。例如：

- **Exceeded sales targets.**
  超過業績目標。

- **Developed and implemented customer VIP program.**
  開發並執行客戶 VIP 方案。

- **Analyzed sales data and projected product demand.**
  分析銷售數據並預測產品需求。

描述工作成就的基本式句型有：

**V + N**
**V and V + N**
**V + N and V + N**

上述的基本式描述非常普遍；而所謂擴充式描述就是用一個或多個具說服力與積極性的動詞作為開頭，並提供額外資訊，說明求職者如何獲得成就，或為當時所屬的

公司帶來什麼貢獻。額外資訊的加入通常是使用介系詞、連接詞、不定詞或分詞。關鍵句型中的前三項便是基本式的擴充版本。

## 空間利用與順序安排

工作經驗通常是履歷中篇幅最長、內容最複雜的部分，由於要寫的資料很多，在視覺的呈現上尤其需要多下點功夫。履歷的「樣貌」原則上取決於「工作經驗」的版面安排。

請按照時間順序，倒述過去的工作經驗。最近的工作成就可多分配一點空間詳細描述，讓人資主管覺得你的工作表現有上揚的趨勢。至於許久以前所從事的工作，只要用短短一兩行加以描述便綽綽有餘。條列每個工作的職位時，第一項通常是概述，其次是最大的工作成就，然後是第二大的工作成就，依此類推。一般而言，距今較近的工作可以寫三到四項，比較久遠的工作寫一或兩項即可。

## 格式

「工作經驗」的四大元素該如何安排，雖然沒有單一的正確方式，但是錯誤的方式卻不少。在大多數情況下，應先寫職稱或公司名稱。請記住，一旦選定了格式，履歷中其他部分包括「學歷」或是「其他資料」等，也都應採用同樣的格式。

## 為「工作經驗」命名

"Professional Experience" 和 "Experience" 都是目前最常見的標題。以前最常見的名稱是 "Employment"、"Employment History"、"Work History" 等，不過現在看起來都已經過時了。

---

### 👍 履歷成功 Tips

描述工作成就，該如何使用正確的動詞時態？你可以思考這個問題：「我是否還在這家公司任職？」，就會知道該如何下筆。

|  | | |
|---|---|---|
| 是 | → 描述已完成的工作成就： | 過去簡單式 |
| | → 描述一般職責 | ：現在簡單式 |
| 否 | → 過去簡單式 | |

**1 ... by Ving ...** 經由……

例 Exceeded sales targets by providing regular training and exceptional customer service.

經由提供定期訓練和優良的客戶服務，超越了銷售目標。

**2 ... which resulted in ...** ……使得……

例 Negotiated new equipment purchases, which resulted in a NT$2 million savings.

議價新設備採購案，因而節省了新台幣兩百萬元。

**3 ... to ...** ……藉以……

例 Analyzed sales data and projected product demand to lower inventory costs.

分析銷售數據並預測產品需求，藉以降低存貨成本。

**4 ... from ... to ...** ……從……到……

例 Reduced the average time spent on customer service calls from eight minutes to three minutes.

將花在客服電話上的平均時間從八分鐘降至三分鐘。

**5 ... through ...** 透過……

例 Increased brand awareness by 500 percent through the deployment of cutting-edge marketing techniques.

運用先進的行銷技巧，品牌知名度因而提高了 500%。

**6 ... Ving ...** ……（做到）……

例 Managed multiple teams of independent contractors, ensuring timely delivery and reducing labor costs by over 27 percent.

控管多個獨立承包商團隊，確保如期完工並降低超過二成七的人力成本。

**7 ... leading to ...** ……結果得以……

例 Trained new employees in sales techniques, leading to a 30 percent increase in subscription renewals.

訓練新進員工的銷售技巧，因而使續訂量成長率達三成。

## 實例解析

**Applicants 求職者**

| Sharon Wu | → | 曾擔任實習記者。 |
| Angie Lee | → | 曾是一名個人助理。 |
| Tyson Chen | → | 目前仍就業中。 |
| Brian Yeh | → | 過去是銀行的副董。 |

接下來我們來看看以上各具特色的四位求職者如何撰寫他們的履歷。

## Sample 1　Sharon

【修改前】

# Professional Experience

RESEARCH INTERN

TVBS Weekly                                   (Taipei, July 4, 2013 – September 30, 2013)

Prepared source materials for reporters and editors. Wrote six feature articles.
Used Internet research skills to find sources. Highlights included:

★ Helped research and gather materials for the "Taiwan Ten" story.
★ Was commended by my supervisor for my use of online databases to gather information.
★ Was allowed to write six full-length magazine pieces, work normally reserved for full-time staff writers.
★ Received an invitation to continue writing for the magazine as a freelancer.

Sharon 並未遺漏任何一項元素，但是全部都放錯位置。當實習生並沒有不好，但說實在也算不上出色，而《TVBS 周刊》是一家知名雜誌社，因此最好將它放在前面，在修正版中我們還用粗體標示出來。另外，我們簡化了原本太過明確的日期，然後將不必要的括弧刪除，讓標題看起來更加清爽而平衡。

Sharon 提供了簡短的概述，非常恰當，不過 "Highlights included" 這部分卻是畫蛇添足。為了讓空間看起來不那麼擁擠，我們在概述的前後加了空行。Sharon 選擇用星號作為項目符號，她的用意在於表現出雜誌工作者應有的聰明伶俐，但是這可能會讓讀者分神。因此，修正版改用樸素的黑色圓點。

我們將前面兩個子項目合而為一，並用擴充式敘述來凸顯 Sharon 的工作成果。最後修改一些用語，用強而有力的動詞取代聽起來有氣無力的動詞：

Was commended → Commended
Was allowed to write → Contributed
Received an invitation → Invited

【修改後】

## Professional Experience

### TVBS Weekly
*Research Intern*

Taipei
Summer 2013

Wrote feature articles and prepared source materials for reporters and editors. Drew on formidable Internet research skills to track down sources.

• Contributed six magazine pieces, work normally reserved for full-time staff writers.
• Provided vital reference materials to reporters, which resulted in the breaking of the "Taiwan Ten" story. Commended by supervisor for creative use of online databases to gather information.
• Invited to continue writing for the magazine as a freelancer.

工作經驗

TVBS 周刊
研究實習生

台北
2013 年夏

撰寫專題報導，並為記者和編輯準備原始資料。利用強大的網路研究技巧蒐集原始資料。

· 曾貢獻六篇雜誌報導，這樣的報導通常由全職員工負責撰寫。
· 為記者提供重要參考資料，因而得以製作出「台灣十大」這篇重大報導。以具創意的方法使用線上資料庫蒐集資料，獲得主管嘉許。
· 應邀繼續為雜誌擔任自由撰稿人。

### Sample 2　Angie

Angie 的工作經歷與一般人不同，所以她選擇採用「功能式履歷」的寫法，而沒有按照時間順序寫作。我們會在 Unit 8「調整履歷格式」詳細介紹「功能式履歷」，現在請先仔細研究 Angie 的用字。

【修改前】

# Professional Experience

**Accounting Director**
- Did bookkeeping functions for church association: accounts payable, accounts receivable, and payroll.

**Office Manager**
- Was the personal assistant to the branch manager of McConaughey & Co.'s Taipei sales office. Typed office memos, business correspondence, and annual reports, did all the filing, and took notes during meetings.
- Made automated systems using Excel to follow church attendance over the year, look at ticket sales for the annual spaghetti supper, and check results of fund-raising events.

Angie 自稱是「總監」和「經理」，但是從敘述看來她只是個辦事員和所謂的「個人助理」。她這樣過度吹噓很可能會自毀信譽，所以我們必須刪除原本的職稱，改採功能型履歷中常見的標題。

另外，Angie 並沒有提供任何日期，這很可能會讓一些雇主立刻拒絕雇用她，然而若是她提供了，卻又可能自曝工作情況非常不穩定。既然 Angie 的經驗夠多，我們倒是可以折衷一下，在每個工作成就的敘述之後提供總工作年數。

最後，為了達到專業的效果，我們調整了幾個名詞（如刪除 "spaghetti supper"，將 "notes" 換成 "minutes"），不過最主要的是我們將原本缺乏說服力的動詞如 "did"、"was" 和 "made" 都改成了比較有力量的動詞。主要的修改如下：

Did bookkeeping functions → Performed bookkeeping functions
Was the personal assistant → Acted as a personal assistant
Did all the filing → Managed filing system
Took notes during meetings → Took and transcribed minutes
Made automated systems → Developed automated systems
Check results → Chart results

【修改後】

# Professional Experience

### Accounting

Performed bookkeeping functions for church association, including accounts payable, accounts receivable, and payroll. (6 years)

### Clerical

Acted as personal assistant to the branch manager of McConaughey & Co.'s Taipei sales office—typed office memos, business correspondence, and annual reports. Managed filing system. Took and transcribed minutes. (2 years) Developed automated systems using Excel to track annual church attendance and chart results of fund-raising events. (4 years)

工作經驗

會計

在教會機構負責簿記事務，包括應付帳款、應收帳款和薪資帳冊。（六年）

書記

McConaughey & Co. 公司台北銷售分部經理之個人助理——繕打辦公室備忘錄、商業書信和年度報告。管理檔案系統，記載並謄寫會議紀錄。（兩年）

利用 Excel 開發自動化系統，追蹤教會年度出席率並製作募款活動成果表。（四年）

 Sample 3 Tyson

【修改前】

# Experience

***CardFast Inc., Director of Market Development, Taipei, 01/12-present***

Developed computer chip market and managed chip distribution in Central and South America. Set up 12 new sales offices in Chile and Argentina. Trained all local sales staff in Latin America. Maintained employee retention rate of 90 percent, well above industry average of 85 percent.

***Asura Group Ltd., Sales Manager, Taipei, 09/04-12/11***

Recruited by Asura to spearhead Taiwan sales growth. Shifted sales strategy to take advantage of referrals by sister companies of Asura. Directed 12-person sales force that secured new business with more than 100 clients. Tripled sales revenue from US$1 million in 2004 to US$3.2 million in 2011.

首先，Tyson 的頭銜比公司名稱響亮，所以我們將它挪到前面，同時獨立出來自成一行，再用大寫和稍微大一點的字型。我們也刪除了日期中的月份，然後改用破折號（–）取代連字號（-）來標示日期範圍。注意，原版中所有的動詞都是用過去簡單式，但是在修正版中，第一個動詞改成了現在簡單式。由於 Tyson 還沒離開 CardFast 這家公司，他在概述日常職責時用現在式動詞才是正確的。而他在 CardFast 曾獲得的工作成就用過去式描述則很恰當。另外，我們改以圓點逐項條列 Tyson 的工作成就，讓閱讀的人更能快速地抓出重要資訊。

【修改後】

# Experience

## DIRECTOR OF MARKET DEVELOPMENT

CardFast Inc., Taipei, 2012–present

Develop computer chip market and manage chip distribution in Central and South America.

- Set up 12 new sales offices in Chile and Argentina.
- Trained all local sales staff in Latin America.
- Maintained employee retention rate of 90%, well above industry average of 85%.

## SALES MANAGER

Asura Group Ltd., Taipei, 2004–2011

- Tripled sales revenue from US$1 million in 2004 to US$3.2 million in 2011.
- Directed 12-person sales force that secured new business with more than 100 clients.
- Spearheaded sales growth in the Taiwan market by shifting sales strategy to take advantage of referrals by sister companies of Asura.

工作經驗

市場開發部協理

CardFast 有限公司，台北，2012 年至今

開發電腦晶片市場，負責中南美洲晶片經銷業務。

- 在智利與阿根廷設立 12 個新銷售分公司。
- 訓練拉丁美洲所有當地銷售員工。
- 維持 90% 的員工保留率，遠超過業界的平均值 85%。

業務經理

Asura Group 有限公司，台北，2004 年—2011 年

- 銷售營收成長達三倍，從 2004 年的 100 萬美元成長到 2011 年的 320 萬美元。
- 主導 12 人的業務團隊，取得為數超過 100 名客戶的商機。
- 經由更改銷售策略，充分利用 Asura 姐妹公司的推薦，領導公司在台灣市場的銷售成長。

【修改前】

# Professional Experience

**Cathay United Bank**                                  **Taipei, 2005-2013**
**Vice President of Marketing and Strategy**
A high-profile management position responsible for bringing in new commercial and consumer accounts and developing strategic alliances with other corporations and financial institutions.
- Manage a staff of over 70 employees.
- Develop tactics to increase market share among multinational firms with branch offices in Taipei.
- Negotiate agreements with local companies to ensure consistent income.
- Established the Internet Marketing Unit.
- Cross-sell banking services to existing clientele.
- Lead Cathay United's community outreach efforts to position the bank as a visible participant in local activities.

**Cathay United Bank**                                  **Taipei, 2000-2005**
**General Manager**
Managed daily operations for 14 branches, including retail banking operations, including branch sales, new business development, customer service, and credit analysis.
- Managed a staff of over 50 employees.
- Negotiated terms with credit card companies, including payment cycles and interest rates.
- Analyzed credit reports and financial statements to determine creditworthiness of customers.
- Individually consulted with clients to advise them on how Cathay United could best meet their borrowing or investment needs.

**First Bank**                                          **Taipei, 1991-2000**
**Sales Manager**
Responsible for selling retail-banking services, including home loans, fixed-rate deposits, credit cards, and second mortgages.
- Increased sales by introducing a sales incentive program.
- Maintained consistent growth throughout my time as manager.
- Received Employee of the Year Award in 1999.

**First Bank**                                                    **Taipei, 1988-1991**
**Branch Manager**
- Branch #1 in overall sales two years in a row (1989-1990).
- Increased average customer savings by more than 50 percent through incremental growth of the account base.

**First Bank**                                                    **Taipei, 1985-1987**
**Assistant Branch Manager, Shihlin Branch**
- Responsible for all aspects of the branch's operation.
- Served as acting branch manager in the manager's absence.

**Earth Bank**                                                    **Taipei, 1982-1985**
**Lead Sales Associate, Shihlin Branch**
- Sold a variety of banking products and services.
- Served as mentor to newly hired sales associates.
- Earned top monthly sales nine times in 1984.
- Employee of the Month Award (May, 1984)

---

### 👍 履歷成功 Tips

★ 高階主管的履歷與一般人的履歷有三大不同點

一、首先，看履歷的人必定會格外仔細地閱讀。由於高階主管的權力和責任特別重大，這種職位的候選人均得經過嚴格篩選，因此履歷中的一字一句更得言之有物。

二、高階主管的履歷比一般人的要長。符合一定職位條件的人必然有豐富的經驗，根本無法在一頁寫完，而真正身經百戰的人有時甚至連兩頁都不夠。不過可別把這當作藉口，而寫得囉哩囉唆或放進毫不相關的資料。

三、應徵高階主管職位的人最好能擴大資歷摘要的篇幅，而不要將重要的工作成就隨便寫在不起眼的第二頁中。這種可稱為 Executive Profile（高階主管簡介）的資歷摘要，其實看起來很像「綜合式履歷」。我們會在 Unit 8 中詳細介紹這種寫法。

以 Brian 曾經擔任過銀行副董的資歷，想當然爾，非大銀行或大企業的高薪職位不去，但可惜他的初稿寫得不好，恐怕連跑腿的工作都找不到。

# Professional Experience

CATHAY UNITED BANK, TAIPEI
**Vice President of Marketing and Strategy**, 2005–2013
Challenged to bring in new commercial and consumer accounts and develop strategic alliances with corporations and other financial institutions.

- Generated more than NT$200 million per year in increased revenue over a 8-year span.
- Increased market share among multinational firms with branch offices in Taipei by 7 percent by instituting an innovative top-to-top sales strategy.
- Negotiated long-term partnerships with over 100 major corporations, ensuring a stable revenue stream until 2025 and beyond.
- Established the bank's Internet Marketing Unit, which resulted in over 21,000 new banking and credit card customers since 2007.
- Developed procedures for cross-selling wealth management and other banking services to existing clientele, leading to a 300 percent increase in deposits managed by the Consumer Banking Unit.
- Led Cathay United's community outreach efforts to position the bank as a visible participant in local activities.

**General Manager**, 2000–2005
Oversaw daily operations for 14 Northern Taiwan branches, including branch sales, new business development, customer service, and credit analysis. Reported directly to the Vice President of Operations.

- Managed a staff of over 50 employees, including branch and department managers, internal auditors, and support staff.
- Administered an annual discretionary budget of NT$30 million.
- Negotiated terms with credit card companies, including payment cycles and interest rates.
- Analyzed credit reports and financial statements to determine creditworthiness of customers.
- Consulted individually with top-tier clients to advise them on how Cathay United could best meet their borrowing or investment needs.

FIRST BANK, TAIPEI
**Sales Manager**, 1991–2000
Established sales strategy for retail banking services, including home loans, fixed-rate deposits, credit cards, and mortgages.

- Boosted total sales 18 percent in first year by introducing sales incentive program.
- Maintained double-digit sales growth for nine consecutive years.
- Received Employee of the Year Award in 1999.

**Branch Manager, Shihlin Branch**, 1988–1991

---

工作經驗

國泰世華銀行，台北
行銷暨策略副董，2005 年－2013 年
迎接挑戰，引進新商機與消費者客戶，並與企業和其他金融機構合作建立策略聯盟。
- 在八年間創造每年超過新台幣兩億元的營收。
- 制定創新的高層對高層銷售策略，因而增加跨國公司於台北所設之分部 7% 的市占率。
- 與超過百家大企業訂立長期合約，確保公司至少到 2025 年皆可擁有穩定的收入來源。
- 設立網路行銷部，因而自 2007 年起擁有超過 21,000 個新銀行業務與信用卡客戶。
- 開發交叉銷售財富管理程序，以及其他針對現有客戶的銀行服務，因而締造消費金融業務分行存款 300% 的成長。
- 帶領國泰世華銀行的社區服務活動，將國泰世華銀行定位成高能見度的本地活動參與者。

總經理，2000 年－2005 年
監督十四個北台灣分行之日常營運，包括分行業務、新事業開發、客服與信用分析。直接對營運副董負責。
- 管理超過五十名員工，包括分行與部門經理、內部審計員與支援員工。
- 掌管新台幣三千萬的年度可自行處置之預算。
- 與信用卡公司商訂條件，包括付款週期與利率。
- 分析信用報告與財務報表，裁定客戶信用評比。
- 提供高級客戶個別顧問服務，提出最符合借貸或投資需求的建議。

第一銀行，台北
業務經理，1991 年－2000 年
為消費金融業務制定銷售策略，包括房貸、定存、信用卡與不動產抵押貸款。
- 推行銷售獎勵方案，因而在第一年提高了一成八的總銷售額。
- 連續九年保持兩位數的銷售成長率。
- 於 1999 年榮獲年度最佳員工獎。

分行經理，士林分行，1988 年－1991 年

修正的部分包括：

| 項目 | 修 改 重 點 | |
|---|---|---|
| 格式 | ▪ Brian 擔任過的職位雖然很多，但卻只是在兩家不同銀行裡的職務。與其不斷重複寫出銀行名，不如（用大寫）分成兩部分，然後分別在下面逐一列出所有出任過的職位（用粗體字）。<br>▪ 我們將公司所在地（台北）挪到銀行名的後面。記住，避免重複相同的資訊。 | |
| 職位 | 副董 | Brian 對各個職務的描述可圈可點，只可惜真正該描述的並非職務內容而是工作成就。在修正版中，我們做了以下更動。<br>▪ 添加一些額外資訊，在缺乏數字佐證的狀況下，Brian 的描述略嫌空洞。以銀行家來說，不納入量化資料更是說不過去。<br>▪ 修正版中用了更多擴充式敘述，並將原版中所缺乏的量化資料包含進去。<br>▪ Brian 已經離開國泰世華銀行，用現在式描寫期間的工作成就是不對的。在修正版中這些錯誤都已改正過來。<br>▪ 移除 "Managed a staff of over 70" 一項，因為這項技能在下一個部分中會交代。我們已經瞭解 Brian 管理眾多員工，雇主其實只要知道這一點便已足夠。 |
| | 總經理 | ▪ 在工作說明中添加了 "Reported ... to ..."。由於許多頭銜（如「總經理」）的意義因行業及公司而異，所以最好明白指出自己的上司是何人，人資主管才能知道你在企業中究竟屬於哪一個等級。<br>▪ 指出自己有多少名下屬（更重要的是這些人的職位）和自己手上掌握的資金金額，可使人資主管約略瞭解你的職權範圍。在修正版中，我們表明了「分行與部門經理、內部審計員和支援員工」都是 Brian 的下屬，他並掌管新台幣三千萬的年度可自行處置的預算 (administered an annual discretionary budget of NT$30 million)。<br>▪ 將 "Individually consulted with" 改成 "Consulted individually with"，保持句型前後一致。在修正版中，每個子項目都是用具說服力的動詞開頭。 |
| | 業務經理 | ▪ 改寫概述，讓 Brian 感覺起來更積極。以較具動感的 "Established sales strategy" 取代軟綿綿的 "Responsible for selling"。<br>▪ 將 Brian 的基本式敘述拓展成擴充式敘述。 |
| | 分行經理 | ▪ 移除條列項目。由 Brian 成為分行經理的事實可看出他積極努力的成果，不過二十年前的成就與他現在所應徵的職位關係並不大。 |
| | 分行副理 | ▪ 刪除。年份久遠，且和 Brian 所應徵的職位無關。 |
| | 業務主任 | ▪ 刪除，原因同上。 |

請根據以下步驟編寫過去的工作經驗。

1. 列出所有曾經做過的工作，包括兼職、兵役和義工經驗。

2. 為每份工作寫一段「概述」，簡述曾在公司所扮演的角色，並於概述下方寫出主要
   職務內容和工作成就。現階段還不需要在用語上傷太多腦筋，將資料寫在紙上即
   可。如果遇到困難，回答下面的問題或許會有幫助。

   A. 為公司創造了多少收益？

   B. 為公司省下了多少錢？

   C. 工作表現是否超出預期？（超過業績目標？在截止日之前完成企劃案？）超出預期多少？

   D. 是否提升了工作效率？（減少在某項業務上所花的時間或在某產品／服務上花的錢？排除
      不必要的工作？提高生產力？）

   E. 是否擴展了公司的業務？（帶進新客戶？增加回購率？）

   F. 是否改善了公司的產品或服務？

   G. 是否參與了策略計畫？所提出的遠見是否有帶來正面結果？

   H. 是否解決了什麼看似棘手的問題？

   I. 管理多少名下屬？他們的職位為何？

   J. 是否掌控公司財務？金額是多少？

   K. 是否曾聘用、訓練或輔導過任何人？這些人的工作成果為何？

   L. 運用了哪些技能？工作表現極佳是因為擁有哪些個人特質？

   M. 是否接受過公司或業界的表揚？（獲得嘉許？獎項？升遷？獎金？）

3. 圈出概述中所使用的動詞。這些動詞是否強而有力？是否夠積極？如果不是，請改
   用徵才啟事內或本單元中所使用的動詞重寫一遍，讓你的敘述聽起來更有說服力。
   最後，檢查動詞時態是否正確且前後一致。

4. 在用到的名詞底下畫線。這些名詞看起來是否夠專業？如果不是，請改用徵才啟事
   中常見或本單元中所使用的名詞。

5. 仔細檢查每一項工作成就描述。所用的句子是基本式敘述，還是擴充式敘述？哪些基本式敘述可以也應該寫成擴充式敘述？（並非所有的基本敘述都應該擴充，兩式混搭最理想。）

6. 是否能使用更多或不同的量化資料來加強履歷的說服力？這些量化資料種類是否平均（數量、金額、百分比和時間範圍）？

7. 仔細將此部分完整地閱讀一遍，並思考以下問題：

A. 工作經驗大部分是描述曾經做過的工作，還是描述你能夠為下一家公司帶來的貢獻？是否有助於向人資主管「宣傳」你自己？

B. 所有提到的職位對於提高面試機會有無幫助？如果刪除某些職位，會不會降低獲得面試的機會（或是可能造成明顯的空窗期）？

C. 所提供的各種資料是否平衡且恰到好處？比方說，是否過度重視一般技能與個人特質，而沒有適度地納入量化資料？

D. 所有資料都正確無誤嗎？工作內容和成就是否都符合工作頭銜？

E. 每個職位的描述是否前後一致？每一段敘述是否都以清楚的概述開頭？最亮眼的成就是否有列在較不亮眼的成就前面？最近的職位是否描寫得最詳細？如果不是，還能添加什麼資料？對較久以前職位的描述，有沒有什麼細部資料可以刪除？

F. 所列出來的職務和工作成就，有沒有不希望新雇主知道的？

G. 有沒有不必要的重複描述？對於（同一個或不同職位中）相似的工作成就，如何換個方式描述，才能給人留下事業有上揚趨勢的印象？

8. 在其他部分完成後，工作經驗肯定得根據需求再修改（細節請見 Unit 7-9），但是現在可先完成基本雛型。請思考以下問題：

A. 人資主管最先看的會是什麼？工作頭銜？公司名稱？那是不是你最希望被注意的地方？這部分的格式是否能凸顯出你的強項？

B. 針對工作經驗的描述是否完整？四大要素都包含進去了嗎？是否有清楚地呈現出來？所使用的條列標示符號看起來專業嗎？

C. 還有沒有其他應提供的資料？是否應該用一個句子來描述任職過的公司？若註明曾經任職的部門或母公司，對你是否有利？

D. 每個職位的格式是否一致？可否再簡化（如縮短或挪動日期）？

E. 這部分用什麼標題會與履歷其他部分最速配？用 "Professional Experience" 還是簡單的 "Experience" 好？

※ 如果寫到一半寫不下去的話，不要擔心。等到確定格式和潤飾內容的階段，一定得回頭查閱「工作經驗」這個部分，到時候再補強也不遲。

# Unit 5

## 學　歷

### Education

為了多留點時間唸書，你曾錯過多少部電影？
為了準備考試和報告，你又曾耗費多少個小時熬夜苦讀？
現在總算苦盡甘來，能在履歷中闢出一欄多寫幾行字，
這一切的努力終於值得。

# 基本原則

履歷中的學歷欄會隨著求職者的工作經歷而有所改變。工作史愈長,學歷欄的位置會逐漸往下移動,不僅篇幅變少,重要性也降低。職業生涯正值中期或接近尾聲的專業人士,通常僅將曾經就讀過的學校和取得的學位寫在頁底;學生與社會新鮮人的學歷欄則往往放在工作經驗欄之前,也較常詳述過去所修習過的課程、獲得的獎項、取得的獎學金,以及參與過的活動等。無論什麼背景,學歷都是求職者的核心資產之一,本單元將協助你用最佳的方法呈現這份重要資產。

## 內容

在一般情況下並沒有必要提到高中學歷,除非你有特殊原因,例如成績斐然(在全國高中數學比賽中奪得冠軍),或者希望凸顯自己過去曾居住在某個地方(讓對方知道你對某個城市瞭若指掌,足以在那裡做業務)。另外,無論是職業學校、技術學校、大學或其他高等教育,所有取得的學位皆應列出。基本項目包括:學位名、學校名、校址以及學位取得年份,其餘資料則可略過。

當然,光是提供「必要的基本資料」還不夠,履歷送出以前應思考還有什麼資料可以補充,或是有沒有什麼資料可說服人資主管,求職者過去所接受的教育足以勝任應徵的職缺。有兩種方法可達到這個效果:擴充基本資料,以及將正規教育體制外所參與的研修課程也納入。

## 基本資料

### 1 學位

一般而言,人資主管最重視求職者的學位。請將學位列在前面,並用粗體、大寫或其他格式加以凸顯。標準作法是將學位名稱完整拼寫出來,而不用縮寫(如 Master of Library and Information Science,而非 M.L.I.S.)。不過,若是覺得縮寫能讓履歷整體看起來比較清爽或美觀,縮寫仍可採用。

---

**👍 履歷成功 Tips**

傳統上「學歷」欄被放在「工作經驗」欄之後、「其他資料」欄之前。不過對大部分的學生和剛畢業的社會新鮮人而言,最亮眼的就是教育背景。如果你是剛進入職場的新鮮人,那麼將此欄安排在最前面,也就是「應徵職務」欄之後會比較有利。

---

## ② 校名和校址

學校的名字必須完整拼寫出來（如 National Taiwan Normal University，而非 NTNU 或 Shihda）。在以下情況下，可考慮將校名列於學位前：

- 在同一所學校取得多個學位。
- 曾於某個學校就讀，但沒有完成學位。
- 學校名聲響亮，想炫耀一番。

另外，記得要寫出學校所在地（如 National Central University, Chongli）。若所在地可明顯從學校名字看出（如 National Taipei University），則可省略不寫。如果應徵的是海外工作，除了城市名外，也可將 "Taiwan" 寫出來，以避免誤解（如 Kaohsiung Medical University, Kaohsiung, Taiwan）。

## ③ 日期

假如你已經畢業，只要將取得學位的年份寫出來；若還是學生、尚未取得學位，則可將預定畢業日期列出。要是擔心造成誤會，明示月份（如 June 2010）或者加上 "expected" 這個字（如 expected 2015）即可。假設是肄業的狀況，仍可將此項資料寫在履歷中，但須加註就讀年份（如 2009–2011），可選擇避談當時所攻讀的學位，或者簡單說明一下（如 28 units toward a B.A. degree in Chemistry, 2008–2010）。若是在超過十五年以前畢業，日期就不必寫出來了。

## 📑 擴充基本資料

學歷可用客觀的事實來描述，將你最希望人資主管知道的資料呈現出來。例如列出 MBA 的學歷，雖然可使人資主管對你更加重視，但是對方心中可能還是會有一些疑問：你在校時的成績一般還是特別優異？修習過哪些課程？專攻什麼領域？利用一些能夠吸引目光的補充資料，將學歷的基本內容寫得有聲有色，你的履歷自然會脫穎而出。現在我們來看看幾種擴充基本內容的方法。

## 專攻領域

只寫出主修英文系，人資主管不會知道你學的是伊莉莎白時期的詩，還是後現代符號學？或是你在念 MBA 時究竟是專攻網路行銷，還是公共財政？絕大多數的人資主管都會希望瞭解求職者擅長何種領域，因此建議在學位後註明「專攻領域」（emphasis or concentration），或者獨立條列使其自成一行。

## B.B.A. with concentration in Business Management and Marketing
National Cheng Kung University, Tainan, 2013

企業管理學士，主修企業管理和行銷

國立成功大學，台南，2013

## B.B.A., National Cheng Kung University, Tainan, 2013
• Emphasis in Business Management and Marketing

企業管理學士，國立成功大學，台南，2013
· 主修企業管理和行銷

## 碩博士論文、研究計畫、簡報和課堂作業

## B.B.A., National Cheng Kung University, Tainan, 2013
• Senior Thesis: *Planning and Execution of the Strategy to Reconstruct the Arts Business Environment on Po-ai St., Yungho, New Taipei City*
• Researcher: Analyzed the development and history of the stores on the Old Street of Tahsi, Taoyuan County for the China Productivity Center
• Conference Paper: *(In) Authentic Communities: The Cultural Dynamics of Neighborhood Redevelopment*, presented at the Cultural Typhoon Symposium, Kichijouji, Japan, 2012
• Relevant Coursework: Special Topics in Marketing Management, Management Information Systems, Business Law

企業管理學士，國立成功大學，台南，2013
· 大四畢業論文：〈新北市永和區博愛街藝術事業環境重建規劃與執行策略〉
· 研究員：為中國生產力中心分析桃園大溪老街商店發展與歷史
· 研討會報告：〈（非）真群體：社區重建發展的文化動力〉，發表於文化旋風研討會，吉祥寺，日本，2012
· 相關課堂作業：行銷管理、管理資訊系統及商事法的專題報告

## 副修

## B.B.A., National Cheng Kung University, Tainan, 2013
• Minor: Urban Planning

企業管理學士，國立成功大學，台南，2013
· 副修：都市計畫

## 獎項、獎學金和資助金

寫出獲獎紀錄，讓人資主管瞭解求職者在學期間的優異表現及強項。

**B.B.A., National Cheng Kung University**, Tainan, 2013
- President's Award, National Cheng Kung University, 2012
- National Science Council Undergraduate Scholarship, 2011
- First place in university English speech contest
- One of the top three students in a class of 50

企業管理學士，國立成功大學，台南，2013
- 校長獎，國立成功大學，2012
- 國科會大學部獎學金，2011
- 大學英語演講比賽第一名
- 成績名列五十人班級的前三名

## 在校成績

　　如果你是學生或剛從學校畢業的新鮮人，成績特別優異（如滿分 100 分超過 90 分），那麼可考慮提供學業總平均分數。每一個國家的成績評分系統不同，所以若是應徵海外的職位，最好換算成績（如 Average Grade: 92/100 相當於 grade point average [GPA] 3.68），或以敘述的方式（如 top 5% of the class），以便人資主管可確實瞭解你成績的高低。

**B.B.A., National Cheng Kung University**, Tainan, 2013
- Average Grade: 94/100

企業管理學士，國立成功大學，台南，2013
- 平均成績：94/100

## 活動

　　如果在學校參與過的活動能佐證求職者具備與應徵工作相關的才能，如組織能力、領導能力、主動力等，可考慮與學業成績並列。

**B.B.A., National Cheng Kung University**, Tainan, 2013
- Member of the Young Entrepreneur's Club
- Volunteer mentor for first-year students
- Captain of the University Basketball Team, solicited sponsorship and other funding for intermural and intramural tournaments

企業管理學士，國立成功大學，台南，2013
- 青創會會員
- 新生志工輔導員
- 大學籃球隊隊長，負責籌措校內外錦標賽贊助資金

# 📑 額外訓練

　　除了告訴雇主所有端得上檯面的學歷之外，列出接受過的額外訓練可展現求職者對個人與專業成長的重視。

## 證照

- Microsoft Certified System Engineer (MCSE), 2008
- Test of English for International Communication (TOEIC), 880 points, 2010
- Japanese-Language Proficiency Test (JLPT), N1 (Highest Level), 2012
  - 微軟認證系統工程師（MCSE），2008 年
  - 多益測驗（TOEIC），880 分，2010 年
  - 日本語能力試驗（JLPT），N1 合格（最高級），2012 年

## 專業成長課程

- English Technical Writing, China Productivity Center, Taipei, 2009
- Japanese Language Courses, Global Village, Tainan (18 months)
- Cascading Style Sheets 2, Brainbench, in progress
  - 專業英文寫作，中國生產力中心，台北，2009 年
  - 日語課程，地球村，台南（為期 18 個月）
  - 串接樣式表 2 課程，Brainbench，進修中

## 專業進修、研討會與工作坊

- East Asian Marketing Association Conference, Nagoya, 2012
- Tony Robbins Leadership Academy, Singapore, 2010
- Jeffery Beecher Sales Training, Taipei, 2009 (three two-day workshops)
  - 東亞行銷協會研討會，名古屋，2012 年
  - 湯尼羅賓斯領導學院，新加坡，2010 年
  - 傑佛瑞畢徹銷售訓練，台北，2009 年（三場為期兩天的工作坊）

## 企業內部培訓課程

- Leadership Retreat, Uni-President, Hualien 2004 (four-day seminar)
- SQL Server Administration, iTech, 2008 (five days)
- Various management training courses, including cost management and team building
  - 領導力進修研習，統一企業，花蓮，2004 年（為期四天的研習會）
  - SQL 伺服器管理，iTech，2008 年（為期五天）
  - 各式管理訓練課程，包括成本管理和團隊建立

# 格式

大學學位永遠要放在第一位。如果擁有不只一個學位，請按照時間倒過來排列（倒敘法）。獎項、獎學金和其他在校成就應一併置於校名下方，不要分開寫。寫完學位之後，額外的受訓經驗則可根據優異和相關程度逐條列出，而不是按照時間順序。若資料很多，建議分成子項目（如 "Engineering Classes" 或 "Sales Training"）；若子項目中內容夠豐富（如 "Computer Skills" 或 "Language Training"），則可考慮將其從學歷欄挪出來另外敘述。

# 為「學歷」命名

此欄的標準標題就是簡簡單單的 "Education"。假如你在這一欄中寫的幾乎是非學位課程，可考慮用比較描述性的標題，如 "Education and Training" 或 "Education and Certification"。如果你的教育和訓練大部分來自公司提供的課程，而不是在一般的正規學校學習，則可考慮用 "Professional Development" 當標題。

---

## 履歷成功 Tips

有些雇主非常重視求職者的語言能力和電腦技能，因此不妨花點時間仔細思考，這些資料該如何在履歷中呈現最恰當。以下提供幾種選擇：

**1. 整合於工作經驗欄中，當作工作成就描述：**

Redesigned company website using CSS, leading to a 200% increase in page load times.
使用 CSS 重新設計公司網站，因而加快 200% 網頁載入速度。

**2. 在履歷中特別規劃出一欄專寫語文能力或電腦技能：**

Experienced CSS programmer.
Native Mandarin speaker. Fluent in English and conversant in Japanese.
資深 CSS 程式設計師。
母語為國語，英文流利，精通日語。

**3. 列出曾經取得的證照：**

Cascading Style Sheets Certificate, WebYoda, 2009
串接樣式表證書，WebYoda，2009。

**4. 列出曾經修習過的課程：**

Cascading Style Sheets 2, Brainbench, in progress
串接樣式表 2 課程，Brainbench，進修中。

（續上頁）

若希望凸顯修習過的語文和電腦培訓課程，可填寫於學歷中（如上述第 3 和第 4 項）。
不過請記住，對於語文能力和電腦技能，重要的並非有沒有上過課，應舉例說明在工作
時如何發揮這些技能（如上述第 1 項）。如果你的技能不勝枚舉，另闢一欄（如上述第
2 項）會是最好的辦法。

## 依職缺量身打造學歷欄

假設你要應徵的是科技公司的職務，那麼由上述眾多資料當中刪除較不相關的內
容之後，我們可以寫出像這樣的學歷：

# Education and Certification

**Bachelor of Business Administration**

National Cheng Kung University, Tainan, 2013
• Emphasis in Business Management and Marketing
• Relevant Coursework: Special Topics in Marketing Management,
  Management Information Systems, Business Law
• Minor: Urban Planning
• President's Award, National Cheng Kung University, Tainan, 2012
• National Science Council Undergraduate Scholarship, 2011

**Certificates**
• Microsoft Certified System Engineer (MCSE), 2008
• Test of English for International Communication (TOEIC), 880 points, 2010

學歷與證照

企業管理學士

國立成功大學，台南，2013 年
・主修：企業管理與行銷
・相關課程：行銷管理專題、管理資訊系統、商事法
・副修：都市計畫
・校長獎，國立成功大學，2012 年
・國科會大學部獎學金，2011 年
證照
・微軟認證系統工程師（MCSE），2008 年
・多益測驗（TOEIC），880 分，2010 年

## 實例解析

### Applicants 求職者

**Sharon Wu** → 剛從大學畢業的社會新鮮人。

**Angie Lee** → 學歷不算太高，曾擔任私人助理。

**Tyson Chen** → 學歷亮眼，且擁有不錯的工作經驗。

**Brian Yeh** → 職場的超級老鳥，曾研習過許多專業課程。

接下來我們來看看以上各具特色的四位求職者如何撰寫他們的履歷。

 **Sample 1 Sharon**

【修改前】

---

## Education

**National Yang Ming Senior High School,** Taoyuan                 June 9, 2010

**BA, Business Administration**                                    May 15, 2014
Tamkang University, Taipei

**BA, Mass Communication**                                        May 15, 2014
Tamkang University, Taipei

---

Sharon 希望盡量精簡學歷的內容，然而她是社會新鮮人，她最重要的工作經驗是當過暑期實習生，此舉恐怕不是上上策。不過，Sharon 是個上進的好學生，在大學期間取得了雙主修學位，只要多提供一些關於學業的資料，履歷部分就能有顯著的改善。

在這短短一小段的描述中她還犯了幾個錯誤：

① 以 Sharon 大學畢業生的身分，她其實沒有必要提供高中的學歷背景。（即使要提供，也應寫在此欄的最下面，而不是最上面。）

② Sharon 是雙主修，所以應該將校名寫在學位前面。

③ 為了使 Sharon 的成就看起來更有份量，「BA」最好完整拼寫出來：Bachelor of Arts。

④ 沒有必要寫出畢業的月份和日期。在修改版中，我們只簡單地提供了年份。

# Education

**Tamkang University, Taipei**

*Bachelor of Arts, Mass Communication*, 2014
- Journalism coursework included: News Writing, Radio/TV Interviewing, News in English
- Technical coursework included: TV News Production, Advertising and Production, Advanced Radio Production, Digital Video Editing

*Bachelor of Arts, Business Administration*, 2014
- Emphasis in consumer behavior and quantitative research methodologies
- Senior Thesis: *Lucrative Bias: Advertising Rate Fluctuations During National Elections*

---

學歷

淡江大學，台北
*大眾傳播學士*，2014 年
- 新聞課程包括：新聞寫作、廣播／電視訪談、英語新聞
- 技術課程包括：電視新聞製作、廣告與製作、高階廣播製作、數位影片剪輯

*企業管理學士*，2014 年
- 主修消費者行為與量化研究方法
- 大四畢業論文：〈獲利的偏向：全國性選舉期間廣告率的波動〉

## Sample 2 Angie

# Education

⊙ Chinese Culture University: accounting and office management classes.
⊙ Chinese Culture University: lectures in time management and meeting management.
⊙ Have recently attended Microsoft Office classes to earn a Master of Computer Certificate (MOCC), Chinese Computer Education Association. (Completed Word and Excel.)
⊙ San-Chong High School: Typing (50 w.p.m.)

Angie 在此份初稿中提供的教育相關資料少得可憐。由於 Angie 的工作經驗並不是很正規，雇主可能會懷疑她是否有在職場中生存的技能，更別提在現代公司中能否成功了。於是 Angie 決定主動出招。她列出了曾修習過的商業和電腦課程，以解決內容乏善可陳的問題。

以初稿而言，這篇算寫得不錯。Angie 將相關的課程、講座甚至技能都包含在內，但可惜整體結構不佳，而且不夠清楚。

本篇「學歷」的修正部分包括：

① 為了凸顯 Angie 的專業資歷（以轉移對方對她學歷不高的注意力），我們將此欄的標題從 "Education" 改成了 "Professional and Technical Training"。

② 為避免重複，我們將 Angie 上過的課程和講座並列於同一個標題 "Chinese Culture University" 之下。另外，Angie 原本未提及她上的是 "continuing education program"「推廣教育課程」，而不是一般正式的大學課程，這個作法不誠實，也不明智。

③ Angie 的 MOCC 證照到底為何？是微軟頒發的證照，還是中國電腦教育協會（Chinese Computer Education Association）頒發的？是否修習完畢？我們在修改過的版本中消除了這些疑問。

④ Angie 的最高學歷是高中，不過提到這個學歷對應徵工作完全沒有幫助。她的打字速度和高中教育有何關係，也叫人想不透。我們也看不出來她是一分鐘打 50 個英文字（不怎麼快），還是 50 個中文字（蠻厲害的）。於是，我們特別在 "Computer Skills"「電腦技能」項下列出一個子項目來釐清這些疑問。

⑤ 最後，我們將原本又大又突兀的項目符號改得低調些，並為必要的項目加上年份。

**【修改後】**

# Professional and Technical Training

**Chinese Culture University**, School of Continuing Education, Taipei, 2013–present
- Extension courses in cost accounting, tax accounting, office management and administration.
- Attended lectures on time management and meeting management.

**Master of Computer Certificate (MOCC)**, Chinese Computer Education Association, in progress
- Certified Professional in Word and Excel.
- Currently attending classes in PowerPoint and Access.

**Computer Skills**
- MS Office, Windows 7, Windows 8.1
- Typing: 65 w.p.m. English, 50 w.p.m. Chinese

專業與技術訓練

中國文化大學,推廣部,台北,2013 年至今
- 成本會計、稅務會計、辦公室管理和行政等推廣教育課程
- 參加時間管理和會議管理講座

電腦專業能力認證(MOCC),中國電腦教育協會,研修中
- Word 和 Excel 專業證照
- 目前正在研修 PowerPoint 和 Access 課程

電腦技能
- MS Office、Windows 7、Windows 8.1
- 打字速度:英文每分鐘 65 字,中文每分鐘 50 字

**Sample 3  Tyson**

【修改前】

# Education and Training

- **Chinese Institute of European Languages**, Taipei, Intermediate Portuguese in progress
- **Customer Research Lab**, Xue Xue Institute, Taipei                2011
- **Carnegie Leadership Training**                                      2009
- **MBA**, UCLA                                                          2003
  - AIM Certificate
  - Focus on pricing strategies
- **TOEFL** (CBT) 278                                                    2001
- **GMAT** 710                                                           2001
- **BA, Business Administration**—Chung Yuan Christian University        2001
  - Emphasis in Marketing, Average Grade: 90/100
  - President of the Mountaineering Club
- **Spanish**, Private lessons                                        1995–2001

Tyson 的工作經驗是他最大的強項，而且他的學歷背景也很出色，值得讓人資主管瞭解。Tyson 在世界聞名的大學取得了 MBA，卻將此項資料排在語言和專業成長課程的下方，毫不起眼。這是時間倒敘法用過頭的情況，造成首要項目被次要項目排擠掉了。在修改版中，我們對此做了修正，並緊接著列出 BS 學位。此外，關於 MBA 的敘述也應擴大（同時刪除了針對大學部分的描寫），並將重點擺在 Tyson 最傲人的學業成果之上。

Tyson 的語言和專業成長課程資料的呈現與前兩位求職者不同；如果換作是 Sharon 或 Angie 的履歷，我們會不假思索地將那些資訊填寫於此欄中，但是以 Tyson 的情況來說，還是刪除比較好。Tyson 有必要讓人資主管知道自己具備哪些語文能力，但是因為他會說多種語文，語文能力便是他的重要資產。為了凸顯 Tyson 的語文能力，我們決定另闢一個語文欄（見附錄 A 的完整履歷）。

另一方面，Tyson 列出來的兩個專業成長課程並無不妥，但是都不怎麼出色，尤其是放在足以將他定位成有雄心壯志之跨國經理的 UCLA MBA 學位和工作經驗欄旁邊，根本無法發揮作用。此外，他具有亮眼的工作經驗，對這種人來說，無論 GMAT 的分數是高是低都不是太重要。

最後，我們也調整了一些格式問題。請留意修正處。

【修改後】

# Education

**Master of Business Administration**
**UCLA Anderson School of Management**, Los Angeles, 2003

- Advanced International Management Certificate
- Six-month exchange at Pontificia Universidad Católica de Chile (PUC) Santiago, Chile
- Main areas of research: commodity pricing strategies in new markets, global distribution channel management, motivation and leadership training

**Bachelor of Arts in Business Administration**
**Chung Yuan Christian University**, Chongli, 2001

企業管理碩士
加州大學洛杉磯分校安德森管理學院，洛杉磯，2003 年
- 高級國際管理證照
- 智利聖地牙哥智利天主教大學六個月交換學生
- 主要研究領域：新市場之商品定價策略、全球配銷通路管理、動機和領導力訓練
企業管理學士
中原大學，中壢，2001 年

修正的部分包括：

① 將學位名稱 "Master of Business Administration" 全部拼寫出來，特別標示並放在第一位。

② 一般來說應將 "University of California, Los Angeles" 全名寫出來，但是此研究所的正式名稱就是 "UCLA Anderson School of Management"，所以我們應該延用這個名稱。另外，因為 "UCLA Anderson School of Management" 是國際知名的研究所，我們用粗體來吸引目光（下方的 Chung Yuan Christian University 也用粗體表示以維持前後一致。）

③ "AIM Certificate" 是什麼？一般人不見得知道，所以應將原本的縮寫改掉，提供全名 "Advanced International Management Certificate" 比較恰當。

④ 最後，我們將兩所大學的所在地也加進去。

## Sample 4 | Brian

【修改前】

# Education

University of Wisconsin, Madison, MBA (1974–1976)
- 3.74 GPA
- Courses in corporate finance, debt structure, and operations management
National Chengchi University, Bachelor of Business Administration, (1970–1973)
- One of the top three students in a class of 50
- First place in school-wide English debate competition

Brian 曾研修過無數個專業成長課程，卻很明智地決定不寫在履歷中。擁有像 Brian 這樣背景的人，應該是教授而不是研修這些課（不過即便他真的執教過，也是應該列在工作經驗欄，而非學歷欄）。雖然 Brian 已經盡量精簡關於正式教育的敘述，但以他的經歷背景而言還是寫得太多，對他並沒有好處。

首先，這些資料會轉移注意力，讓對方忽略了他真正的強項——工作經驗。其次，Brian 的大學時代太過久遠；不管他在 1974 年是否學過公司財務，在四十年後的今天已不重要。在下面的修改版中已刪除了所有多餘的內容，僅留下基本、必要的資料。

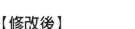

## 【修改後】

---

# Education

**Master of Business Administration**, University of Wisconsin–Madison
**Bachelor of Business Administration**, National Chengchi University, Taipei
學歷

---

企業管理碩士，威斯康辛－麥迪遜大學
企業管理學士，國立政治大學，台北

---

修正的部分包括：

① 對 Brian 而言，其實沒有必要將大學名稱寫在學位之前，修正後將學位寫在前面並改以粗體表示。

② 另外，Brian 將入學和畢業的年份都列出來，實屬多此一舉。一般而言，簡單寫出畢業年份是標準作法，不過由於 Brian 是在超過十五年前畢業的，我們決定將時間數字全部省略。

③ 最後，大學名稱的寫法也稍做修正。Wisconsin 和 Madison 中間不用逗號分隔，而採用破折號「–」。的確，逗號是校名中最常見的分隔符號，但是該校的正式名稱用的卻是破折號，這一點必須注意。

請按照以下步驟勾勒出專屬於你的「學歷」。

1. 列出所有在高中畢業後就讀的高等教育機構，並且註明每一所學校的下列資訊：
   - 獲得學位的全名（如果有的話）。
   - 學校的正式英文名稱；如果不確定，可上學校網站查詢。
   - 學校的所在地。如果應徵的公司位於台灣，僅須提供城市名即可。如果公司位於國外，可考慮將 "Taiwan" 也寫進去。如果從學校名稱就能清楚得知所在地，則不必列出。
   - 取得學位或證書的年份。
   - 如果沒有取得學位或證書，可以僅列出就讀的年份。

2. 利用本單元所提及的任一格式，將上述資料組織起來。

3. 擴充對每所學校的描述，建議可填入下列資訊：
   - 你在學校中專攻或著重的領域。
   - 你所完成的重要研究之標題（碩博士論文、會議論文或出版品）。
   - 你研習過的課程名稱。
   - 你的副修科目。
   - 你所獲得的獎項、獎學金或資助。
   - 你的平均成績或其他可顯示學業成績優秀的指標。
   - 你在學校所參與過的活動。

4. 列出所有額外接受過的訓練，包括機構名稱、所在地、研習課程名稱及日期等。

   例如：
   - 持有的專業、技術或語文證照。
   - 研修過的專業進修課程。
   - 參加過的研討會與工作坊。
   - 接受過的企業內部訓練課程。

以上的步驟皆完成之後，請再次檢視徵才啓事和任何其他關於所應徵之公司或機構的資料，試著揣摩人資主管可能會想知道哪些資訊，並據以刪減學歷欄位的內容。你可以利用以下的問題來檢視學歷欄是否填寫完整。

☐ 技能和語文能力等資料放在學歷欄中最恰當，還是放在工作經驗欄較合適？獨立出來自成一欄會不會比較好？

☐ 關於格式：
　· "Education" 是否爲此欄的最佳標題？
　· 學位、機構、所在地與年份是否編排在同一行最好看？如果不是，將學位改成縮寫會不會比較吸引人？另外，請參考本單元的範例，確認當一行寫不完時該如何分成兩行。
　· 學位是否已按照時間順序倒過來排列？各項目是否已根據相關程度排列？
　· 最重要的項目（通常是學位或機構）是否最明顯？如果不是，應調整順序，將最重要的部分擺在第一位，並採用粗體或其他編排方式以吸引目光。
　· 格式是否前後一致？例如，如果在某一項目中「機構名」是採用粗體標示，其他所有項目中的「機構名」是否也都採用了粗體？標題和項目符號也應特別留意。
　· 文句之間是否有用逗號分隔？每一行最後是否多此一舉寫上了句號？
　· 有沒有哪個縮寫應拼出全名？有沒有哪個名稱改採縮寫會比較恰當？

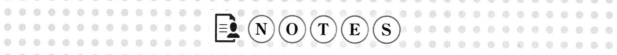

# Unit 6

## 其他資料

## Additional Information

雇主在評估是否錄取一個人時，會有各式各樣的考量，
不過不外乎兩點：
1. 求職者是否能勝任這份工作？
2. 求職者是否合適本公司？
其他資料欄是加深人資主管對求職者印象的最後機會。

一份好履歷表應該開門見山地將最重要的資料寫在前頭，那麼在結尾處又應附上哪些資料呢？老實說，其他資料欄是履歷中重要性最低的部分；如果求職者的工作經驗欄和學歷欄篇幅夠長、內容夠豐富，甚至也可以毫不猶豫地刪除此欄。當然，提供其他資料欄的理由很多，端視求職者的個人考量而定。最常見的理由是因為履歷下方還有很大的空間，非得寫些什麼東西來填補這一大塊空白不可。不過在隨便用一、兩行，例如「嗜好：看電影、聽音樂、閱讀」等毫無意義的話應付了事之前，請先思考下列兩個問題。

第一，留白有什麼不對？在下一個單元我們將告訴你在履歷中留下一些空白的好處。相對而言，留白可以讓履歷表在視覺上顯得較為美觀，讀者在閱讀時也比較輕鬆。若發現履歷中有多餘的空間，求職者的第一個念頭應該是如何運用這塊空間，將現有的元素安排得更好看、更容易閱讀？如果在幾經嘗試後依舊有很多剩餘空間的話，便可再思考應加入什麼樣的其他資料以助於爭取面試機會。別忘了履歷即廣告，即使是履歷表最後面的小欄位都應填入出擊必勝的內容。

## 內容

就性質而言，其他資料欄的內容較雜亂無章，所有無法歸納在其他欄位中的重要資訊皆可歸於此欄。

其他資料欄的內容主要可分為「硬性內容」和「軟性內容」兩類。「硬性內容」和履歷表中的其他欄位相同，尤其是工作經驗欄和學歷欄，重點在於呈現求職者所具備的技能和成就，讓人資主管一看到就知道求職者能夠勝任該項工作。「軟性內容」則著重個人特質而與求職者的專業能力較無直接關聯，但應確保人資主管看完後能夠瞭解求職者的人格特質與企業文化相容，是適當的人選。一般來說，在其他欄位中置入硬性內容比軟性內容來得恰當，但是對於個人背景特殊者而言，雙管齊下也無妨。

如果你符合以下情況，硬性內容較適合你：
- 隸屬某個有名望的專業組織。
- 曾透過發表文章、演講或者上廣播及電視節目等，和媒體建立友好關係。
- 擁有堅強的語文或技術能力，在這種情況下，最佳的作法即特別獨立出一個欄位加以推銷。

· 曾經得獎或有其他和工作相關的斐然成就，但這些豐功偉業都不適合寫在別的欄位中。

如果你符合以下情況，軟性內容較適合你：
· 做過義工或參與過社區活動。
· 你的前任主管或同事對你的專業貢獻讚譽有佳。
· 你的興趣或參加過的活動與所應徵的職位有關。例如，若是應徵平面設計的工作，熱中攝影就會有幫助。
· 透露出一些能說服人資主管打電話邀請參與面試的個人資料。比方說，如果這份工作有外派的需要，在此提到國外旅行經驗便很合理。

以下我們來深入瞭解硬性和軟性這兩種不同類型的內容，同時也看看幾個範例。

# 硬性內容

## 語言能力（Language Skills）

列出所有會說的語文並註明流利程度。避免使用 "intermediate"「中級」、"advanced"「進階」等語焉不詳的字眼，因為對這些字眼的認知因人而異，最好用一兩個較明確的語詞加以描述。以下提供描述流利度的常用語詞：

| 流利程度 | 流利程度＋介系詞 | 語文（流利程度） | 形容詞＋語文＋ speaker |
|---|---|---|---|
| native speaker<br>母語 | native speaker of Mandarin<br>母語為國語 | Mandarin (native speaker)<br>國語（母語） | native Mandarin speaker<br>母語為國語 |
| bilingual<br>雙語 | bilingual in Chinese and English<br>具中英雙語能力 | | |
| fluent<br>流利 | fluent in Taiwanese<br>台語流利 | Taiwanese (fluent)<br>台語（流利） | fluent Taiwanese speaker<br>台語流利 |
| conversant<br>通 | conversant in Japanese<br>通日語 | Japanese (conversant)<br>日語（通） | |
| familiar<br>懂 | familiar with Hakka<br>懂客語 | Hakka (familiar)<br>客語（懂） | |
| knowledge of<br>略懂 | knowledge of Korean<br>略懂韓語 | | |
| studied<br>學過 | | Franch (studied)<br>法語（學過） | |

愈流利 ↑

由於是用外文撰寫履歷，母語或其他學過的語文全列出可避免誤解，應從最流利的語言依次排列。如果你有認證考試成績又尚未在其他欄位列出，可寫於此欄。請注意，認證考試的成績僅可用作輔助說明，並無法取代應有的描述。有些雇主對多益測驗一無所知，更遑論知道 DELF 和 DALF 之間的差別了。除了附上考試成績，求職者也可以在此欄列出一些國外經驗（如下方第二個範例）。

**Languages:** native Mandarin speaker, fluent in Taiwanese and English, conversant in Japanese (JLPT N2)

語文：母語為國語，台語和英語流利，通日語（日本語能力試驗 N2）

## Language Abilities

Bilingual in Mandarin and English, knowledge of Spanish, lived in Mexico for one year
語言能力

具中文和英文雙語能力，略諳西班牙語，曾在墨西哥居住一年

## Language Skills

Mandarin (native speaker), English (fluent, TOEFL iBT: 113), German and Korean (studied)
語言能力

國語（母語），英語（流利，iBT 托福：113 分），德語和韓語（學過）

# 技術能力（Technical Skills）

技術能力一般放在工作經驗欄中，讓人資主管瞭解求職者能夠運用各式技能解決公司的疑難雜症，建議最好能以條列的方式呈現。人資主管在招聘技術人員時，往往要求求職者具備某類特定的技術，如果在第一次篩選過程中沒有看到所尋找的能力，求職者就注定出局。因此履歷表中應一目瞭然地註明求職者所有具備的技術能力，以期能有效地增加面試的機會。另外，即使非技術領域的專業人士也必須擁有基本的文書處理、報表、資料庫及網路應用等能力。但由於這些都是「次要」技能，只要簡單列出即可。

求職者可直接將技能列出（如下方第一個範例），或是透過簡短的句子來描述，例如 "Proficient in ..."「精通……」或 "Advanced knowledge of ..."「具……進階知識」，當作引言（如第二個範例）。除了專有名詞外，也可以用動名詞來描述一般技能（如第三個範例）。如果技術能力相當廣泛則建議分門別類列示，讓人資主管能準確地找到所須資訊。

**Computers:** Oracle (Oracle 11i Workflow Certified Expert), MS Office, Photoshop, HTML
電腦：Oracle（Oracle 11i Workflow 認證專家）、微軟 Office、Photoshop、HTML

## Computer Skills

Proficient in Photoshop, GIMP, Paint.NET, Illustrator, Flash, AutoCAD, InDesign, and Quark

電腦技術

精通 Photoshop、GIMP、Paint.NET、Illustrator、Flash、AutoCAD、InDesign 和 Quark

## Technical Proficiencies

Advanced knowledge of Windows system administration, including installing and configuring Microsoft Exchange, SQL, and Storage Servers, creating and managing accounts, implementing user rights, and installing network printers and other peripherals

熟練技術

具 Windows 系統管理進階知識，包括安裝與配置 Microsoft Exchange、SQL 和 Storage Servers，建立和管理帳戶，實作使用者權限，以及安裝網絡列表機和其他周邊設備

# 獎項與成就（Awards and Accomplishments）

一般情況下，獎項和成就放在學歷欄或工作經驗欄的效果最好；但若求職者曾接受政府、專業組織或其他相關機構的表揚，那麼將這些成就獨立出來自成一欄也很合理。除了「獎項與成就」，請注意這一段還有許多不同的標題可供選擇。

## Selected Accomplishments

Salesperson of the Year, Yunlin County, 2009

特殊成就項目

年度最佳銷售員，雲林縣，2009 年

## Awards and Honors

Mayor's Award for Training Innovation, Chiayi, 2011

獎項與榮譽

培訓創新市長獎，嘉義，2011 年

## Personal Accomplishments

First Taiwanese president of the International Association of Freight Insurers, 2014

個人成就

國際貨運保險公司協會第一位台灣籍主席，2014 年

# 隸屬組織（Affiliations）

若求職者具備某個專業組織的會籍，通常就表示有能力掌握所屬領域的最新發展；若是擔任某個專業組織的幹部，則表示求職者應該有能力影響所屬領域的走向。以上兩者都是一般企業相當重視的資歷。如果求職者是一般會員，則只要列出組織名稱即可。

**Professional Associations**

Association for Computing Machinery

Institute for Electrical and Electronics Engineers

隸屬專業協會

計算機協會

電子電機工程師學會

若曾擔任過幹部，建議將職位寫在組織名的前後，也可將服務的年份寫出來。

**Professional Affiliations**

Chairman, Asian Society of Architects, 2008–2009

隸屬專業組織

主席，亞洲建築師學會，2008─2009 年

或

**Professional Memberships**

Asian Society of Architects, Secretary, 2012–2013

專業會籍

亞洲建築師學會，祕書，2012─2013 年

如果求職者參加的組織不只一個，並曾在其中一個組織擔任過幹部，應在列出其他組織時寫明「會員」身分，以與其他項目一致，同時也建議針對不同的項目寫出年份，以明確表示服務期間。

**Professional Organizations**

Member, Society for Architectural Excellence, 2004–present

Chairperson, Taiwan Society for the Advancement of Architecture, 2009–2012

隸屬專業組織

會員，傑出建築師協會，2004 年至今

主席，台灣建築促進協會，2009─2012 年

請注意，連接號〔 — 〕和連字號〔 - 〕不同，連接號是用以表示日期範圍。

## 媒體（Media）

求職者可善用此部分來展示有能力進行公開演講以及寫作溝通。若求職者曾出版書籍，或是在報章雜誌、學術期刊、商業刊物刊登過文章，便是上述能力的最佳保證。假如求職者曾是某篇報導或訪問的對象，或者曾上過電視或廣播節目，都建議逐項列出以提高獲得面試的機會。

## Publications

– *The New Officelessnes*s (working title), Four leaf Publishing, Taipei, Forthcoming
– "Online Collaboration Tools – An Overview," Association of Design Professionals
  Newsletter, December, 2012
– "Choosing the Right Virtual Office for Your Company," *Creative Arts Monthly,* March 2, 2011
– "Seven Ways to Build Your Dream Studio," *United Daily News*, January 25, 2010

刊物
－《沒有辦公室的新世界》（暫定），四葉出版社，台北，即將出版
－〈線上合作工具──總覽〉，專業設計師協會會報，2012 年 12 月
－〈為你的公司選對虛擬辦公室〉，《創意藝文月刊》，2011 年 3 月 2 日
－〈七招打造理想工作室〉，《聯合報》，2010 年 1 月 25 日

## Media Appearances

– Profiled by *Business Today* for article on social networking software, July 2014
– Interviewed by the *China Times* for various articles on blogging and instant messaging
– Frequent guest on *Debbie Live* radio show to discuss online shopping, ICRT, FM 100
– Interviewed on ETTV Morning News about the best snacks for group purchasing, October
  17, 2013

媒體訪談
－針對社交網路軟體專文，接受《今周刊》側寫，2014 年 7 月
－針對建立部落格和即時通訊寫作之各類專文，接受《中國時報》專訪
－「黛比現場」廣播節目經常性來賓，討論線上購物，ICRT，FM 100
－以最夯團購零食為題，接受東森電視台晨間新聞採訪，2013 年 10 月 17 日

## 軟性內容

### 興趣與活動（Interests and Activities）

　　一般而言，硬性內容寫出來並沒有什麼風險，但軟性內容就不見得如此。或許參加「少女時代」的後援會曾為求職者的生命注入重大的意義，但如果人資主管並不是「少女時代」的粉絲，求職者便可能永遠都不會接到邀請面談的來電。人資主管有可能在喝一杯咖啡的時間內就刷掉數十名求職者，因此在填寫履歷時務必仔細評估哪些內容對獲得面談機會最有利。

　　在某些狀況下，將特殊興趣或活動寫出來可能是大利多。如果求職者對審閱履歷的把關者稍有瞭解，寫下共同的興趣將有助於在面談時營造融洽的氣氛，而求職者也可以利用此部分形塑人資主管心目中的印象。假設應徵的工作有體力需求，求職者曾進行環島單車旅行會是很不錯的經歷；假設應徵金融服務業的職位，提到對頂級葡萄酒和限量跑車的知識，也能顯示求職者擁有寬廣的人脈，有本事與富豪打交道。

## Interests and Activities
- Long-distance bicycling, swimming, and running
- Completed four triathlons

### 興趣與活動
- 長途單車行、游泳和跑步
- 曾完成四次鐵人三項活動

## Activities
- Acoustic guitar, ukulele
- Jazz dancing, basketball

### 活動
- 空心吉他、烏克麗麗
- 爵士舞、籃球

## International Experience
- Lived and worked in Japan for five years
- Extended travel in the UK, US, Spain, and Korea

### 國際經驗
- 曾於日本居住、工作五年
- 曾於英國、美國、西班牙和韓國進行深度旅遊

## Personal Accomplishments
- Founding Member of the Ilan Youth Hiking Association
- Appointed to the Ilan County Government Citizens Advisory Committee

### 個人成就
- 宜蘭青年登山協會創始會員
- 曾被指派擔任宜蘭縣政府民眾顧問委員會委員

# 社區服務（Community Service）

在履歷中列出社區活動不僅能告訴人資主管求職者的興趣所在，也能讓人資主管瞭解求職者的價值觀。若將兩個條件相當的求職者擺在一起，人資主管應該會比較傾向選擇樂於協助、服務的那一位。須注意的是，假如履歷透露求職者將大量時間投注在志工活動上，較實際的雇主可能會擔心求職者未來投注在公司事務上的時間與精力會相對減少。此外，如果求職者過去所參與的志工活動看起來有某種政治意識，這也會有風險。比方說，如果求職者是支持動物保護運動，便可能會與肉類食品業的工作絕緣。如同先前的單元針對工作經驗欄的寫法建議，求職者應盡力將所有的成就以「量化」的方式呈現。

## Community Service
- Kaohsiung County High Schools, regular volunteer judge for English speech contests

- Helped to raise more than NT$23,000 for Help-Save-A-Pet Fund Taiwan
- Served as secretary of the Ren-Ai Elementary School Parent-Teachers' Association (PTA) (2012–2014)

社區服務
· 高雄縣高中，英文演講比賽固定志願評審
· 協助流浪動物之家募款超過新台幣 23,000 元
· 擔任仁愛國小家長教師聯誼會祕書（2012－2014 年）

## Community Involvement

- Volunteer translator (Chinese–Japanese) for the Nangang District Office, Taipei
- Mucha Youth Percussion Band, Fundraising
- Taipei Arts Council, PR Committee

社區參與
· 南港區公所翻譯志工（中文－日文），台北
· 為木柵青年打擊樂團募款
· 台北藝術委員會，公關委員

## Volunteer Activities

- Volunteer at Sports Forever, a sports club for senior citizens
- Keelung Kiwanis Club

志工活動
· 「運動一生」老人運動社團志工
· 基隆同濟會

## 個人資料（Personal Information）

　　為了避免各種不公平的歧視行為，國外許多國家已通過立法禁止公司向求職者詢問年齡、性別、人種、國籍、婚姻以及健康狀況。假如求職者要將履歷寄到國外公司，最好事先瞭解一下該國的法律與習慣作法；若是要應徵台灣的外商公司，則一般或多或少都會要求提供一些個人資料。如果不提供個人資料，雖然求職者的履歷看起來會比較國際化且與眾不同，但也可能被視為資料不全而在面試前便遭遇被刷掉的命運。可能的話，不妨直接與求職公司的人事部門聯絡以尋求建議。

　　婚姻狀況方面，不要只簡單地表示自己是單身或沒有小孩，求職者可以利用這樣的資訊讓雇主知道你比較能夠接受出差或甚至派駐到國外工作。如果你已經取得某個國家的工作權，也可註明在這部分。

Personal Information
- Taiwan citizen, current US H-1B visa holder
- Married with one child. Planning to relocate to New York to be with family

個人資料

----

· 台灣公民，目前持有美國 H-1B 簽證
· 已婚，育有一名子女，計畫移居紐約和家人團聚

Personal

----

• Taiwan citizen, US Green Card application in progress
• Born November 13, 1972, married, no children
• Willing to travel or relocate abroad

個人

----

· 台灣公民，美國綠卡申請中
· 生於 1972 年 11 月 13 日，已婚，無子女
· 願意出差或外派

## 推薦或背書（References and Endorsements）

在過去幾乎所有的履歷都會在最下方附上一句 **"References available upon request"**「如須推薦信，敬請告知，本人將樂於提供」，然而有愈來愈多的人將此說明視為多此一舉（公司當然會希望你提供推薦信！）。如今通常是將推薦信與履歷分開列印，面試當天應雇主要求再提供；也有些求職者會從推薦信、考績報告、客戶謝函等摘錄幾句放在履歷中，不過此作法目前仍屬少見。以下提供幾個範例：

*Jeremy is extremely organized, and never missed a deadline in the four years we worked together at ReDer. He works well without supervision, and was the best communicator on our team of 27 people.*
—Ellen Swift, Office Manager, ReDer Ltd.

傑瑞米的組織能力極佳，我們在 ReDer 共事的四年期間他從未拖延任何工作。他在沒有人監督的情況下也能有很好的工作表現，並且是我們 27 人團隊中最佳的溝通者。
── 愛倫 · 史維特，行政經理，ReDer 有限公司

*Rachel is the best sales manager we've ever had. She nearly doubled sales revenue in six years, and has maintained fantastic relations with our existing customers.*
—Walt Davis, COO, Vast Cycle Industries

瑞秋是我們至今雇用過最優秀的業務經理，她在六年內創下近雙倍的營收成長，並與現有客戶維持絕佳的關係。
── 華特 · 戴維斯，營運長，Vast 自行車製造商

在履歷中摘錄推薦信的目的在於補強前面自我推薦的內容，切忌重複相同資訊。建議事先取得推薦人同意，以確保雇主與他們聯絡時他們會證明你所言屬實。

## Applicants 求職者

| | | |
|---|---|---|
| **Sharon Wu** | → | 試圖以豐富的其他資料補強自己大學剛畢業實務經驗上不足的現實。 |
| **Angie Lee** | → | 沒有太多特別的其他資料可補充，於是將前面已提過的內容再寫一次。 |
| **Tyson Chen** | → | 是高階經理，對於撰寫英文履歷頗有概念，只不過寫得太長了。 |
| **Brian Yeh** | → | 雖然沒有突出的語文和電腦技能，但是在媒體等方面相當活躍。 |

接下來我們來看看以上各具特色的四位求職者如何撰寫他們的履歷。

 **Sample 1 Sharon**

【修改前】

## Additional Information

Publications
- *TVBS Weekly:* "Korean cosmetic surgery disasters: what you should know before you go," August 22, 2012
- *TVBS Weekly:* "Taiwan vs. Japan: The Ultimate Love Hotel Showdown," August 8, 2012
- *TVBS Weekly:* "Is He Cheating on You? Six Ways to Find Out For Sure," 25 July 2012
- *TVBS Weekly:* "Who Got Rich? The Great High Speed Rail Property Grab Ten Years Later," 2012.9.5
- *TVBS Weekly:* Research support provided for "Taiwan Ten" cover story, June 27, 2012
- Various articles for the TU e-News

Technical Skills
- Adobe Audition, Adobe Premiere Pro, Audacity, Avid Media Composer, Cakewalk Sonar, Excel, Logic, PowerPoint, Pro Tools, Word

Awards
- Fourth Place Winner of the 2011 Tamkang University Toastmasters Speech Contest

Affiliations
- Fundraising for Taichung Women's Center
- Toastmasters, 2012–present

Interests
- Manga, horror films, working out, shopping

Sharon 很努力地想在這部分「軟硬兼施」，但是作為「補充」資料，此欄內容幾乎和核心資料一樣多；內容過於龐大的後果是焦點模糊，導致人資主管無法確實掌握履歷的重點。為避免發生這種情況，我們將軟性內容刪除。首先刪除獎項部分，是因為 Fourth Place「第四名」和 Winner「得獎人」兩個詞似乎有些相互抵觸。而 Sharon 所隸屬的組織倒是值得一提（表明具備演講社多年會員資歷比取得第四名的資格來得有力），但是在修改版中我們還是將其省略，理由是為了節省空間。此外，由於 Sharon 的興趣和所應徵工作的類型毫無關聯，所以也不宜保留。

Sharon 的硬性內容比軟性內容強得多，但仍須稍做調整。她在技術能力部分列出了十項軟體應用能力和曾經做過的服務，頗令人刮目相看，不過她卻將它們按照英文字母順序排列，乍看之下實在難以歸類。在修改版中，我們將她列出的項目劃分為三大類，雖然比原本的版本占去較多空間，卻能讓人資主管更能充分瞭解 Sharon 與其他求職者的差異。此外，我們還修改 Sharon 條列出版品的方式，以維持格式的一致性。我們將 Sharon 實際撰寫的報導放在前面，將她僅做過研究的報導放在後面，並且按照出版時間從最新排到最舊，同時也提供 Sharon 的個人網站連結，因為網站上還有 Shraon 的其他作品。最後，我們用了兩個不同的標題來區分內容，而未採用原本較籠統的「其他資料」。Sharon 的硬性內容很不錯，所以將讀者的注意力集中在這部分不失為明智的作法。

【修改後】

# Publications

*TVBS Weekly*
"Who Got Rich? The Great High Speed Rail Property Grab Ten Years Later,"
September 5, 2012
"Korean Cosmetic Surgery Disasters: What You Should Know Before You Go,"
August 22, 2012
"Taiwan vs. Japan: The Ultimate Love Hotel Showdown," August 8, 2012
"Is He Cheating on You? Six Ways to Find Out For Sure," July 25, 2012

*Other Writings*
Numerous articles for the Tamkang University e-News
Additional writing samples online at sharonwu.com.tw

# Technical Skills

*Video Editing:* Avid Media Composer, Adobe Premiere Pro
*Sound Editing:* Pro Tools, Logic, Cakewalk Sonar, Adobe Audition, Audacity
*Office Applications:* Word, Excel, PowerPoint

出版品

《TVBS 周刊》

〈錢落誰家？高鐵地產世紀爭奪戰十年後的今天〉，2012 年 9 月 5 日

〈韓國整型慘例：行前須知〉，2012 年 8 月 22 日

〈台灣對日本：賓館終極大對決〉，2012 年 8 月 8 日

〈他出軌了嗎？釐清疑雲的六種方法〉，2012 年 7 月 25 日

其他作品

淡江大學電子報多篇專文

其他文章範例，請參見 sharonwu.com.tw

技術能力

影片剪輯：Avid Media Composer、Adobe Premiere Pro

音效剪輯：Pro Tools、Logic、Cakewalk Sonar、Adobe Audition、Audacity

辦公室應用：Word、Excel、PowerPoint

---

### Sample 2 | Angie

【修改前】

# Additional Information

**Technical Proficiencies**
- See above

**Volunteer Activities**
- First Christian Church of Taipei. Bookkeeping and other administrative work

**Other Interests and Activities**
- Watching movies, reading, drawing, computer illustration, pressed flower art
- May 18, 2006. Zhong Shan Girls' High School, Taipei (Math lecture)

---

Angie 的其他資料有一個問題。一般人會在其他資訊欄提供的內容，例如志工經歷、電腦技能等，她卻早已在工作經驗欄和專業與技術訓練欄中提過了。不過這不是什麼大問題。其他資料欄原本就是可有可無，所以即使沒有什麼值得一提的也不算是天大的損失。Angie 決定利用頁面下方的空間，列出一些個人興趣和活動以補強資歷的不足。

我們將 Volunteer Activities「志工活動」和 Technical Proficiencies「技術能力」部分刪除。請注意，無論履歷的內容多乏善可陳，切忌重複相同的資訊。我們保留了 Interests and Activities「興趣和活動」，不過將其改名為 Activities and Interests「活動與興趣」，因為比起 Angie 的興趣，人資主管會比較重視她公開演講的資歷，故於修正版中我們將它列在前面。不過因為公開演講的時間距今久遠，因此將日期刪除並提供較為完整的描述。最後，我們將興趣部分中的「看電影」和「閱讀」刪除。除非她對某類型的電影特別有興趣，例如法國新浪潮電影或日本恐怖片等，或對某個特定類別的文學如科幻或旅遊作品特別有研究，否則這些活動都過於籠統，說了等於白說。

【修改後】

## Activities and Intersets

- Guest speaker at Zhong Shan Girls' High School, Taipei. Lectured about applied mathematics in business and daily life
- Drawing, computer illustration, pressed flower art

活動與興趣

- 台北中山女子高級中學客座講者，主講有關商業和日常生活中的數學應用。
- 繪畫、電腦繪圖、壓花藝術

### Sample 3 | Tyson

【修改前】

## Additional Information

Languages
• Spanish, some Portuguese, English, Chinese

International Experience
• Los Angeles, U.S.A. (2 years); Santiago, Chile (6 months); Extended travel in Brazil, Argentina, Peru, and Mexico. Traveled in Thailand, Indonesia, Macau, Italy, France, England, and Germany.

Reference
• Xavier Alvarez: "My good friend Tyson is a bridge-builder, a connector, a person who really knows the best ways to bring people from every corner of the world together. He is a credit to the people of Taiwan and a great friend to the people of Peru. I am very proud to call him a colleague and look forward to many more years of fruitful cooperation with him."

## Computer Skills
• Microsoft Excel, Word, and PowerPoint

## Personal Information
• Male, Born May 15, 1971 in Miaoli, Taiwan citizen. Certified Scuba Divemaster (PADI Level 1). Unmarried, so willing to travel abroad.

Tyson 選擇硬性和軟性內容都提供，不過寫得太多了。為了讓 Tyson 的資料更加精煉（並節省空間），我們將 "International Experience"「國際經驗」和 "Personal Information"「個人資料」合而為一，並使用新的標題 "Languages"「語文」。他造訪過的國家名單和其他個人資料太長，有的無關緊要，或者只是要表明他「願意出國出差或外派」，這些我們先稍作刪減後再予以保留。此外，Xavier Alvarez（不論他是何方神聖）對 Tyson 的評價也太過冗長。在修正版中，我們將這段推薦文精簡成一句話，並補充 Alvarez 的頭銜。此外，修改版中也刪掉電腦技能的部分。Tyson 畢竟是高階經理，除非擁有超強的技術能力，否則並不需要分散人資主管的注意力，Tyson 應該做的是集中火力宣傳過去傑出的專業資歷。

在修正版中，Tyson 的語文能力已加上流利程度的描述，並依流利程度編排。此外，也將他所隸屬的機構納入。他原本不覺得這些資歷有那麼重要，因為他在這些機構中並不是很活躍，但事實上這些資歷還是能將 Tyson 塑造成國內外商業社群中的一員。最後，由於 Tyson 只有一位推薦人，而且一看即知是讚美他的話，因此我們將這段話擺在頁尾，也不必特地給予標題，如此能較低調地傳達出簡短的加分訊息。

**【修改後】**

| | |
|---|---|
| **LANGUAGES** | Native Mandarin speaker, fluent in Taiwanese, English, and Spanish, conversant in Portuguese. Three years in South America, two years in the U.S.A., traveled throughout Asia and Europe. Willing to travel or relocate abroad. |
| **AFFILIATIONS** | Electronics Exporters Association of Taipei, 2003–present South America Semiconductor Industry Association, 2009–present |

*"Tyson is a bridge-builder, a connector."*
— Xavier Alvarez, President of the Taiwan-Peru Business Council

<table>
<tr><td>語文</td><td>母語為國語，台語、英語、西班牙語流利，通葡萄牙語。<br>旅居南美三年，美國二年，並曾至亞洲和歐洲各地遊歷。願意<br>出差或外派。</td></tr>
<tr><td>隸屬專業組織</td><td>台北電子出口同業協會，2003 年至今<br>南美半導體產業協會，2009 年至今</td></tr>
</table>

「*Tyson 是一個橋樑搭建者，一個連結者。*」
— Xavier Alvarez，台灣祕魯商業會長

## Sample 4 | Brian

【修改前】

# Additional Information

## Languages
- Native Mandarin speaker, fluent in English

## Computers
- Banking: ACTIS PABA/Q, Bankpak, i-flex, BAIS, T24z
- Sales and CRM: salesforce.com, SymVolli, Microsoft Dynamics, Amdocs

## Selected Accomplishments
- Most Valuable Volunteer, Taipei City Government, 2010

## Affiliations
- Bankers Association of the Republic of China, Board Member, 2011-present
- New Taipei City Business Development Council, Board Member, 2005-present
- Board Member, Young Entrepreneur's Business Incubator Forum
- Board Member, New Taipei City Arts Council
- Taiwan Web Marketing Association, Founding Member, 2000-present
- Pacific Basin Financial Market Research Group, Member 1992-1996
- Taipei City Government, Small and Medium Size Enterprise Service Center, Volunteer Consultant
- Rotary Club of Taipei, Public Relations Committee

## Community Outreach
- Play Park Program, Director
- Virtual Stock Market, Creator
- Young Entrepreneur's Business Incubator Forum, Board Member

**Media**
- Money Talk Commentator
- Stock Market Spotlight Commentator
- The Trading Post Commentator
- Business 101 Commentator
- Commercial Times, Interview Subject
- Economic Daily News, Interview Subject
- Business Today, Columnist
- CommonWealth, Interview Subject
- YouWork, Interview Subject

當企業要尋找高階職位的員工時，他們中意的人選不僅應具備勝任特定職位所需要的技能和經歷，該人選也必須具備寬闊的視野、正直的人格，以及能夠在外代表公司的特質。這些條件從 Brian 的志工資歷即可看出，因此修改版首先呈現這個部分。此外，Brian 在資格條件中提到他曾主導「社區活動」，這點有必要在此進一步說明。修正版在前兩項添加簡短的描述，因為 (1) 這些計畫是 Brian 實際創立的（而不只是報名參加而已），應給予特殊關注；(2) 光是提供名稱，沒有一個人資主管會知道這些計畫為何。於是，我們將這三個項目（Brian 在台北市政府、新北市藝文委員會以及扶輪社的服務）從 Affiliations「隸屬組織」挪到 Community Outreach「社區活動」。Brian 確實「隸屬」於這些組織，但是將這些志工經驗和他參加的硬性產業組織如銀行公會等放在一起，卻會讓人覺得雜亂無章。因此，修正版亦將此部分的標題由「隸屬組織」改成「隸屬專業組織」（如此亦可與其他標題一致，因為其他英文標題都由兩個字組成）。

另外，修正版也刪除了語文部分。Brian 只會說中文和英文，就高階主管而言並非特別出色，而且從履歷其他內容即可知道他具備哪些語文能力（擁有美國企管碩士學位即表示他的英文不是問題）。Brian 的電腦資歷在安排上其實已無可挑剔，在修正版中選擇刪除，這是考量到 Brian 對於一些標準金融和客戶資訊管理軟體的熟悉度或許對某些雇主而言有幫助，但是這也可能讓他看起來太像個「平凡的」求職者。對 Brian 而言，最需要的是將自己定位為「非比尋常的」求職者。當然他可以在面試時提到這些軟體技能，或是在要應徵有技術能力需求的職務時，再將這個資料貼回履歷中也可以。除此之外，修正版中也捨棄了特殊成就這欄，因為單單列出一項成就，反而讓 Brian 的成就顯得少得可憐，故將 Brian 的「特殊」成就列入相關的社區活動欄。

最後，Brian 的媒體經歷是一項重要資產，但是用又臭又長的清單式寫法逐項列出，卻不是有效利用空間的明智之舉。我們將名單一分為二（平面媒體和電子媒體），並用非完整句列出媒體名稱以節省空間。

【修改後】

# Additional Information

## Community Outreach

- Initiated and supervised City Commercial's Play Park Program, which has donated over NT$1.6 million toward the purchase and maintenance of safe playground equipment for parks in Taipei.
- Co-created Virtual Stock Market, a free education program with online and classroom components that teaches students financial planning fundamentals.
- Board Member, Young Entrepreneur's Business Incubator Forum
- Board Member, New Taipei City Arts Council
- Taipei City Government, Small and Medium Size Enterprise Service Center, Volunteer Consultant (Most Valuable Volunteer, Taipei City Government, 2010)
- Rotary Club of Taipei, Public Relations Committee

## Professional Affiliations

- Board Member, Bankers Association of the Republic of China, 2011–present
- Board Member, New Taipei City Business Development Council, 2005–present
- Founding Member, Taiwan Web Marketing Association, 2000–present
- Member, Pacific Basin Financial Market Research Group, 1992–1996

## Print Media

- *Business Today* – Over 50 occasional columns on investment and personal finance, 2000–present.
- Interviewed for numerous newspaper and magazine articles, including feature stories in the *Commercial Times*, the *Economic Daily News*, *CommonWealth* and a *YouWork* cover story ("Bringing Online Social Networking to the Executive Set," January 2014).

## Electronic Media

- Television: Appeared as a commentator on Money Talk, Stock Market Spotlight, The Trading Post, and others.
- Radio: Regular guest on Business 101.

其他資料

社區活動

- 發起並指導都市商業遊樂公園計畫，本案捐贈新台幣 160 萬元給台北市公園，作為採購及維護安全遊樂設施之用。
- 共同創設虛擬股票市場，此為一項免費教育方案，利用網路與教室教導學生基本理財知識。
- 理事，青年企業家商業培育論壇
- 理事，新北市藝文委員會
- 台北市政府，中小型企業服務中心，顧問志工（獲頒最有價值志工獎，台北市政府，2010 年）
- 台北扶輪社，公共關係委員會


隸屬之專業組織

- 理事，中華民國銀行同業公會，2011 年至今
- 理事，新北市商業發展委員會，2005 年至今
- 創始會員，台灣網路行銷協會，2000 年至今
- 會員，太平洋盆地金融市場研究社，1992 年至 1996 年


平面媒體

-《今周刊》──超過五十篇關於投資和個人理財的非定期專欄文章，2000 年至今
- 接受報章雜誌採訪，包括《工商時報》、《經濟日報》、《天下雜誌》等多篇專題報導，以及《優渥誌》之封面報導（〈給主管的線上社交網絡〉，2014 年 1 月）。


電子媒體

- 電視：〈大話財經〉、〈股市聚焦〉、〈錢進股市〉等節目評論者。
- 廣播：〈商業 101〉固定來賓。

# Checklist

請按照以下步驟勾勒你的「其他資料」。

1. 請確認列在此欄的內容未包含已列於工作經驗欄、學歷欄或其他欄位中的資料，以便人資主管能更快掌握你的技能和經歷。

2. 確認你有足夠的空間可以納入其他資料。如果你的工作經驗欄和學歷欄已經夠有力（且夠長），此欄不但可能在內容上會分散讀者的注意力，也可能在視覺上排擠到其他欄位的空間（這點更重要！）。請記住，有時留白反而是加分。

3. 編排硬性內容。

   · 列出會說的語文（包括母語），並簡述流利程度。同時亦可考慮在此是否要將相關考試成績和國際經驗也列出。

   · 思考所應徵的工作須具備哪些技術能力，然後將它們逐一列出，也可將其他有助於凸顯自己的項目寫下來。最後，決定是否要以條列式呈現（若技術能力既多且廣），還是用簡短的敘述作引言，如 "Skilled in ..." 「擅長……」。

   · 列出所有獲頒的獎項或榮譽（請記住，學術機構或公司頒發的獎項或榮譽，最好寫在學歷欄或工作經驗欄中）。

   · 列出所有隸屬及參與過的組織。若曾擔任幹部，應將頭銜和服務年份寫出。若頭銜聽起來比組織名更響亮，頭銜就寫在前頭，否則應先寫組織名（或者為了保持一致，可遵守工作經驗欄中的邏輯，也就是「職位－公司名」）。

   · 列出所有出版品、演講、接受專訪和媒體訪談的經驗。格式務必前後一致。

4. 編排軟性內容。

   · 列出求職者的興趣和活動，一般性的事務（如閱讀、看電視等）則不必列出。同時比較興趣與活動和所應徵工作內容的相關性，並刪除沒有明顯關聯的項目。

   · 列出參與過的所有志工活動，尤其是在組織中貢獻過專業能力的事務（如募款、管理其他志工等）。斟酌是否要列出過於政治化或爭議性高的組織。

   · 重新檢視一次徵才啟事，思考是否有任何個人資料可增加取得面試的機會。若有，就將它列出來。如果是應徵國外的工作，瞭解一下該地的一般作法，若不確定是否妥當，就先不要列入。

‧如果你有前主管或同事的推薦函、客戶對於你的評語，或考績評量的影本，可以從中節錄一兩句話以強化個人形象。不過，此作法尚未普遍，因此必須確認推薦短評有足夠的份量，而且履歷中仍有充裕的空間，否則就別這麼做。此外，一定要事先徵詢並且取得推薦人的同意。

5. 比對所應徵職位的要求條件，刪除對爭取面試機會無助益的資料，並斟酌硬性和軟性內容（若有的話）之間的比重。

6. 為此欄設定適當的標題和子標題。"Additional Information"「其他資料」不算是特別優美的標題，可考慮用子標題作為完整標題。

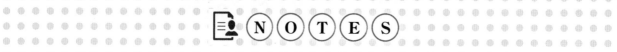

# Unit 7

# 調整履歷內容
## Customizing the Content

依循前面幾個單元所提供的建議，
現在你手上應該會有一份扎實的履歷初稿。
這也就是所謂的「主履歷」，
在針對應徵的職位進行調整後，便可寄出。

# 靈活調整「主履歷」

請將「主履歷」想成是許多可刪除、修改或重新編輯的小模組，求職者可以針對不同應徵機構的特性與屬意的職位將自己包裝成稍微不同的樣子。針對特定的職務細心調整履歷，能讓求職者立刻從一大堆不夠用心的競爭對手中脫穎而出。在這個階段，求職者可以用三種方式讓人資主管注意到你的履歷：① 調整內容 ② 調整格式 ③ 規劃配置及設計（如空白、線條和字型等）

## 針對「徵才啟事」調整

調整履歷內容的第一步是研判職位的具體要求，以及應徵機構的性質。徵才啟事是這個步驟最好的資源。求職者應從關鍵字中分辨特定職務的主要工作內容，然後將可能有利的字句納入履歷中。比方說，求職者的主履歷中有一項專長說明是：

- **Coded a variety of websites and databases from the ground up**
  替各種網站和資料庫從頭編碼

而徵才啟事的要求是 "a deep understanding of relational databases"「對關聯式資料庫有深入的瞭解」，那就將它修改成：

- **Coded a number of relational databases from the ground up**
  替一些關聯式資料庫從頭編碼

人資主管所要找的顯然是一個能夠解決「關聯式資料庫」（而不是網站或別種資料庫）這種特定問題的人，因此求職者必須強調對關聯式資料庫很熟悉。除了具體的技能外，求職者也應該要注意徵才廣告用語中與該公司或機構文化有關的線索。例如，他們是在找 "value teamwork"「重視團隊合作」的人（那你就是這種人），或者他們喜歡的是 "warriors with an aggressive approach to close sales"「會想盡辦法完成銷售的戰士」（那你也可以這麼拚）。

假如求職者主履歷中所提到的技能和經驗與企業所徵求的職位顯然不相干，那麼建議將它刪掉或淡化處理。在上面的修改範例中拿掉了「網站」這兩個字，主要就是因為它可能會模糊人資主管的焦點（如果徵才啟事上要的是網頁開發人員，那消失的字眼就會是資料庫）。當然，求職者應該在履歷中另外找一個地方來強調網頁設計的技能。重點在於，**別將人資主管想要看到的少數關鍵資料淹沒在一大片「漂亮但毫不相干」的事實中**。

## 針對「應徵機構」調整

在網路盛行的現代，只要在搜尋引擎裡輸入某個機構的名稱，並花幾分鐘閱讀相關資料，就能對這個機構有基本的認識，同時也能大致瞭解這個機構可能會如何看待自己。就算搜尋不到任何資料也可能暗藏玄機。假如公司太小而沒有像樣的網路資料，每位員工的職責範圍或許就會相當大；求職者如果順利被錄取，或許會被要求立刻上手。因此，如果希望能夠獲聘，求職者的履歷中就應該強調豐富的經驗及實務上的技巧。另一方面，大公司或許相對有較多的資源訓練求職者執行特定的工作，但是相對地也可能注重較為抽象的特質，例如領導潛能、解決問題的創造力或待人處世的技巧等。

假如求職者是透過朋友介紹，或是運氣夠好知道履歷將由誰負責檢視，那就別錯過這個機會，適當地調整你的履歷，以便讓那個人留下深刻的印象。假如你們是同校的校友或有過共同的雇主，甚至在工作以外有著相同的興趣，那麼請務必在履歷中將這層關係凸顯出來。

## 調整履歷的長度

履歷究竟應該寫多長？一般來說，經驗較豐富以及應徵高階職位的人會需要比較長的履歷（通常兩頁），剛畢業和其他在職場上打滾不久的人則應該盡量將履歷限制在一頁以內。但是這樣的建議也並非絕對，因此無須在一頁、兩頁間過度傷腦筋，真正的問題應該是寫得太擠（字體小到不易閱讀、硬是超出邊界，或是刪除了有價值的內容等），或是寫得「太不擠」（文字排到第二頁，但只寫了幾行字）。請注意，一頁的履歷應填滿整頁，而不要寫到一半就沒了下文。在兩頁的履歷中，第二頁的長度則比較有彈性，但是最好至少寫到下半頁。以下介紹一些有助於調整履歷篇幅的方法。

### 如何將履歷加長到兩頁

- 當你的履歷超過一頁時，記得務必在第二頁註明姓名與頁數。在第二頁的標題中，姓名可寫得跟第一頁的一樣大，或是稍微小一點。
- 將邊界與內文的字體加大（但不要大過頭！詳細建議請見 Unit 9）。
- 選用「大」的字型。我們在 Unit 9 中會談到字型的選擇，但不妨試用一些不同的字型，看看它們讓履歷的長度有什麼改變。
- 加大各欄位標題的字體大小，並運用樣式設計的元素，例如線條等。
- 運用兩欄格式（詳見 Unit 9），並將左邊的「標題」欄設得特別寬。
- 擴大行距，選擇比內文大兩到三級的字型大小。切記，假如履歷的格式出現了任何像這樣的全盤性更動，便應該將更動套用在整份文件上，而不要只用在單一的欄位。

- 將聯絡方式分開來寫。標題中的各項元素自成一行，包括電話號碼、住家地址、電子郵件地址等（範例請見附錄 A – Brian 的完整履歷）。
- 想辦法在某些內文的段落裡多加幾個字，使它延續到下一行。
- 加強敘述。比方說，假設你曾經在 Miura Inc. 任職，或者是 The Green Circle Club 的會員，那就可以多加一行文字說明這些機構在做些什麼：

    **Miura Inc., the leading importer and distributor of Japanese office furniture in Taiwan**
    「三浦公司，是日本辦公傢俱在台灣首屈一指的進口商與經銷商。」
    或
    **The Green Circle Club, a public service organization dedicated to promoting the benefits of organic farming**
    「綠圈社，是主要在推廣有機農作優點的公共服務機構。」

- 檢視主履歷中的其他部分，並將任何值得重新納入的資料再放進來。

## 如何將履歷縮減到一頁

- 將邊界縮小，並調降內文的字體大小（但不要做過頭！請見 Unit 9）。
- 選用「小」的字型。有關字型的選擇，在 Unit 9 會有詳細說明。
- 運用「堆疊標題」的格式，而不要用兩欄的格式（請見 Unit 9）。假如你要採用兩欄格式，那左欄的「標題」一定要盡量窄一點。
- 將占兩行或三行的項目縮短，使它可以在一行內寫完。確定用的是履歷文體的句型：省略主詞，並盡量刪除 I、my、a、an、the、have（作助動詞時）之類的字（請見 Unit 2 & 3）。
- 調降各欄位標題的字體大小。可藉由運用粗體或更改字型等方式來凸顯。
- 縮小行距。但是請注意，行距降得太低可能會讓履歷顯得密密麻麻而妨礙閱讀，一般的文書處理軟體的預設行距通常已是最低，因此建議選擇比內文小一兩級的行距即可。
- 將姓名縮小，並將幾筆資料放在同一行，以縮減標題的大小，也可以將地址寫成橫的（範例請見附錄 A – Angie 的完整履歷）。
- 刪除無關緊要的資料。知道綠圈社跟有機農作有關固然很有意思，但這筆資料不太可能增加你面試的機會。
- 刪除履歷中多餘的欄位。假如你有 "Career Target"「職涯目標」欄，就將這部分的內容併到你的求職信裡（請見 Part 2），然後將這一欄刪除；假如你有「其他資料」欄，那就盡量將最重要的項目併入「工作經驗」和「學歷」欄裡，然後將其餘和工作較無關聯的部分都刪除。

# Unit 8

# 調整履歷格式

## Customizing the Format

為了增添正式感，在面試時許多人都會選擇穿著套裝；
不過，也有人選擇以輕便的服裝「應戰」以強調個人特質。
格式就如同一份履歷的「外表裝扮」，
讓人資主管在還沒細看之前，就知道求職者究竟有何能耐。

# 倒敘式履歷

　　履歷有三種基本的格式：倒敘式、功能式，以及兼具前兩者特點的綜合式。在本書四位求職者的履歷範例中，就有三篇（Sharon, Tyson, Brian）屬於倒敘式，而這樣的狀況並非偶然。多年來，倒敘式都是大多數求職者製作履歷表時的唯一選擇，但這並不表示它一定適合你。仔細閱讀以下的說明，並用自己的履歷試一下，找出哪一種格式最能凸顯你所要呈現的內容。

## 倒敘式履歷的優缺點

　　倒敘式履歷最大的特徵是以倒敘的方式列出求職者的過往工作經驗，Unit 4「工作經驗」對此有詳細的說明。倒敘式履歷受到眾多求職者的擁護，因此假如你要應徵的工作屬於比較傳統的產業，例如銀行、法律事務所、政府機關或大型企業，採用倒敘式寫法會是個不錯的選擇。

| ☺ 對人資主管而言倒敘式履歷優點多多 | ☹ 倒敘式可能會暴露出求職者的缺點 |
|---|---|
| ·一眼就能看到求職者的完整職涯，並且很快就能得知求職者如何轉換不同的職務。<br>·容易聚焦於求職者最近以及最重要的經驗上（因為它就寫在開頭處）。<br>·迅速瞭解求職者在各項職務的重要成就。<br>·易於確認求職者是否有明顯的就業空窗期。<br>·求職者任職過的機構及所擔任過的職務頭銜一目瞭然。 | ·求職者是職場新鮮人。<br>·求職者的工作史上有很長的空窗期。<br>·求職者非常頻繁地轉換工作。<br>·求職者最近的職務不如之前的有份量。<br>·求職者未能在其所擔任過的職務上發揮技能。 |

## 選擇倒敘式履歷的注意事項

　　如果求職者符合以下條件，可考慮採用倒敘式的編排。

- 職責隨著每份新職務與日俱增。
- 最近的工作經驗和目前所要應徵的職位有密切關係。
- 在曾任職過的各個工作單位有可量化的重大貢獻。
- 過去的就業紀錄中沒有明顯的空窗期。
- 求職者曾在相關行業中相當知名或備受推崇的公司任職過。
- 求職者的職稱特別耀眼。

如果求職者在某個單位擔任過各式各樣的要職，要凸顯出重大的工作成就恐怕沒這麼容易。基於這個理由，若打算採用倒敘式寫法，準備好扎實的「資歷摘要」可能就是能否獲得面試機會的關鍵。透過資歷摘要可引導人資主管依照求職者所希望的方式去解讀過去的「工作經驗」。

## 功能式履歷

乍看之下，倒敘式和功能式履歷似乎差不多。從開頭的「標題」到最後的「其他資料」皆可放在功能式履歷中，甚至連順序都一樣。兩者不同之處在於工作經驗的呈現方式；功能式履歷並不依序列出擔任過的職位，而是盡可能以最顯眼的方式列出求職者的過去成就、技能和經驗。人資主管不必深究各項職務的細節，如公司名稱、任職日期和正式頭銜等，就能看出求職者所具備的專長。

依照功能式的格式，求職者應將過去於不同機構所擔任的類似職務歸到同一個標題下。比方說，求職者在甲公司和乙公司做的是業務、在丙公司做的是業務和業務訓練、在丁公司做的是業務訓練和會計，那麼採用倒敘式寫法可能很容易讓人資主管搞昏頭（尤其要是這些公司賣的產品和服務都不一樣的話）。在功能式履歷中，求職者只要分別為這些「職掌」訂出不同的標題，並在適當的類別中列出重大工作成就即可。求職者可從過去的工作經驗中挑選最相關的部分，並針對徵才啟事中所列的條件來呈現。

再以本書四位求職者為例，從附錄 A – Tyson 的工作史中可明顯看出他的職涯處於上升的狀態（他從企管碩士直接擔任業務經理的職務，然後又當上市場開發部協理），因此將履歷從倒敘式改為功能式對他並沒有什麼好處。Brian 的情況更是如此，他漫長而輝煌的職涯便是一項有力的資產。對這兩個人而言，應該集中精神去潤飾他們的倒敘式履歷，而無須改用其他的格式。

Angie 就很適合採用功能式寫法。她的工作史很不規律，在兩年內只做過一份全職工作（偶爾擔任短暫的志工）。因此她並沒有將重點擺在這個可能令人擔心的背景

上，反而大膽地列出了她能夠做的事：基本會計和文書工作。在「文書」類別中，她列出了自己曾為某私人公司及教會處理文書相關的工作，這也正是功能式履歷的目的。只要雇主是在尋找具備這類技能的人才，就可能會注意到 Angie，儘管她的經驗確實相當有限。

才剛畢業的 Sharon 也適合採用功能式履歷。這種格式可讓她將在實習時所展現出來的技能（新聞寫作與研究）與大學時所學到的專業技能（資料庫研究與數位編輯）結合起來。以下將 Sharon 的倒敘式履歷改寫為功能式履歷，看看格式的改變會帶來什麼樣的效果。

經過修改後 Sharon 的履歷如下：

# Core Competencies

## Newswriting
- Contributed six full-length magazine pieces to TVBS Weekly, work normally reserved for full-time staff writers. Wrote numerous articles for the Tamkang University e-News.

## Research
- Provided vital reference materials to TVBS Weekly reporters, which resulted in the breaking of the "Taiwan Ten" story. Commended by supervisor for creative use of online databases to gather information.

## Digital Editing
- Video Editing: Final Cut Pro, Avid Media Composer, Adobe Premiere Pro
- Sound Editing: Pro Tools, Logic, Cakewalk Sonar, Adobe Audition, Audacity

核心專長

新聞寫作
- 曾為《TVBS 周刊》撰寫六篇篇幅完整的文章，此工作一般限由全職員工負責。並為淡江大學的 e-News 寫過多則報導。

研究
- 為《TVBS 周刊》記者提供重要參考資料，因而得以製作出重大報導「台灣十大」。以創意的方法使用線上資料庫蒐集資料，獲得上司嘉許。

數位編輯
- 影像剪輯：Final Cut Pro、Avid Media Composer、Adobe Premiere Pro
- 音效剪輯：Pro Tools、Logic、Cakewalk Sonar、Adobe Audition、Audacity

儘管剛畢業的 Sharon 從來沒做過全職工作，人資主管還是一眼就能夠看出她所擅長的工作項目。事實上，Sharon 的功能式履歷唯一的缺點就是她過去實習的知名雜誌幾乎沒有被凸顯出來。像這種情況，我們建議求職者將倒敘及功能這兩種不同格式的履歷都先行存檔：前者寄給雜誌社或其他可能對《TVBS 周刊》有好印象的機構，後者則寄給可能對她的專業與研究技能比較有興趣的公司。

## 📩 選擇功能式履歷的注意事項

　　如果求職者符合以下條件，可考慮採用功能式的編排。

- 放完長假後重回職場。
- 過去任職的公司不是特別起眼。
- 工作史斷斷續續，或者是職涯中有很長的空窗期。
- 求職者具有明確且令人印象深刻的技能，足以從眾多求職者中脫穎而出。
- 這是求職者所應徵的第一份工作，或求職者缺乏應聘領域的工作經驗但是曾於該領域提供服務（如志工或社團幹部等）。

---

### 👍 履歷成功 Tips

最常使用功能式履歷的求職者大多數是剛畢業的社會新鮮人、轉換職涯的工作者、重回職場的家庭主婦，以及轉職到民間單位的軍方人士。不過有些雇主可能會覺得使用功能式履歷的人有所隱瞞，也有些雇主對於必須從求職者的零散資料拼湊出連貫的職涯軌跡可能會感到不快；因此假如求職者想發揮功能式履歷的優點，又不想受其缺點的影響，不妨考慮以結合兩種格式的綜合式來撰寫履歷。

# 綜合式履歷

綜合式履歷兼具倒敘式和功能式的優點。求職者可用無數種不同的方式來結合這兩種格式，為了方便解說，以下的範例只考慮兩種情況：綜合式 A 和綜合式 B。

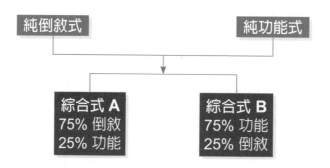

由上圖可看出，綜合式 A 基本上是具有功能式特徵的倒敘式履歷。如果要撰寫這種綜合格式的履歷，只要依照本書 Part 1 所列出的步驟即可，但接著就要回到「資歷摘要」欄加以擴充說明，並盡量多騰出一些空間來強調求職者是最具備賣相的人選。為了做到這點，必須從履歷的各個欄位中擷取片段並加以整合（就跟 Sharon 一樣，她的「專業技能」幾乎完全併入了功能式履歷的「核心專長」）。撰寫綜合式履歷時務必要避免同樣的資料出現在履歷上方的「功能」部分中，又同時出現在下方的「倒敘」裡，應在內容上進行適當的編修。

如果要撰寫綜合式 B 的履歷，求職者首先必須完成一份功能式履歷，接著依照時間順序簡單地列出過去的工作經驗，包含：頭銜、任職公司、工作地點以及日期等資訊。綜合式 B 的履歷中第一個部分是「工作經驗」，第二個部分則可視為「工作史」；透過這樣的編排方式，可將求職者所具備的技能以及過去的工作成就擺在前面和中間，同時向人資主管保證求職者並沒有隱瞞任何資訊。不過請注意，這種寫法很容易流於冗長。

如同前面所提到的，綜合式履歷可以多種組合方式製成，求職者不妨多嘗試看看哪種最適合自己。只要能避免不必要的重複又能善用版面空間，就是最佳選擇。

# Unit 9

# 調整履歷設計
## Customizing the Design

好的履歷設計不只賞心悅目，
更有助於閱讀者在短時間內就看到重點。
人資主管愈能迅速看到精彩的片段，
求職者就愈有可能獲得面試的機會。
在本單元，我們將傳授一些版面設計上的小技巧，
使履歷的呈現具有吸引力，同時又不至於模糊焦點。

履歷設計得好有助於求職者達成兩個目標。首先,讓人資主管看到吸引人的專業履歷,等於證明了求職者確實熟知國際企業的遊戲規則;無論過去資歷多傲人,假如履歷的外觀讓人覺得粗心大意又不懂世故,便只會讓自己提早出局。其次,設計妥善的履歷有一個重要的實際功能:讓人資主管將眼光停在頁面上。假如履歷的設計能夠留住目光,資料也能清楚呈現,人資主管在瀏覽頁面時就會很輕鬆,並且很容易就能看到求職者最重要的資歷。

要寫出專業又吸引人的履歷,最快的方法就是找到適當的設計並加以複製,然後修改一下以符合自身的需求。事實上,這也是大多數的英文母語人士撰寫履歷的方式;求職者可利用本書的其中一種模式,或是網路上成千上萬的履歷範本,再進行適度的修正。以下六項設計準則能協助判斷某個版面設計是否「適當」,或是否有助於讓人資主管認為求職者夠「專業」。挑選出適當的版面設計後,求職者便可著手進行細部的調整。

在探討細節之前必須先說明,履歷的樣式事實上並沒有一致的標準。不同的公司有不同的企業文化,人資主管也有個人的偏好,不同的行業及領域有其個別的特殊習慣,求職者對於什麼叫做「好」也有自己的想法。不過,無論如何,履歷的編製必須達到下列兩個看似矛盾的目標:

- 它必須百分之百專業
- 它必須能在一大堆類似的文件中顯得與眾不同

個別來說,這兩個目標都很簡單。假如求職者想要證明自己的「專業」,只需要不加思索地將資料輸入 Microsoft Word 內任何一個預設的履歷範本裡,而且字型搭配最理所當然的 Times New Roman 12 pt,便能輕易達成。假如求職者的目的是要「與眾不同」,那麼就可以透過很炫的字型、很大的字體,再擺幾張圖片,甚至是用螢光紙來列印履歷。不過,從現實面看來,設計履歷最好的作法是在這兩個極端之間採中庸之道。

然而,如果求職者使用 Microsoft Word 的履歷範本,也等於是在告訴人資主管:「預設範本對我來說已經夠好了,我懶到不願意再多花點心思去爭取這份工作。假如我被錄用,你可以預見我不會費心去推銷你的產品,或是服務你的顧客。」換句話說,完全不費力氣的設計方法對於獲得面試機會一點幫助都沒有。求職者有必要「多做一點」,但是不要採用只會自曝其短的幼稚圖案與花招、避免最常見的幾個設計缺陷,並納入一、兩個經過精心挑選的設計元素,求職者就可以放心地將履歷寄出去。以下就來一一介紹履歷版面設計的六大準則。

# 選擇適當的版面與字型

## 關於版面

常見的履歷版面有兩種：堆疊式（圖1）和兩欄式（圖2）。

堆疊式有兩個優點：第一，由於它較不複雜，因此比較容易修改與更新。假如求職者要寄出大量的履歷，且必須針對所應徵的職位做個別調整，堆疊式履歷是個不錯的選擇。第二，它比較容易用機器掃描，所以如果求職者要應徵公家機關或大企業，應選擇使用堆疊式。兩欄式履歷則對大多數人而言較具有吸引力，因為每一行的長度較短，閱讀起來也比較輕鬆。總而言之，兩種格式都很好，端看求職者喜歡哪一種。

### 圖1 堆疊式

**Name**
Address
Phone

**Objective**
Lorem ipsum dolor sit amet, consectetuer adipiscing elit.

**Qualifications**
Lorem ipsum dolor sit amet, consectetuer adipiscing elit. Mauris augue massa, ornare ut, adipiscing at, sodales vitae

**Professional Experience**
Lorem ipsum dolor sit amet, consectetuer adipiscing elit. Mauris augue massa, ornare ut, adipiscing at, sodales vitae

Lorem ipsum dolor sit amet, consectetuer adipiscing elit. Mauris augue massa, ornare ut, adipiscing at, sodales vitae

Lorem ipsum dolor sit amet, consectetuer adipiscing elit. Mauris augue massa, ornare ut, adipiscing at, sodales vitae

**Education**
Lorem ipsum dolor sit amet, consectetuer adipiscing elit. Mauris augue massa, ornare ut, adipiscing at, sodales vitae

**Additional Information**
Lorem ipsum dolor sit amet, consectetuer adipiscing elit. Mauris augue massa, ornare ut, adipiscing at, sodales vitae

### 圖2 兩欄式

**Name**
Address
Phone

| | |
|---|---|
| **Objective** | Lorem ipsum dolor sit amet, consectetuer adipiscing elit. |
| **Qualifications** | Lorem ipsum dolor sit amet, consectetuer adipiscing elit. Mauris augue massa, ornare ut, adipiscing at, sodales vitae |
| **Professional Experience** | Lorem ipsum dolor sit amet, consectetuer adipiscing elit. Mauris augue massa, ornare ut, adipiscing at, sodales vitae |
| | Lorem ipsum dolor sit amet, consectetuer adipiscing elit. Mauris augue massa, ornare ut, adipiscing at, sodales vitae |
| | Lorem ipsum dolor sit amet, consectetuer adipiscing elit. Mauris augue massa, ornare ut, adipiscing at, sodales vitae |
| **Education** | Lorem ipsum dolor sit amet, consectetuer adipiscing elit. Mauris augue massa, ornare ut, adipiscing at, sodales vitae |
| **Additional Information** | Lorem ipsum dolor sit amet, consectetuer adipiscing elit. Mauris augue massa, ornare ut, adipiscing at, sodales vitae |

## 關於字型

在一般的情況下，求職者只要為履歷挑選看起來既吸引人又專業的字型便可算是過關。不過，近來有愈來愈多的人認為，求職者所選用的字型會透露出個性。基於這個原因，最好不要使用有爭議的字型，例如 Times New Roman、Arial 和 Comic Sans。我們在前面提到過，使用 Times New Roman 可能會被解讀為偷懶的訊號，因為它是 Word 大多數版本的預設字型。Arial 也有問題，因為它相當普遍，而 Comic Sans 則根本是人見人厭。

在實務上也有一些必須稍加考量的地方。假如你打算將履歷列印出來，然後以紙本郵件寄出，那便能夠完全掌控履歷呈現的樣貌，在字型的使用上也沒有技術方面的限制。如果你將履歷儲存成 PDF 檔，其中所使用的字型會內嵌於文件本身，格式的設定也不會跑掉，如此則可放心地使用比較少見的字型。但如果履歷是以 Word 的格式儲存，再以附件形式傳送出去，那麼就必須使用 Windows 的預設字型（萬一收件者的電腦剛好沒有你特地安裝的字型，那麼它就會以標準字型來顯示履歷，如此一來精心設計的版面也將毀於一旦）。此外，假如你應徵的是大公司的職位，履歷便可能會被掃描並輸入求職者的追蹤系統中。在這種情況下，應該避免使用花俏的字型，以免 OCR 軟體無法辨識。

就一般而言，以下幾種字型相當受歡迎：

| | |
|---|---|
| Garamond | This is a truly excellent choice for your resume. |
| **Georgia** | **This is a truly excellent choice for your resume.** |
| Palatino Linotype | This is a truly excellent choice for your resume. |
| Book Antiqua | This is a truly excellent choice for your resume. |
| Bookman Old Style | This is a truly excellent choice for your resume. |

儘管上列這五個字型都是 12 級，但是 Garamond 相當細小，Bookman Old Style 則比較粗大；這也就是在 Unit 7「調整履歷內容」中所談過的，除了字體大小之外，字型的選用會影響履歷的長度。一般來說，履歷本文的字體應不小於 10 級，也不要大於 12 級。依經驗法則，先選用 11 級的字體，再視需要來縮放；求職者也可以利用半級的字體來設定內文（如 10.5 級或 11.5 級）。在一切條件都相同的情況下，建議「捨小就大」，因為人資主管多半是單位裡最有經驗（也就是較年長）的人。假如履歷內文的字體太小，人資主管因閱讀不易而刻意忽略，那麼履歷製作得再精美也只是徒勞無功。

相較之下，標題的字體大小設定就比較有彈性。假如標題已經與內文有明顯的區隔（藉由粗體、大寫字母或其他效果），或者求職者採用的是兩欄格式，那麼便不需要再透過放大標題字體來作區隔；假如字型大小是區隔內文與標題的唯一方式，那麼就可以使用 14、16 級，甚至更大的標題字體。不過，如果標題的字體已經大到 18 到 20 級，那麼不妨考慮使用其他的效果來凸顯。**為了保持整齊的外觀，在履歷上所使用的不同字體最好不要超過兩種（頂多三種）；此外，為了維持版面的一致性，履歷中各層級的字體應該要前後一致。**

在整體設計完成後，求職者可以試著使用上述幾種推薦字型，看看不同的字型對履歷長度有什麼影響；更重要的是，檢視在不同字型的狀況下，履歷整體看起來會變成什麼樣子。前面所推薦的字型全都是襯線字型 (serif type)，特點是看起來比較優雅、專業，尤其在列印出來的時候更顯而易見。假如求職者事先知道對方會用螢幕來看履歷，或者求職者希望履歷的整體外觀比較柔和、具現代感，則可以從 Windows 預設的無襯線字型 (sans serif type) 中選一種來用。採用無襯線字型呈現求職者的姓名和主要標題，其他的部分採用襯線字型，固然可增加履歷整體的多樣性與對比感，但卻也可能使履歷顯得雜亂無章，所以實際上並不建議採用這樣的作法。無論如何，切忌使用超過兩種以上的字型；在多數情況下，固定使用一種字型可能會讓履歷看起來更美觀，也較能維持視覺上的連貫性。

※ 常見的襯線字型，如 Times New Roman；常見的無襯線字型，如 Arial。

# 建立清楚而連貫的階層

　　建立階層的第一個步驟是將履歷中的所有層次都找出來。一般而言，主要欄位（工作經驗、學歷等）是第一層，主要欄位中的項目（任職過的公司、就讀過的學校等）是第二層，第三層則是求職者的實際成就說明；依照求職者過去經歷的不同（比方說，在同一家公司不只擔任過一個職位），還可以增列一層。第一層應該比第二層醒目，第二層則要比第三層醒目，以此類推。此外，各階層中的項目內容一定要使用相同的樣式；若不按照此原則，可能會讓人摸不著頭緒，甚至一看就覺得反感。

　　清楚而連貫的階層是一份好履歷最基本的要求。求職者藉由調整履歷的外觀及內文在頁面上的排列，傳遞訊號給閱讀履歷的人資主管，告訴他們應該如何閱讀這份履歷。只要運用得宜，這些訊號便能清楚地將人資主管引導到求職者最有賣點的資歷上。以下幾種作法可以幫助求職者打造一份出色的履歷。

## 更改字型格式

　　我們首先來看典型的第一層標題：工作經驗。求職者可以運用下列方式來改變字型：(1) 粗體 (2) 斜體 (3) 大寫字母 (4) 改變字型大小（字體）。

**(1) Professional Experience**
*(2) Professional Experience*
(3) PROFESSIONAL EXPERIENCE
# (4) Professional Experience

　　通常只須使用其中一種效果便足以達到凸顯的目的，但由於這是第一層的標題，因此它應該是履歷中除了姓名之外最醒目的部分。基於此理由，不妨考慮結合兩種效果，例如採用粗體並加大字體：

## ☺ **Professional Experience**

　　不過，要是採用的效果超過兩個，那就過頭了，並可能使它看起來沒格調：

## ☹ ***PROFESSIONAL EXPERIENCE***

當然，還有許多較不常見的方法也可用來強調重點文字（如使用小的大寫字母 [PROFESSIONAL EXPERIENCE]，或是讓每個字的第一個字母比內文的其他字母大 [PROFESSIONAL EXPERIENCE]）。但是別忘了，各種變化背後的主要目的都是要讓人資主管注意到求職者的資歷，而不是花俏的格式。因此，在履歷的其他階層，即使只結合兩種效果也應該要小心運用。

最後，文字的顏色深淺也可稍做變化。有些內容並不太可能在面試時為求職者加分，像是日期或公司地點等，那麼不妨考慮淡化處理，並將其設定為 50% 灰字，而不是 100% 的黑字。設定好各階層的格式後，請務必檢查一遍以確保整份履歷的格式前後一致。假設「工作經驗」欄中曾經任職的公司名稱是用粗體，那麼「學歷」欄中就讀過的學校名稱也應該要使用粗體。

---

### 👍 履歷成功 Tips

一般而言，內文設定全部用大寫字母（如 LIKE THIS）並不討好，因為它會讓寫的人看起來像是在吼叫。不過在小區塊的內文中，比方說頭銜和標題，它卻相當好用。有一個方法可以讓全大寫的標題看起來少點情緒、多點優雅，那就是放大字母的間距。

調整前：PROFESSIONAL EXPERIENCE
調整後：P R O F E S S I O N A L   E X P E R I E N C E

如果要在 Word 裡產生這個效果，首先以正常的方式輸入內文，並選取這段文字。接著點選格式→字型→字元間距→並在間距欄裡選取加寬，然後將點數設定增加到 2。

---

## 📑 設定內文版面

除了更改字型，內文在頁面上位置的設定也是構成履歷階層的基本元素。一般而言，頁面上有以下幾個可於編製履歷時加以調整的部分：邊界、左側、右側、中間。

### 邊界

利用 Word 軟體開啟空白文件時，上下的預設邊界設定為 1 吋（2.54 公分），左右則是 1.25 吋（3.17 公分），這是相當寬的空間。如果你想調整邊界，只要點選檔案→版面設定→邊界即可，將邊界放大到 3.5 公分以上可能會讓人資主管認為你的履歷乏善可陳；將邊界縮到 2.0 公分以下也不理想，過長的頁面寬度會加重擁擠感，較短的行寬則有易於閱讀的優點。

在建立階層時，求職者可運用「縮排」（點選格式→段落→縮排）來區隔各個層次。例如：

```
Professional Experience
    Company Name
        Sales Manager
            • Accomplishment Statement 1
            • Accomplishment Statement 2
        Salesperson
            • Accomplishment Statement 1
            • Accomplishment Statement 2
```

但是這麼做既不雅觀，對於提高易讀性也毫無幫助。下面例子採用的是放大字體、增加二分之一行的空白，同時運用粗體、斜體以及項目符號。

# **Professional Experience**

**Company Name**
*Sales Manager*
   • Accomplishment Statement 1
   • Accomplishment Statement 2

*Salesperson*
   • Accomplishment Statement 1
   • Accomplishment Statement 2

如果想讓版面看起來更清爽，求職者也可考慮如下圖將項目符號作「凸排」（點選格式→段落→指定方式→凸排）處理，也就是將項目符號置於內文左側的空白處。如此一來，所有的內文（包括有項目符號的和無項目符號的）就會整整齊齊地靠左對齊。（關於項目符號的細節，請見第 131 頁）

## Professional Experience

**Company Name**
*Sales Manager*
- Accomplishment Statement 1
- Accomplishment Statement 2

*Salesperson*
- Accomplishment Statement 1
- Accomplishment Statement 2

右側

　　履歷上有很多地方可能都要以條列的方式來呈現，就算求職者採用段落的格式，也不太可能長過兩、三行；因此通常很少看到靠右對齊的履歷（同時靠右對齊也經常會打亂正常的字元間距與字距），實務上讓右側邊界不整齊是最好的作法。

　　在 Unit 4「工作經驗」中曾經提到過，任職日期與地點可直接列在公司名稱後，或是頁面靠右的窄欄中（Sharon 的「工作經驗」部分就是採用這樣的編排方式：利用定位點將欄位往左邊貼齊並加以固定，使最長的元素靠近右側邊界）。如下圖：

## Professional Experience

**Company Name**　　　　　　　　　　　　　　　　Taoyuan
*Sales Manager*　　　　　　　　　　　　　　　　2007-2014
- Accomplishment Statement 1
- Accomplishment Statement 2

**Company Name**　　　　　　　　　　　　　　　　Hsinchu City
*Salesperson*　　　　　　　　　　　　　　　　2004-2007
- Accomplishment Statement 1
- Accomplishment Statement 2

中間

　　假如求職者採用「堆疊式」版面，則可選擇將標題「靠左對齊」或「置中」；在履歷內文較多的狀況下，標題置中可帶來較大的視覺變化。履歷完成之後，建議求職者將它列印出來，然後由上到下、由左到右畫兩條線將頁面分成四等份，並檢視四個區塊的內文及空白是不是差不多等量。

我們來看一下更改字型格式和內文排列方式會如何影響履歷的吸引力和易讀性。
下面是 Sharon 去掉了所有格式的「工作經驗」欄。

Professional Experience
TVBS Weekly
Research Intern
Taipei
Summer 2013
Wrote feature articles and prepared source materials for reporters and editors. Drew on formidable Internet research skills to track down sources.
Contributed Six magazine pieces, work normally reserved for full-time staff writers.
Provided vital reference materials to reporters, which resulted in the breaking of the "Taiwan Ten" story. Commended by supervisor for creative use of online databases to gather information.
Invited to continue writing for the magazine as a freelancer.

現在我們拿這個雜亂又難讀的版本來跟 Sharon 的最終版本比較一下。實際上,最終版本並沒有什麼特別炫的地方,但是看起來既清楚又賞心悅目。請注意我們所使用的設計,並想想你會如何選擇。

標題加粗,並設為較大字體(16 級)。

較不重要的資料用灰字淡化處理,靠右的內文,使其最長部分的尾端對齊右邊界。

公司名稱設為粗體,職稱設為斜體。

## Professional Experience

**TVBS Weekly**
*Research Intern*

各要素之間固定的行距。

Taipei
Summer 2013

Wrote feature articles and prepared source materials for reporters and editors. Drew on formidable Internet research skills to track down sources.

- Contributed six magazine pieces, work normally reserved for full-time staff writers.
- Provided vital reference materials to reporters, which resulted in the breaking of the "Taiwan Ten" story. Commended by supervisor for creative use of online databases to gather information.
- Invited to continue writing for the magazine as a freelancer.

簡單的項目符號貼齊左邊界。

# 不濫用設計元素

　　許多初次編製英文履歷的求職者在思考如何「設計」履歷時，想到的第一件事是為履歷加上花俏的滾邊、自認「有意義」的圖示（如「我要加一張電腦圖片，以顯示我是個程式設計師！」），或是其他亂七八糟的裝飾。這對其他競爭者來說是個好消息！因為人資主管不太可能認真看待這些履歷，所以有很多人會先被刷掉，而其他人被通知面試的機會則會大大提高。但是這並不表示求職者可以隨意編製一個沒有靈魂、毫無人味的履歷；相反地，認真的求職者應該要「多做一點」，以便讓自己的履歷能散發出一種脫穎而出的氣勢。線條與項目符號的運用就是發揮創意最好的地方，因為這些元素不但能為履歷打造出專業的外觀，還能提高易讀性。

## 線條

　　前面已經討論過字型設定與標題排列的重要性，線條則是另一個求職者可以用來引導人資主管閱讀的工具。在履歷中使用線條與否並無任何硬性規定，但前提是必須確定線條的使用能夠提高履歷的吸引力與易讀性。

　　線條在履歷中有幾種用法，端看求職者個人的想像力，但是並非所有的線條都一樣好用；記得不要使用曲線、虛線，或是太多粗細不同的線。此外，也不要使用 Word 的底線功能，因為底線會穿過下伸字母，而降低履歷的易讀性。

## readability　　readability

　　假如你是用 Word 軟體設計履歷，那麼請使用「快取圖案工具列→線條」來畫線，或者使用「格式」選單中的「框線及網底」功能（選取標題→格式→框線及網底→框線→套用於→段落→選擇樣式），請盡量以簡單、清爽、實用的線條為主。以下是一些使用線條的建議。

下面這種最基本的線條只要從 Word 的「快取圖案工具列」中使用「線條」功能，就可以畫出來。

Education
_____

如果想要更大的變化，可結合兩種粗細不同的線條。

Education
_____

標題上方的粗線及下方顏色較淡的細線有助於進一步分隔欄位，所造成的視覺變化也相當雅致。若要用 Word 達到這種效果，可依照自己的喜好調整線條的粗細與顏色深淺。除了底線之外，也可使用「上方線」，如下圖：

_____
Education

_____
Education

假如你的空間不是很多，也可以只利用線條而無須占用任何額外的空間。

Education —————————————————————————————

將標題置中時，通常不需要加上線條，但是你也可以試一試，看看效果如何。

_____
                        Education
_____

# 🗐 項目符號

使用項目符號主要是為了吸引閱讀者的目光，但同時卻又必須讓人感覺不到它們的存在。如果讓人資主管覺得履歷裡只有項目符號很酷，那就糟了！因為他每多打量項目符號一秒，就會少花一秒在考量資歷上。

在設定項目符號時，有三點必須留意：

## 1 簡單至上

傳統的小圓點是最保險的選擇，但是也可採用方形或三角形等，重點是要避免使用複雜的形狀或罕見的圖示。以下是幾個不錯的例子：

| | | | |
|---|---|---|---|
| • Circle One<br>• Circle Two<br>• Circle Three | ▪ Square One<br>▪ Square Two<br>▪ Square Three | - Dash One<br>- Dash Two<br>- Dash Three | ▶ Arrow One<br>▶ Arrow Two<br>▶ Arrow Three |

## 2 過猶不及

佈滿項目符號的履歷反而無法幫助人資主管快速瀏覽。因此，記得不要在履歷的每個欄位都使用項目符號，建議保留一、兩欄採用段落式。

## 3 前後一致

請注意項目符號在頁面上的設定。重新確認前一欄的格式，再決定要將條列項目縮排或凸排；條列項目與接續後文的間隔也必須完全相同。最後，如果條列項目超過一行，那麼也應確定第二行以後的內文貼齊第一行。

| **OK** | **NG** |
|---|---|
| • Lorem ipsum dolor sit amet,<br>Consectetuer adipiscing elit.<br>• Lorem ipsum dolor sit amet,<br>consectetuer adipiscing elit.<br>Mauris augue massa.<br>• Lorem ipsum dolor sit amet,<br>consectetuer adipiscing elit. | • Lorem ipsum dolor sit amet,<br>consectetuer adipiscing elit.<br>• Lorem ipsum dolor sit amet,<br>consectetuer adipiscing elit. Mauris<br>augue massa.<br>• Lorem ipsum dolor sit amet,<br>consectetuer adipiscing elit. |

## 善用空白來加分

費心完成履歷後，一定會發現到頁面上有一些空白。除了邊界之外，還包括內文中沒有橫跨頁面的地方，以及各大主題欄、各行和各列之間的空白處等。實際上，求職者應該要將這些空白視為可調整的設計元素，以便為可能太過擁擠、塞滿各類資料的頁面做些改變，使履歷整體看來更為美觀。英文履歷並沒有要求絕對的對稱，求職者的任務是要避免讓履歷顯得雜亂無章。

建議求職者將完成的履歷列印出來，試著拿遠一點看並找出內文中過於擁擠的地方、孤立的空白處，以及其他有礙整體構圖的部分。這些問題並沒有單一的解決之道，但是以下建議可以提供幾個正確的方向。

### 修改內容

假使履歷看來十分擁擠，連一點點的小空白都無法容納，那麼部分內文就必須調整。求職者可以將其中一些內容縮短、刪除，或是讓履歷多占一頁。另一方面，假如頁面看起來很貧乏，只有短短幾行內文，那麼就應該先試著擴充內容，或者將原本有兩頁的履歷濃縮成一頁（關於調整履歷長度，請回顧 Unit 7）。

### 騰出空間

放大邊界、擴大行距，或是拉大主欄位與次欄位之間的空間都是能讓履歷看起來更為舒服的作法。假如求職者的履歷本文用 12 級的字體，不妨考慮將空行設為 14 級，甚至是 15 級。

### 保持一致

確定同一階層的主欄位與次欄位的間距完全一致。比方說，假如在「工作經驗」欄下所列出的各項職務之間，你都留了一行的行距，那麼在「學歷」欄下所列出的各學校之間你也應該留下一行的空間，以此類推。另外，假如這些次欄位間都留有一行的行距，那麼各主題欄位（「工作經驗」、「學歷」等）之間一定要留下 1.5 到 2 行的空間。這種間距感可形成視覺階層，並使人能更輕鬆、快速地閱讀。

我們先前曾詳細地討論過如何讓人資主管留下深刻的印象，但是如果求職者所應徵的是大公司的職位，那麼履歷可能會先經過電腦進行數位化處理與分析才交到人資主管的手上。這種數位篩選的目的是要自動剔除不合格的人選，並挑出特別優秀的求職者接受面試。以下是一些作法可確保你的履歷不會被「數位路障」給絆住：

- 使用堆疊式版面設計，而不要用兩欄式。

- 由前面所列的常用字型中選擇一種，內文設定不要小於 12 級或大於 20 級（內文太小會迫使字母擠在一起，導致 OCR 軟體難以分析）。

- 運用標準格式。不要用粗體、斜體或線條來強調，請改用大寫字母（有些系統會將履歷的內容選取出來，並輸入資料庫中；在此過程中所有的格式都會流失，但是大寫字母則會保持原狀。）

- 使用簡單、實心的項目符號。空心的項目符號可能會被電腦誤以為是數字 " 0 " 或英文字母 "O"。

- 切忌過於精簡。履歷愈長就愈有機會因為某個關鍵字讓履歷必須經過人工審查程序（曾有卑劣的求職者被踢爆在電子履歷的邊界寫上隱形字〔將白色字置於白色的背景中〕，目的就在這裡。當然，如果你被發現這麼做，那錄取的機會肯定是零）。

在花工夫編寫出能順利接受掃描的履歷之前，求職者最好先跟所應徵公司的人力資源部門確認一下，以瞭解他們是否會掃描履歷。

## 將履歷存成多種格式

假若求職者依照了本單元所提出的建議，到目前為止可能已經花了相當多的時間修飾履歷的外觀，也很可能已經做出了一份了不起的履歷。如果公司沒有明訂履歷的格式，那麼將這份資料順利交到人資主管的手上，就是下一件最重要的大事。

目前爲止仍有許多公司會限定求職者寄傳統的紙本履歷，但是有愈來愈多的公司規定應徵履歷須爲 Word、PDF 或 txt（純文字）檔，再以附件的方式與電子郵件一起寄出，或將履歷直接貼在電子郵件的本文上；也有不少公司只接受人力銀行的制式線上履歷表。身爲求職者，你所提供的東西必須完全符合公司的要求。假設他們要純文字文件，那就不要只因爲你認爲 PDF 比較好看，就寄 PDF 檔案給想要應徵的公司。試著建立幾種最常用的履歷格式，並保存這些檔案，如此一來你就能輕易地利用不同格式的履歷快速應徵工作。在開始找工作之前，求職者應該準備下列幾種格式的履歷。

## 📑 Word

以 doc 爲附檔名的 Word 是最常被要求的格式，建議求職者針對不同的情況準備幾個不同的 Word 版本（倒敘版、功能版、可掃描版等）。假如求職者用最新版的 Word 軟體，務必要確定履歷檔案可以用舊版本的 Word 軟體開啓。萬一沒有 Word 軟體可用，也可以考慮使用免費、開放原始碼和平台獨立的 "LibreOffice Writer" 來編寫履歷，LibreOffice 能建立 Word 、PDF 、純文字以及 HTML 格式的文件。若求職者決定使用 "LibreOffice Writer"，請盡量讓格式保持簡單一些，以免所建立的文件在其他軟體開啓時在呈現上會有所出入。

## 📑 純文字

基於許多不同的原因，純文字檔 (.txt) 受到不少企業的青睞。有些企業以 Mac 電腦爲主、有些企業因爲支持開放原始碼而反對微軟作業系統，還有些企業則基於安全性理由而傾向不開啓陌生人的附件。此外，假如你的履歷會被輸入求職者追蹤系統，那麼它很可能會被轉換爲純文字，所以提供純文字檔可以幫對方節省一個步驟。

## 📑 PDF

由於 PDF 檔的字型與其他設計元素會內嵌在文件本身，所以求職者可以確定的是所寄出的 PDF 檔在收件者的電腦上和在其他電腦上看起來會一模一樣。這點跟 .doc 格式不同，許多注重設計的求職者也因此對 PDF 格式情有獨鍾。

## 📑 HTML

HTML 版本的履歷有幾個優點。第一，忙碌的人資主管可能會沒有耐心去開啓 Acrobat Reader 並等候一份 PDF 文件載入，但或許還是會因爲好奇而點選一個網站連結；因此求職者可以提供就讀過的學校和任職過的公司的超連結，以便人資主管仔細

研究你的背景。再者，假如求職者有某種線上作品集，比方說設計作品、著作、影片片段、程式碼樣本等，那麼所送出的履歷就可能會從平面的印刷品，升格成爲可使人身歷其境的多媒體體驗。當然，求職者也可提供包含 Word、PDF 和純文字版履歷的個人網站，以供應徵公司下載。

除非應徵公司有特別指定某種格式，建議最好同時提供兩種格式（純文字版搭配 Word 檔或 PDF 檔），以降低對方電腦無法讀取的機率；求職者也可透過這樣的動作向雇主證明自己是頗具概念的求職者——並非所有的公司行號都偏好使用 Word 文件。

---

### 👍 履歷成功 Tips

關於文件格式，最後還有一點要提醒。無論選擇何種格式，一定要清楚地在檔名上加註「resume 或履歷」以及求職者的姓名。人資主管每天可能要檢視上百個數位履歷檔案，要是求職者所附上的檔案名稱不是只寫著 "resume" 或「履歷」兩個字，而能讓人資主管一目瞭然，那麼他一定會很欣賞。以下是幾個常見的例子：

Sharon Wu - Resume.doc
Angie Lee-resume.txt
Tyson_Chen_resume.pdf

---

## 選擇適當的紙張及列印方式

花俏的履歷用紙在許多文具店、書店都有販售；這類紙張不是有顏色、印有浮水印，就是有某些特殊設計。建議求職者不要使用這類可能讓人資主管感覺相當俗氣的紙張，盡量單純一點用白紙就好。假如求職者應徵的是高級職位，可以試著採用品質較好的白紙（磅數稍重或紙面較平滑）；假如求職者應徵的公司是標準的美國企業，那就要用 8½×11 吋的紙（也就是 Letter Size），而不要用 A4 尺寸的紙張。同時，要確定紙張完全沒有污點，角落也都沒有任何的縐摺。如果你希望自己的履歷能一枝獨秀，不妨考慮用大型信封將履歷寄出——在競爭對手的履歷可能有摺痕或捲曲地擺在人資主管辦公桌上的同時，使用大型信封寄出的履歷會平平整整地散發出吸引人閱讀的光芒。

假如你的運氣好，所寄出的履歷可能會被影印、轉交、掃描、傳真或是附上各種註記，因此易讀性與耐久性是關鍵要素。履歷建議使用雷射列印，而不要用噴墨列印或影印。除非你有明確的理由在內文中使用灰色字（如為了淡化處理或作為設計元素），否則應該使用 100% 的黑色墨水就好。

## 結語

設計履歷並沒有一套正式的規則。本單元所提到的範例是就一般而言會受到應徵公司普遍接受的建議，求職者很有可能會碰到需要打破慣例的狀況。比方說，假設你所應徵的職位與所具備的相關背景或技能相距甚遠，或者你面對了成千上百位競爭對手，那麼或許值得冒險在履歷上添加一點花樣。將它做成五頁！使用與公司網站相同的字型！甚至，乾脆將它印成斜的！設法證明你願意多花一些工夫來爭取職務，或許有可能提高獲得面試的機會。

不過，這些情況可能少之又少。經驗老到的人資主管拿到「特殊」的履歷時，可能會想到的第一件事是：「這個人為什麼覺得他必須這麼做？他想隱瞞什麼？」不論過去的資歷如何，人資主管都會透過履歷來評斷求職者能否勝任某個職務，或者能否在未來對公司做出貢獻。在本書中我們一再強調，最可能成功的履歷設計法就是節制與穩健；求職者的履歷應該要專業而不呆板、動人而不自大、美觀而不俗氣。

履歷外觀的重要性往往不是被低估就是被高估。光想要靠選對字型或是段落平衡就得到工作是不可能的事；不過如果求職者使用了不恰當的格式或者是讓頁面失衡，導致人資主管產生偏見，因而從負面的角度解讀履歷中的資訊，也無疑是先被判了死刑，為了獲得面試的機會，千萬不可稍有輕忽。

# Part 2

# 求職信
## The Cover Letter

在花了這麼多時間打造完美的履歷後，你可能對於求職信的必要性產生質疑；有了完美的履歷後，真的還需要寫求職信嗎？

是的，求職信還是有必要存在。

儘管求才機構往往不會要求附上求職信，而且萬一寫得不好，人資主管可能連履歷都還沒看，就先在心中畫下不合格的記號。實際上，求職信是整個求職文件的基本元素，在大部分的情況下，如果沒有將求職信附在履歷裡，求職者獲得面試的機率就會大幅降低。

求職信一般有兩種寫法：

## 一、制式求職信

撰寫制式求職信，就像是填寫申請表一樣，只要從範例中抄寫五、六個公式化的句子組成一封短信即可。假如求職者對自己的英文不是很有把握，或者在找工作時是採「量重於質」（也就是狂丟履歷）的策略，那這種作法就不見得不好。制式求職信的確能降低犯下致命錯誤的機率，不論在信件的組成內容、用字遣詞，還是文法方面都是較為保守而安全的選擇。

## 二、目標式求職信

第二種作法是將求職信視為具有實質目的的文件，也就是將這封信當作是求職者寄給人資主管的私人信函。這封私人信函應該要以「說服」為出發點，求職者希望可以慫恿人資主管做一件事：拿起電話，邀請求職者去面試。為了這個目的，好的求職信至少可以在以下三個方面提供助力。

① 求職信能讓求職者更直接迎合公司的需求。求職者可以逐條回應徵才啟事上所列出的項目。假如求職者是「主動」應徵，求職信中還可詳述公司在哪方面引起求職者的興趣，並說明本身所具備的技能與經驗將如何幫助該求才機構實現目標。簡言之，履歷展示了求職者有資格在特定的公司任職，而求職信則有助於解釋為什麼這家公司應該要邀請求職者前來面試並讓求職者有機會發揮長才與資歷。

② 求職信讓求職者有機會做一些預防性的損害控管。比方說，假如求職者完全不符合應徵條件，求職信可以讓求職者有機會說明為何人資主管仍應審慎考慮。假如求職者想要進入的是與過去工作經驗完全不同的領域或行業，更應該要好好利用求職信來說明職涯改變的原因。假如求職者有過去的工作史不太尋常，或是大學只讀到一半便休學等狀況，一封內容清楚的求職信也可能有機會扭轉頹勢。

③ 透過條理清晰與用字專業的求職信還能夠展現求職者的溝通技巧。一封好的求職信可提高人資主管對求職者具備充分英文能力以處理公司事務的信心，也可讓人資主管萌生「這個人我想認識一下，我要找他來面試」的念頭。

在以下各節，我們將提供一些求職信的關鍵句型和範例給讀者參考，但是請記住，這些關鍵句型與範例對提高受聘的幫助，一點都比不上求職者根據自身經驗與目標所寫出來的內容。假如求職者可以向人資主管證明，自己不是另一個只會猛丟履歷的機器，而是個才華洋溢、思慮周密的人，人資主管就可能會以更正面的角度去解讀履歷，而那正是求職者成功獲聘的敲門磚。

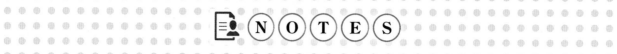

# Unit 10

# 開場白
## The Opening

無論應徵何種職位或產業，大多數求職信都採用三段模式；
第一段「開場白」、第二段「推銷」、第三段「結尾」。
寫三段只是慣例並非硬性規定，但基本的模式不變。

| 開場白寫作重點 | |
|---|---|
| 長度 | 一至三個句子 |
| 目的 | 1. 說明求職者為何對此職缺有興趣<br>2. 說明求職者如何得知該職缺的招募訊息<br>3. 設定整封求職信的語氣 |
| 文體 | 1. 推薦式<br>2. 正式／傳統式<br>3. 非正式／敘事式<br>4. 非常規式 |

　　求職信的第一段應該只利用短短幾個句子，以達到開場白的兩個主要目標。首先，求職者必須立刻讓讀者（可能是人資主管）知道所要應徵的職務；大公司經常一次就招聘幾十個甚至數百個職位，因此求職者所感興趣的職務究竟職稱（以及職缺編號）為何，是開場白所必須涵蓋的基本要素。其次，習慣上求職者應該要提到從什麼管道得知職缺的訊息。通常若不是透過推薦，就是來自網站或報紙上的徵才啟事。

　　一般而言，最有效的獲聘方法就是由在該機構中任職或是與該機構有往來的人推薦。假如你很幸運地屬於這種情況，那就讓推薦人來為求職信定調即可。而如果你是看了廣告或主動應徵，那麼就可以選擇在開場白的段落中採用三種可行的策略：（一）正式／傳統式、（二）非正式／敘事式、（三）非常規式。以下首先看推薦式求職信的開場白，接著再分別詳述其他三種不同類型的作法。

## 推薦式開場白

　　求職者對所想要應徵的機構愈暸解，履歷與求職信的製作方向就會愈精確。知道誰能透露內幕消息不僅能大大提高求職成功的機率，整個應徵過程也會自動變得與眾不同，因為求職者是受到內部人士推薦的人選。因此，說出推薦人的名字可說是為求職者與求才機構建立有力連結的最佳方式，但要記得必須正確描述求職者和推薦人的關係。比方說，若是在商展上認識推薦人，建議不要在一開始就假設推薦人會記得你，也絕對不要無中生有說是他推薦你來應徵該職務。人資主管一定會向求職信中所提到的推薦人打聽，所以一定要據實以告。

## 📄 正式 / 傳統式開場白

假如求職者有推薦人，那麼推薦式開場白便是第一選項；如果沒有推薦人，大部分求職者的預設開場白為正式 / 傳統式。採用正式 / 傳統式開場白是以直接而專業的方式來達到目的，不過缺點就是語氣較為冷淡。如果求職者所應徵的工作性質較保守或是公家機關，亦或求職者對該公司完全不熟，這大概是最保險也最好的選擇。

## 📄 非正式 / 敘事式開場白

正式求職信的優點在於確保求職者不會失去資格，不過缺點就是當成堆的求職信放在人資主管桌上時，缺乏特色的求職信很可能會遭到忽略。採用非正式開場白可讓看履歷看得頭昏腦脹的人資主管有耳目一新的感覺，讓他注意到求職者所具備的資歷與特色。這麼做確實有點風險，因為較為古板的人資主管可能會認為求職者很冒失。但是，想要從眾多的競爭者中脫穎而出，適度的冒險是值得的。

撰寫非正式求職信並不難，首先依照平常寫信的方式打稿，再試著將其中的語氣軟化即可。以下是我們的建議：

### 1 採用輕鬆的寫作方式

不妨多用一點縮寫、少用一些商業用語，讓人覺得你的文字較為親切。下列 A、B 兩個句子都相當專業，但 B 句較接近自然的口語英文。

A. 專業、較正式

**I would like to be considered for the graphic design position that was listed on the New Image International Co. website.**

我希望能被考慮擔任新形象國際公司網站上所刊登的平面設計職位。

B. 專業、較不正式

**I'd like to apply for the graphic design position I came across while browsing the New Image website.**

我想應徵我在瀏覽新形象網站時所看到的平面設計職位。

### 2 融入感情

多利用 "very excited"「非常興奮」和 "very interested"「非常感興趣」這類文字來表達你看到徵才啟事時的熱切之情。"Wanting to apply"「想要應徵」和 "being excited to apply"「興奮地來應徵」看起來或許差別不大，但後者所展現出的細微情緒變化卻

能為求職信帶來活力，也讓人資主管特別注意到這封求職信的可能性大為提高。下列兩個句子都夠專業，但是 A 句較形式化，B 句則顯得活潑生動。

A. 專業、較正式

**I would like to apply for the investor relations position that was announced on the Fast Stone Securities Inc. website.**

我想應徵 Fast Stone 證券公司網站上所公布的投資人關係一職。

B. 專業、較不正式

**I was very excited to learn from your website that Fast Stone Securities is looking for an investor relations specialist.**

我非常興奮地從貴公司網站上得知 Fast Stone 證券在找投資人關係專員。

### 3 運用敘事元素

　　求職信中要是能生動描述求職者曾經做過什麼以及未來打算做些什麼，對許多人資主管來說，會比千篇一律的標準作法更具吸引力也更有效果。例如求職者曾經當過工程師，後來轉做業務，現在則想要一次做好兩件事等。「敘事」的篇幅不必很長，通常放在第二段，也就是在求職者更深入闡述自己專業成就的部分。敘事也可作為信件的開場白，不過目的並不是要將求職信變成自傳（亞洲以外的人資主管會覺得這種作法相當怪），重點在於帶出求職者的行動感與方向感。

　　宏觀敘事固然重要，比方說描述求職者的職涯史，或是一件求職者過去曾負責過的重要專案。不過，微觀敘事也能發揮不錯的效果。例如：

**I was very excited when I came across your job announcement this morning because ...**

今天早上看到你們的徵才廣告時，我非常興奮，因為……

---

#### 👍 履歷成功 Tips

每一封求職信的開場白不一定要完全相同，求職者應根據所應徵的職位層級、該公司的組織文化，以及競爭對手的質與量來進行調整。成功的求職信不僅得要讓人資主管看到求職者的獨特資歷，還要能突破人資主管可能存有的反射式嘲諷心理，千篇一律的求職信範例便不可能做到這點。

## 🔖 非常規式開場白

　　想要預測人資主管對非常規式開場白會有什麼反應是不切實際的。有些人資主管可能會樂見求職者願意努力地想要引起他的興趣，也有些人資主管會覺得這種求職信過於幼稚或者只是在耍花樣。在「這個人是誰？我應該跟他談談」和「這傢伙以為自己是誰？」之間只有一線之隔。因此，最好將非常規式的開場白用在勝算很小時。假如你是向十分挑剔的機構求職，或者你的資格不太符合所應徵的職位，因為被錄取的機會一開始就有點渺茫，採用非常規式作法的潛在報酬就有可能會大於風險。

　　什麼樣的開場白才算是非常規？假如有可能提出一種模式，它就不會叫「非常規」了。不過以下幾則建議或許能為你帶來一些自創的靈感。首先，你可以考慮做些意料之外的事，包括打破本書先前所提供的一些守則。比方說，你可以自曝缺點或錯誤，以展現自己的人性面；你也可以將謙虛擺在一邊，侃侃而談自己的本事（只是別忘了拿出證據！）。基本上，非常規式開場白的重點在於使用大膽的文句或問題來吸引人資主管的目光，並讓他印象深刻。這樣你就不會僅僅是「求職者第 N 號」，而會變成「那個自認上任第一年就能讓營業額倍增的人」。這種打破慣例的嘗試是為了從其他所有的求職者中脫穎而出，倘若如此出招後你沒有「壯烈犧牲」，就很可能因此而贏得聘書。

◆ 推薦式開場白（**1** ～ **4** 較正式，**5** ～ **7** 語氣較柔和。）

**1** **[Name] suggested (that) I speak with you about an opening ....**

〔姓名〕建議我和您談談……的職缺。

例 Kim Minho suggested I speak with you about an opening on your sales team.
金民豪建議我和您談談貴業務團隊的職缺。

**2** **[Name], [Position], recommended (that) I get in touch with you about a possible  N .**

〔姓名〕，〔職位〕，建議我就 名詞 的可能和您聯絡。

例 Sam Chen, a former colleague of mine at Banko Inc., recommended that I get in touch with you about a possible position with your legal team.
陳山姆（我過去在班可公司的同事）建議我就貴公司法務團隊的可能職位跟您聯絡。

**3** **[Name] mentioned that you are looking for a [Position] with a background in  N .**

〔姓名〕提到，貴公司在找具有 名詞 背景的〔職位〕。

例 Nicolas Cobain mentioned that you are looking for an electrical engineer with a background in power generation.
尼可拉斯·寇本提到，貴公司在找具有發電作業背景的電機工程師。

**4** **[Name] told me that [Company] is currently hiring [Positions] with a background in  N .**

〔姓名〕告訴我，〔欲應徵公司〕目前在找具有 名詞 背景的〔職位〕。

例 Jeannie Lai told me that Sanyo is currently hiring graphic designers with a background in package design.
賴吉妮告訴我，三洋目前在找具有包裝設計背景的平面設計人員。

**5** **I met/spoke with [Name] [Place], and he/she ....**

我在〔地方〕遇到〔姓名〕／跟〔姓名〕談過，他／她……。

例 I met Cynthia Lin last week at Computex, and she recommended that I speak with you about a possible sales position at your Taoyuan office.
我上週在電腦展上遇到林心亞，她建議我和您談談貴公司桃園辦事處可能出缺的業務職位。

**6 I was very interested/excited to learn from [Name] that ....**

我非常感興趣／興奮地聽到〔姓名〕說……。

例 I was very interested to learn from David Kuo that Asus plans to expand its presence in Osaka next year.

我非常感興趣地聽到郭大衛說，華碩打算明年在大阪擴廠。

**7 While _Ving_ with [Name], I learned that ....**

在和〔姓名〕現在分詞 時，我得知……。

例 While enjoying dinner with Joey Chu and her family recently, I learned that Warner Music will be forming a new business development team next month.

最近在和朱喬依一家人共進晚餐時，我得知華納音樂下個月要成立新的事業開發團隊。

◆ 正式／傳統式開場白

**8 I would like to apply for [Position] listed on _N_ .**

我想應徵 名詞 上刊登的〔職位〕。

例 I would like to apply for the JAVA Programmer position listed on the 1111 Job Bank website.

我想應徵 1111 人力銀行網站上刊登的 JAVA 程式設計師職位。

**9 I am very interested in [Position] posted on _N_ .**

我對 名詞 上刊登的〔職位〕很感興趣。

例 I am very interested in the warehouse supervisor position posted on *The Liberty Times* website.

我對《自由時報》網站上刊登的倉儲主管職位很感興趣。

**10 I would like to learn more about [Position] posted on _N_ .**

我希望能多瞭解一下 名詞 刊載的〔職位〕。

例 I would like to learn more about the Executive Assistant position posted recently on recruitw.com.

我希望能多瞭解一下 recruitw.com 最近刊登的主管助理職位。

**11 I would (very much) like to be considered for [Position] listed on _N_ .**

我（非常）希望能被考慮擔任 名詞 上刊登的〔職位〕。

例 I would very much like to be considered for the Real Estate Agent position listed on the JobsforYou website.

我非常希望能被考慮擔任 JobsforYou 網站上所刊登的不動產業務員職位。

◆ 非正式 / 敘事式開場白

**12 I've wanted to _V1_ ever since .... After _Ving_ , I am confident that I can _V2_ .**

打從……我就想要 動詞1 。在 動名詞 後，我深信我能 動詞2 。

例 I've wanted to work at CTiTV ever since I was a business administration undergrad at Chengchi University, but at that time I wasn't yet fully prepared to make a significant contribution. After interning at McDonald's Corporation while receiving my MBA from the Terry College of Business at the University of Georgia, I am confident that I can now make that contribution.

打從我在政治大學企管系就讀時，就想要進中天電視台工作，但當時我還沒有完全準備好能帶來有意義的貢獻。在喬治亞大學的泰瑞商學院獲得企管碩士學位，同時又在麥當勞公司實習過後，我深信現在能帶來這樣的貢獻了。

**13 I first learned .... After _Ving_ , I realized that [Company] is a perfect match for my skills and background.**

我第一次獲悉……。在 動名詞 之後，我發現〔欲應徵公司〕十分適合我的技能與背景。

例 I first learned about the fascinating work Rocketlink is doing in April while attending the Consumer Electronics Show in LA. After speaking with CTO Stephen Walker at the show and reading everything I could find about the company, I realized that Rocketlink is a perfect match for my skills and background.

我第一次獲悉有關羅奇林克公司從事的有趣事業，是四月我參加洛杉磯的消費者電子展時。在展場和科技長史蒂芬・渥克談過，並看了一切我所能找到的公司資料之後，我發現羅奇林克十分適合我的技能與背景。

**14 I've been a _N_ ever since .... More recently, I (have) _Ved_ .**

打從……我就是個 名詞 。以最近來說，我 過去式動詞 。

例 I've been an avid cyclist since my mother brought home a tricycle on my third birthday. More recently, I organized a ride around the island last year, so you can imagine how pleased I was when I saw Giant's ad for a PR specialist.

自從家母在我三歲生日時買了一輛三輪車回家之後，我就是個超愛騎腳踏車的人。以最近來說，我在去年籌劃了一趟單車環島活動，所以您可以想見，當我看到捷安特徵公關專員的廣告時，我有多開心。

◆ 非常規式開場白

**⓯ It's clear from your ad that ..., and that's exactly what I ....**

貴公司的廣告明白指出……，而那正是我……。

例 It's clear from your ad in the *Apple Daily* that you need someone who will not just maintain your computer system but create a total content management solution, and that's exactly what I will build for you.

貴公司在《蘋果日報》上刊登的廣告明白指出，你們所需要的人不僅要維護電腦系統，還要建立總體內容管理方案，而那正是我能使力的地方。

**⓰ Looking at my resume, you may wonder why .... Let me explain.**

看到我的履歷，您可能會懷疑為什麼……。讓我來解釋一下。

例 Looking at my resume, you may wonder why a Japanese major is applying for a job as a legal secretary. Let me explain.

看到我的履歷，您可能會懷疑為什麼一個主修日文的人要來應徵律師祕書的工作。讓我解釋一下。

**⓱ The ad on your website said ..., but I'm confident that ....**

貴公司網站上的廣告說……，但我確信……。

例 The ad on your website said you were looking for someone with three years of experience, but I'm confident that I'm fully prepared to do the job.

貴公司網站上的廣告說，你們在找有三年經驗的人，但我確信我已做好充分準備來擔任這個職務。

**⓲ I'm not the most Adj person, but when you need ..., you'll find no one better.**

我並非是最 形容詞 的人，可是當您需要……時，您會發現沒有第二人選了。

例 I'm not always the most tactful person, but when you need to get something done right, and get it done fast, you'll find no one better.

我並非總是最機靈的人，可是當您需要把事情做好、做得快時，您會發現沒有第二人選了。

## Sample 1  Sharon

The Investigative Reporter ad on your website states that you require two years of experience, but frankly Mr. Ho, I can't wait that long. I'm ready to start right now.

貴公司網站上關於調查記者的廣告中說，你們要求兩年的經驗。但不瞞您說，何先生，我等不了這麼久，我現在已經準備好可以開始工作了。

Sharon 現在應徵的是第一份真正的工作，在客觀上她並不符合該份工作的資格。面對這樣的劣勢，她選擇採用非常規式的開場白。Sharon 大膽表示，她「現在已經準備好可以開始工作了」，在她如此大膽陳述的激發之下，人資主管可能會去讀下一段，看看她能不能印證她的說法。

## Sample 2  Angie

I was very excited to learn from the 518 Job Bank website that Starlight International is hiring an administrative assistant. I'm pretty sure I'm exactly who you're looking for.

我非常興奮地從 518 人力銀行網站上得知，星光國際公司在徵行政助理。我相當確定，我就是你們所要找的人。

由於徵才廣告上提到「有高度幽默感絕對加分」，於是 Angie 推斷，非正式的開場白（加上一點反常的勇氣）是最佳作法。除了明白指出她感興趣的職位以及她是從何處得到資訊之外，她還在第一句話中表達了興奮之情。在非常規的第二句話中，她用了三個縮寫和 "pretty sure"，讓她的信顯得較俏皮且具親切感。

**Sample 3** | **Tyson**

Jerry Cheng, head of an operations unit at JMicron and a former classmate of mine from UCLA, suggested I speak with you about the possibility of leading your Korean Business Development Team.

鄭傑瑞（JMicron 營運處負責人，也是過去我在加州大學洛杉磯分校的同學）建議我跟您談談，看看有沒有機會帶領你們的韓國事業開發團隊。

Tyson 很幸運能夠有個內部推薦人，他跟鄭傑瑞的關係也給了他一個機會標榜自己優異的學術出身，不過他是以低調的方式來呈現，而不是俗氣地大喊：「我是前二十名大學的企管碩士！雇用我！」以一般傳統的求職信來說，這是典型的推薦式開場白。

**Sample 4** | **Brian**

I was very interested to learn from Jenny Hsu, my colleague on the board of the Bankers Association of the Republic of China, that the United Savings Bank of Ireland plans to expand its online banking and investment services to Asia late next year. As a banking industry leader with over thirty years in senior positions, and as a pioneer in the field of online banking in Asia, I would very much like to be considered to lead this new venture in Taiwan.

我極感興趣地從我在中華民國銀行公會董事會的同事徐珍妮那兒得知，愛爾蘭聯合儲蓄銀行明年底打算將網路銀行及投資服務拓展至亞洲。身為在高階職位待了三十多年的銀行業領導人，以及亞洲網路銀行領域的先鋒，我非常希望能被考慮來帶領台灣的這項新事業。

跟 Tyson 一樣，Brian 有同事的推薦，但 Brian 基本上是「主動」應徵。他感興趣的職位甚至還不存在，不過他仍然毛遂自薦，並自認能在業務拓展計畫中幫上忙。他在「推薦」的第一句話後面加上了背景概述，使從來沒聽過 Brian 的雇主也能對他的職涯一目瞭然。

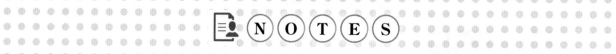

# Unit 11

## 自我推銷
### The Sale

履歷和求職信都是一種廣告，
廣告中所要宣傳的產品就是「你」。
如果求職者無法以令人信服的方式推銷自己，
人資主管就很有理由懷疑，
求職者如何能成功推銷公司的產品或服務。

| 自我推銷寫作重點 | |
|---|---|
| 長度 | 平均三至五句話，可多至十句話以上。 |
| 目的 | 1. 大致說明自己的技能與經驗。<br>2. 宣揚自己的獨特賣點，使自己有別於其他求職者。<br>3. 減少人資主管對自身背景有任何不尋常的疑慮。 |
| 結構 | 1. 背景概述<br>2. 具體成就說明<br>3. 關聯性陳述<br>4. 特殊考量（彈性選擇） |

　　假如將履歷當作餐廳裡列出所有菜色的菜單，那麼求職信就好比是一個經驗老到的服務生，用親切而專業的態度告訴顧客哪些拿手菜絕對不能錯過。求職信務求簡短，因此光是改寫履歷上已有的資訊並不會有所加分，求職者應該謹慎思考自己究竟想推薦「哪道菜」給人資主管。求職者的獨特賣點可能是因為背景而自然形成的特殊技能（如精通某種特殊的電腦程式語言），也有可能是由較為平凡的成就或技能所構築而成的衍生資歷。舉例來說，台灣有成千上萬的人能夠用 C++ 來寫程式，但是有多少人能在短短三個月內，用它為大型連鎖飯店開發出銷售時點系統（Point of Sale，簡稱 POS）？這種成就證明求職者除了能寫程式，還具備優異的軟體架構及時間管理技能，而這就是與其他求職者不一樣的地方。

　　**推銷產品的首要原則是：「推銷好處，而非特點」**。換句話說，要展示產品如何改善顧客的生活，而不是將焦點擺在產品所能做到的各種小事上。求職者透過求職信將自己推薦給人資主管，其本身所具備的經驗與技能就是需要凸顯的特點，藉由這些特點讓人資主管確實瞭解求職者可以為公司帶來什麼好處。因此，求職者在推銷自己時要盡可能明確地傳達自己將如何滿足公司的需求、解決公司的問題，並為公司帶來利益。

## 結構

　　前面的單元提到，無論開場白的語氣是正式、非正式，還是非常規式，在第一段裡都應該明白指出求職者所要應徵的是何種職位，以及如何得知該職缺的相關資訊。

第二段的必備要素有三項（以及選擇性的第四項），包括：

① 提供背景概述
② 指出一、兩項具體成就
③ 說明這些成就的關聯性
④ 因應特殊考量（彈性選擇）

## 背景概述

試著將工作生涯濃縮成一句話，或是一小段文字。在描述求職者的重大成就前，背景概述可以先讓人資主管對求職者的過往職涯有初步的掌握，不僅有助於人資主管迅速瞭解求職者是什麼樣的人，還會影響他解讀求職信其他部分及履歷的方式。根據求職信整體的取向，背景概述通常會擺在第一段開場白的結尾（如 Unit 10 當中 Brian 的求職信），或是第二段自我推銷的開頭。

## 具體成就說明

提供了綜觀性的切入點後，求職者應立即鎖定焦點，簡潔有力且具體地陳述一、兩項與所應徵職務相關的能力，而非羅列所有曾執掌的各項「職責」；同時，在宣揚過去「成就」時，也應盡可能量化。Unit 4「工作經驗」提供了量化成就的建議；其中用以凸顯成就的「擴充式寫法」亦可運用於求職信中。

以下提供兩種說明方式：

### 1 條列式

如同履歷一般，條列式寫法可以將人資主管直接引導到求職者最耀眼的成就上。假設求職者有兩、三項可量化的成就特別值得一提的話，便非常適合採用此種方式。另外，條列式也可用來分解比較長的具體成就（如本單元「實例解析」當中 Brian 的第二段）。

### 2 廣告回覆式

若在求職信中採用條列式寫法，須特別留意切勿僅將履歷上的資料照抄。要區隔求職信與履歷中的條列式內容，最好的方法就是讓求職信貼近徵才啟事。請看下頁的範例說明：

徵才啟事範例

## Neko Logistics

Neko Logistics requires an Executive Assistant to provide administrative support to the SVP of Operations and her staff. The successful candidate will manage the SVP's schedule, make travel arrangements, generate and distribute database reports, handle the SVP's email and phone communications, and perform other administrative tasks. Excellent spoken and written communication skills, both Mandarin and English, are required. Strong computer skills, especially Word, Excel, and PowerPoint a must. Minimum three years of relevant experience.

## 尼可物流

尼可物流徵求主管助理，負責為營運資深副總裁及其部屬提供行政支援。錄取者將為資深副總裁管理行程、安排旅行交通、製作並發送資料庫報告、處理電子郵件和電話聯繫，並執行其他行政工作。意者須具備優異中、英口語及文書溝通技巧。另須具備堅實的電腦技能，尤其是 Word、Excel 及 PowerPoint。至少三年的相關經驗。

廣告回覆式求職信範例

As a former office manager at a public relations firm who was later promoted to account manager, I believe that I am extremely qualified for this position. Let me tell you three reasons why.

## Communication

Your ad said you were looking for someone who communicates effectively in both Mandarin and English. I have appeared on the radio dozens of times to promote products and events, including two appearances on ICRT. I have also written hundreds of press releases, many of which were published verbatim in local newspapers. Over half of my PR accounts were for foreign firms, and I communicated daily with high-level executives in English by both email and phone.

## Administration

The systems and procedures I set up in my three years as office manager proved so effective that, after I moved into account management, it was unnecessary to hire a replacement. I have organized press events attended by over one hundred reporters and guests, and arranged international travel accommodations for groups as large as thirty. I live on the telephone and keep and empty inbox. Important business associates know they can expect a quick response from me, usually within an hour or two.

**Computers**

I am a Microsoft Office power user. I'm very familiar with writing queries in Access, so I'm confident I will be able to pick up your database system quite quickly. I've used Word and Excel on almost a daily basis for the last ten years, and my PowerPoint slides receive consistent praise. (I've uploaded a sample presentation to my website: stellahuang.com.tw.)

我曾在公關公司擔任行政經理，後晉升為客戶經理，我相信我極為適合此職位。
原因有三：

溝通
貴公司的廣告上說，你們要找的是能用中、英語有效溝通的人。我曾上過幾十次廣播電台推銷產品和宣傳活動，其中包括兩次 ICRT 的節目。我還寫過數百則新聞稿，其中許多都是原文刊登在本地的報紙上。我的公關客戶有半數以上是外商，而且我每天都用英文透過電子郵件和電話與高階主管聯繫。

行政
在擔任行政經理的三年中，我所建立的制度與程序經證實相當有效，所以當我轉任客戶經理後，並無須找人接替。我辦過有一百多位記者和來賓參加的媒體活動，並為多達三十人的團體安排過國際旅遊住宿。我電話不離身，並且會隨時清空收件匣；重要的商業夥伴都知道，他們可以預期我會迅速回覆，而且通常是在一、兩個小時之內。

電腦
我是 Microsoft Office 高手，對於撰寫 Access 的查詢語法非常熟悉，所以我深信我很快就能掌握貴公司的資料庫系統。過去十年來，我幾乎每天都在使用 Word 和 Excel，我的 PowerPoint 投影片也獲得一致的好評（我上傳了一份範例簡報到我的網站：stellahuang.com.tw）。

這裡寫了超過一段，而且並未使用項目符號，但這可是貨真價實的條列式自我推銷。徵才啟事中的每一點都經過歸類，並以直接且令人信服的方式來表達（如本單元「實例解析」當中 Angie 的求職信）。

## 關聯性陳述

　　用一、兩項成就激起人資主管的興趣後，求職者應該更進一步地將這些成就（包括技能與經驗）明確地與雇主的需求連結。當然，有無數種方式可以做到這點，但最普遍的方法是用「聲明＋益處」的模式。此模式是以聲明，如 **"I believe ..."** 「我相信……」或 **"I'm confident ..."** 「我確信……」起頭，接著再簡短描述該項成就（或技能與人格特質）對雇主能有什麼幫助。以下是幾個例子：

| | |
|---|---|
| **聲明** | • **I know ...** 我知道……<br>• **I'm sure ...** 我確定……<br>• **I believe ...** 我相信……<br>• **I've found ...** 我發現……<br>• **I'm certain ...** 我有把握……<br>• **I'm confident ...** 我確信……<br>• **I'm convinced ...** 我堅信……<br>• **I have no doubt ...** 我非常確定……<br>• **I'm absolutely positive ...** 我絕對確定……<br>• **I'm excited by the possibility ...** 我很興奮可能有機會…… |
| **益處** | • **would be of value** 將會帶來價值<br>• **can make a similar contribution** 能做出類似的貢獻<br>• **would be an invaluable asset** 會是非常寶貴的資產<br>• **could put my skills to good use** 能充分發揮我的技能<br>• **would bring this same level of service** 帶來同等的服務<br>• **have been able to create relationships** 能夠建立起關係<br>• **will contribute to your success** 將對貴公司的成功有所助益<br>• **would be a great addition to your company** 會替貴公司大大加分<br>• **would be a valuable addition to your team** 會成為貴團隊的一大助力<br>• **would also be an excellent marketing opportunity** 也會是個絕佳的行銷機會 |

## 特殊考量（彈性選擇）

　　假如求職者的應徵資料並無特別不尋常之處，則可略過此節。求職信和履歷一樣屬於廣告文案的一種，所以不應含有負面或無關緊要的內容。如果有任何可能引人注意的特殊情況，等於是告訴人資主管他應該將你的應徵當成特殊案例來看待，而這通常不是一件好事；特殊案例必須多加注意，也代表要多冒險。人資主管招募到好員工很少會受到稱讚，但是聘用錯誤的人卻經常會被嘲笑甚至遭到責罵，因此任何求職者的求職信只要看起來有一點點可疑，通常會第一個被送進碎紙機裡。

　　那麼到底在什麼時候需要提及「特殊考量」？在某些情況下，求職者可能有些純粹實際面的問題必須簡短說明一下（例如人在海外應徵）；或者求職者覺得直接提及本身工作背景中的某個缺陷對應聘有助益（例如工作史有一段很長的空窗期）；或者求職者對雇主的徵才啟事提出異議（例如它錯誤地排除了求職者的應徵資格）。無論哪種情況，只要提到這些事都會使求職者的責任增加，也就是必須將潛在的負面阻力變成正面助力。

◆ 背景概述

**❶ I have over [Number] years experience in [Field]. In addition to Ving , I have also Ved .**

我在〔領域〕有〔數字〕年以上的經驗。除了 動名詞 外，我還 過去分詞 。

例 I have over ten years experience in early childhood education. In addition to teaching English at several preschools and kindergartens in Miaoli County, I have also personally tutored over 120 elementary school students in English studies.

我在幼兒教育方面有十年以上的經驗。除了在苗栗縣幾所學前機構和幼稚園教過英文外，我還親自指導過一百二十多位小學生的英文課程。

**❷ I will graduate in June from [University] with a [bachelor's/master's/Ph.D.] degree in [Field]. I had planned on Ving , but ....**

我將在六月從〔大學〕畢業，取得〔領域〕的〔學士／碩士／博士〕學位。我原本打算 動名詞 ，但⋯⋯。

例 I will graduate in June from Fu Jen Catholic University with a master's degree in library and information science studies. I had planned on becoming a librarian, but a class in database management systems sparked my interest in information architecture.

我將在六月從輔仁大學畢業，取得圖書資訊學系碩士學位。我原本一直打算當圖書館員，但是一堂資料庫管理系統的課程啓發了我對於資訊架構的興趣。

**❸ As a former [Position], I appreciate (understand/know) the importance of ....**

我過去擔任過〔職位〕，非常瞭解（明白／知道）⋯⋯的重要性。

例 As a former flight attendant, I appreciate the importance of superior customer service to the success of a business.

我之前擔任過空服員，非常瞭解高品質的客服對企業成功的重要性。

**4** **[Number] years serving as [Position] has Ved .**

當過〔數字〕年的〔職位〕，使我 過去分詞 。

例 Eight years serving as a senior clerk at the Intellectual Property Office of the Ministry of Economic Affairs has given me unique insights into the patent application process in Taiwan.

在經濟部智慧財產局當過八年的高級組員，使我對台灣的專利申請流程產生了獨到的見解。

**5** **With more than [Number 1] years in the [Field] business, including [Number 2] years as a [Position], I am confident (that) I can V .**

在〔領域〕業待了超過〔數字 1〕年，包括〔數字 2〕年的〔職位〕，我確信我能 動詞 。

例 With more than fifteen years in the insurance business, including seven years as a sales trainer, I am confident that I can communicate effectively with your customers.

在保險業待了超過十五年，包括七年的業務訓練講師，我確信我能有效和你們的顧客溝通。

**6** **As a career [Position], I have Ved .**

身爲職業〔職位〕，我 過去分詞 。

例 As a career public servant, I have worked in a variety of settings, from small offices on university campuses to large national bureaucracies.

身為公務員，我在各式各樣的單位服務過，從大學校園的小局處到大型的全國性機構不等。

※ 如果想利用背景概述吸引人資主管注意履歷，可以這樣寫：

**7** **I have enclosed my resume for your review. As you will note, ....**

我附上了個人履歷供您評閱。您會看到，……。

例 I have enclosed my resume for your review. As you will note, I have over nine years experience in the market research industry.

我附上了個人履歷供您評閱。您會看到，我從事市場研究業已超過了九年。

**8** **As my enclosed resume indicates, ....**

如我隨附的履歷所示，……。

例 As my enclosed resume indicates, I have been leading small but highly productive teams of software engineers for nearly ten years.

如我隨附的履歷所示，將近十年來我一直都在帶領小型但成果豐碩的軟體工程師團隊。

**⑨ My resume outlines ....**

我的履歷大致說明了⋯⋯。

例 My resume outlines my five years of experience caring for abandoned dogs and cats at the Changhua Animal Shelter.

我的履歷大致說明了我在彰化動物之家五年照顧流浪貓狗的經驗。

◆ 具體成就說明

時間

**⑩ I Ved in less than [Time].**

我不到〔時間〕就 過去式動詞 。

例 Faced with a mission critical deadline (the launch of a website for the company's flagship product), I produced over 8,000 lines of JavaScript code in less than one month.

面對重大任務的截止期限（為公司的旗艦產品推出網站），我不到一個月就寫出八千多行 JavaScript 的程式碼。

金錢

**⑪ I successfully Ved worth [Money].**

我成功地 過去式動詞 價值〔金錢〕。

例 I successfully secured contracts worth over NT$920 thousand in my last year at J.E. Inc.

在傑伊公司的最後一年，我成功地取得了價值超過新台幣九十二萬元的合約。

期間

**⑫ I worked on the team that Ved 1 , Ved 2 , and Ved 3 in only [Number] months.**

我所任職的團隊在短短〔數字〕個月內就 過去式動詞 1 、 過去式動詞 2 、 過去式動詞 3 。

例 I worked on the team that designed, manufactured, and marketed the entire line of "Pocket Zoo" data storage devices in only eight months.

我所任職的團隊在短短八個月內就設計、製造、行銷了「口袋動物園」全系列資料儲存裝置。

百分比

**⑬ I maintained a N rate of over [Number] percent ....**

我將 名詞 率維持在百分之〔數字〕以上，⋯⋯。

例 Over my four years at Legends Financial, I maintained a customer retention rate of over 70 percent, more than double the industry average.

在樂金金融的四年中，我將顧客維繫率維持在 70% 以上，是業界平均值的兩倍多。

※ 假如成就不易量化，那就改強調一、兩樣最厲害的技能或證照。

語言技能

### 14 I have lived in [Country], and speak [Language] fluently.

我住過〔國家〕，會說流利的〔語言〕。

例 I have lived in Spain and Mexico, and speak Spanish fluently.

我住過西班牙、墨西哥，會說流利的西班牙語。

認證

### 15 I am one of the few [Position] in Taiwan who ....

我是台灣少數……的〔職位〕。

例 I am one of the few chefs operating in Taiwan who hold a Fugu Preparation Certificate from Japan.

我是台灣少數持有日本河豚料理證書的執業廚師。

技術能力

### 16 I have been  Ving  almost continuously for [Number] years.

我幾乎持續 現在分詞 達〔數字〕年之久。

例 I have been programming almost continuously for two years using Flash X99, a computer language used exclusively to create the GUI for cell phones and other small mobile devices.

我幾乎持續使用 Flash X99 來設計程式達兩年之久。這種電腦語言是專門用來替行動電話及其他小型的行動裝置建立圖形使用者介面。

※ 萬不得已時，還可描述個人特質（如聰明、有效率等）作為最後一招。不過，這類說詞通常沒有壞處，但也不可能有太大的說服力。

友善

### 17 I'm a  Adj  person ....

我是個 形容詞 的人，……。

例 I'm an easy person to get along with and am usually the first person supervisors turn to when they need help organizing a staff getaway.

我是個好相處的人，通常也是上司需要幫忙籌辦員工休閒活動第一個找的人。

勤奮

**⑱ As my references will tell you, I'm a _Adj_ person ....**

正如我的推薦人會告訴您的，我是個 形容詞 的人，……。

例 As my references will tell you, I'm an energetic person who loves taking up new challenges and seeing them through to completion.

正如我的推薦人會告訴您的，我是個精力旺盛、樂於接受新挑戰並會確實將它們完成的人。

領導力

**⑲ As a leader, I strive to _V_. I value _(Adj)_ _N_.**

身為領導人，我努力地 動詞 。我很重視（形容詞）名詞 。

例 As a leader, I strive to create a work environment where decisions are made collaboratively and transparently. I value open and honest communication, which is especially important in a field that is as highly specialized as ours.

身為領導人，我努力地創造共同且透明決策的工作環境。我很重視公開與誠實的溝通，在我們這種高度專業化的領域中，這點尤其重要。

◆ 關聯性陳述（聲明＋益處）

**⑳ [Company] is a place where I know I can put my [Skills/ Experience] to good use.**

〔欲應徵公司〕是我知道我能充分發揮自身〔技能／經驗〕的地方。

例 Faced with a mission critical deadline (the launch of a website for the company's flagship product), I produced over 8,000 lines of JavaScript code in less than one month. Panda Software is a place where I know I can put my JavaScript skills to good use.

面對關鍵任務的截止期限（為公司的旗艦產品推出網站），我不到一個月就寫出八千多行 JavaScript 的程式碼。胖達軟體是我知道我能充分發揮我的 JavaScript 技能的地方。

**㉑ I'm sure I would be a great addition to your company.**

我確定我會替貴公司加不少分。

例 As my references will tell you, I'm an energetic person who loves taking up new challenges and seeing them through to completion. I'm sure I would be a great addition to your company.

正如我的推薦人會告訴您的，我是個精力旺盛、樂於接受新挑戰並會確實將它們完成的人。我確定，我會替貴公司大大加分。

## 22 I believe that having someone who ... would be an invaluable asset to [Company].

我相信有個……的人會是〔欲應徵公司〕非常寶貴的資產。

例 I worked on the team that designed, manufactured, and marketed the entire line of "Pocket Zoo" data storage devices in only eight months. I believe that having someone who has an intimate knowledge of every stage of the product development process would be an invaluable asset to the B2B sales team at MATTech.

我所任職的團隊在短短八個月內就設計、製造、行銷了「口袋動物園」全系列資料儲存裝置。我相信有個對於產品開發流程各階段都瞭若指掌的人，會是麥特科技 B2B 業務團隊非常寶貴的資產。

## 23 I've found that by _Ving_, I've been able to _V_.

我發現如果 動名詞 ，我就能 動詞 。

例 I have lived in Spain and Mexico, and speak Spanish fluently. I've found that by communicating with customers in their native language, I've been able to create relationships that are stronger and longer lasting than those that are restricted to English only.

我住過西班牙、墨西哥，會說流利的西班牙語。我發現如果用顧客的母語和他們溝通，就能夠建立起比只用英語溝通更穩固、更持久的關係。

## 24 I am certain that my ability to _V_ will contribute to [Company's] success.

我有把握我的 動詞 能力將對〔欲應徵公司〕的成功有所助益。

例 I value open and honest communication, which is especially important in a field that is as highly specialized as ours. I am certain that my ability to foster such an environment will contribute to ABC's long-term financial success.

我很重視公開與誠實的溝通，在我們這種高度專業化的領域中，這點尤其重要。我有把握我打造這種環境的能力，將對 ABC 公司的長期財務成功有所助益。

## 25 I'm confident I can make a similar contribution at [Company].

我確信我在〔欲應徵公司〕能做出類似的貢獻。

例 I successfully secured contracts worth over NT$920 thousand in my last year at J.E. Inc. I'm confident that I can make a similar contribution at Great Star.

在傑伊公司的最後一年，我成功地取得了價值超過新台幣九十二萬元的合約。我確信我在巨星能做出類似的貢獻。

## 26 I'm convinced that I would be a valuable addition to your team.

我堅信我會成為貴團隊的一大助力。

例 I'm an easy person to get along with and am usually the first person supervisors turn to when they need help organizing a staff getaway. I'm convinced that I would be a valuable addition to your team.

我是個好相處的人，通常也是上司需要幫忙籌辦員工休閒活動第一個找的人。我堅信我會成為貴團隊的一大助力。

## 27 I have no doubt that in addition to Ving , this background would also V .

我非常確定，除了 動名詞 外，這個背景也會是 動詞 。

例 I am one of the few chefs operating in Taiwan who hold a Fugu Preparation Certificate from Japan. I have no doubt that in addition to diversifying your menu, this background would also be an excellent marketing opportunity for both the restaurant and the hotel.

我是台灣少數持有日本河豚料理證書的執業廚師。我非常確定除了可以增加你們菜單的變化外，不管對餐廳還是飯店來說，這個背景也會是個絕佳的行銷機會。

## 28 I'm absolutely positive that my N would be of value to [Company].

我非常確定我的 名詞 將會為〔欲應徵公司〕帶來價值。

例 I have been programming almost continuously for two years using Flash X99, a computer language used exclusively to create the GUI for cell phones and other small mobile devices. I'm absolutely positive that my expertise in mobile GUI programming languages would be of value to SolarSoft as you launch mobile versions of your software.

我幾乎持續使用 Flash X99 來設計程式達兩年之久，這種電腦語言是專門用來替行動電話及其他小型的行動裝置建立圖形使用者介面。我絕對確定貴公司在推出行動版軟體時，我所擅長的行動圖形使用者介面程式設計語言將會為太陽軟體帶來價值。

## 29 I'm excited by the possibility of bringing this same N to [Company].

我很興奮可能有機會為〔欲應徵公司〕帶來同樣的 名詞 。

例 Over my four years at Legends Financial, I maintained a customer retention rate of over 70 percent, more than double the industry average. I'm excited about the possibility of bringing this same level of service to clients at the Kattie Group.

在樂金金融的四年中，我將顧客維繫率維持在 70% 以上，是業界平均值的兩倍多。我很興奮可能有機會為凱帝集團的客戶帶來同等的服務。

◆ 特殊考量

### 轉換領域

**30 Looking at my resume, you may wonder why .... Let me explain.**

看到我的履歷，您可能會懷疑為什麼……。讓我來解釋一下。

例 Looking at my resume, you may wonder why a Japanese major is applying for a job as an assistant in a chemistry lab. Let me explain.

看到我的履歷，您可能會懷疑為什麼一個主修日文的人要來應徵化學實驗室助理的工作。讓我來解釋一下。

### 工作史的空窗期很長

**31 I am planning to resume my career after taking several years off to [Personal Accomplishment 1], [Personal Accomplishment 2], [Personal Accomplishment 3].**

在請了幾年假〔個人成就 1〕、〔個人成就 2〕、〔個人成就 3〕後，我正打算重啟職涯。

例 I am planning to resume my career after taking several years off to raise three children, brush up my English, and bring my HTML and CSS skills up to speed.

在請了幾年假撫育三個小孩、溫習英文並精進 HTML 和 CSS 技術後，我正打算重啟職涯。

### 工作史不尋常

**32 As a [Position], I've been fortune to be able to support myself through ....**

身為〔職位〕，我很幸運地能夠靠……來維生。

例 As a writer bitten by the travel bug, I've been fortunate to be able to support my travels through various freelance projects.

身為一個熱愛旅行的作家，我很幸運地能夠靠各種不同的接案來支持我的旅遊。

### 在海外應徵

**33 I am currently living in [City 1], but I plan to relocate to [City 2] in [Time].**

我目前住在〔城市 1〕，但是我打算在〔時間〕搬到〔城市 2〕。

例 I am currently living in Taipei, but I plan to relocate to Tokyo in September. I have lived in Tokyo and Kyoto previously, and am very comfortable communicating in Japanese.

我目前住在台北，但我打算在九月搬到東京。我之前住過東京和京都，所以非常習慣用日語溝通。

資格不符

## ❸❹ I've never felt the need to _V_ .

我從來不認為需要 動詞 。

例 I've never felt the need to get a degree for something that I've been doing professionally for the last ten years.

我從不認為有必要為了我過去十年來一直都能專業處理的事務去拿一個學位。

◆ 條列式

## ❸❺ I have achieved the following results: ....

（過去）我達到了下列成績：……。

例 I have been leading Internet marketing initiatives for the past six years and have achieved the following results:

• 49% increase in sales revenue
• 27% reduction in marketing overhead
• 200% increase in the size of our referral database

過去六年來，我都在帶領網路行銷創新企劃，並達成了下列成績：

· 營收增加 49%
· 行銷經常性支出減少 27%
· 推薦人資料庫規模擴大 200%

---

### 👍 履歷成功 Tips

## But I know I can do it!

假如你發現有一則徵才啟事，你並不符合資格，但它就是很吸引你，這時你還是可以去應徵，只是別讓不符合必備條件的事引起注意。如果最低資格真的很嚴苛，你的履歷就會進碎紙機，而你損失的只不過是郵票錢而已。但是假如條件有彈性，你的技能、經驗和其他特質或許就能彌補你所缺少的東西。

像「最少要有五年相關經驗」之類的話，其實多半是指「要是我們能找到有五年相關經驗的人固然好，但是我們也不排除找得到誰就用誰」。假如你認為不管基於什麼理由，你都必須提到你不符合標準資格的事，那就不要抱怨或辯解。你反而要展現自信，表達出你所具備的技能和經驗足以讓你勝任該項職務。

### Applicants 求職者

| | | |
|---|---|---|
| **Sharon Wu** | → | 大學剛畢業，尚無任何工作經驗。 |
| **Angie Lee** | → | 在正式公司上班的經驗較少。 |
| **Tyson Chen** | → | 擁有相當豐富的職場技能。 |
| **Brian Yeh** | → | 主動出擊爭取職務的職場老手。 |

接下來我們來看看以上各具特色的四位求職者如何撰寫他們的求職信。

## Sample 1 Sharon

I will graduate from Tamkang University in June with degrees in business administration and mass communication. As a student, my love of reporting led me to become a regular contributor to the university's online news service, but my real newswriting experience comes from the time I spent at *TVBS Weekly*. Although hired as a researcher and fact checker, I successfully managed to get six magazine pieces published in only three months. These were all articles written on spec and produced in addition to my regular work. I'm excited by the possibility of bringing this same level of commitment to *CommonWealth Magazine*.

我六月將從淡江大學畢業，取得企管與大眾傳播學位。身為學生，基於對報導的熱愛，我定期都會為大學的網路新聞社撰稿，不過我真正撰寫新聞的經驗是來自於《TVBS 周刊》服務時期。雖然受雇為研究及查證人員，但是我在短短的三個月內就成功爭取到刊出六篇雜誌文章。這些報導全都是我自動自發撰寫完成的，而且是正常工作以外的產物。我很興奮可能有機會將同等的拼勁帶到《天下雜誌》。

Sharon 從背景概述著手，但立刻就切入了敘事模式，並且毫不費力地從她的個人興趣轉移到學術訓練及工作經驗上。她將自己的主要成就量化（三個月內刊出六則報導），並強調那是正常工作以外的產物。人資主管會明白 Sharon 不只是個稱職的記者，更是個有企圖心、工作勤奮、幹勁十足的人，也就是那種可能會成為優秀記者的人。她的自我推銷文以簡短有力的關聯性陳述作為結尾。

## Sample 2 Angie

Your ad said you want someone with at least three years of experience. I have more than twice that, including two years at an American company in Taipei. I've handled the accounting at my church for six years, and I've never misplaced a single dollar. I'm confident I can make a similar contribution at Starlight International.

As an executive assistant at a foreign company, I talked with people all over the world both in English and Mandarin almost every day. I loved it. I believe that getting to know your clients and making them feel comfortable would be just as rewarding. And, as you mentioned in the job announcement, I'm willing to work some weekends—just as long as you don't ask me to work during the week. (That's a joke. You're looking for someone with a sense of humor, right?)

貴公司的廣告上說，你們想找的人至少要有三年經驗，而我的經驗是它的兩倍多，其中包括兩年在台北的一家美商公司。我在所屬的教會做了六年的會計，從未記錯過一毛錢；我確信我在星光國際能做出類似的貢獻。

在外商公司擔任主管助理時，我幾乎每天都要用中英文和世界各地的人通話，而我樂在其中。我相信認識你們的客戶，並讓他們覺得自在也一樣會讓我獲益良多。而且，就像你們在徵才啓事中提到的，我願意有時在週末加班——只要你們別要我在平日上班就行了（開個玩笑。你們不是要找有幽默感的人嗎？）。

由於 Angie 的工作經驗有限，因此她在這裡選擇放棄傳統的背景陳述，改採廣告回覆式的作法。在她的開場白中，她大膽宣稱「我相當確定我就是你們所要找的人」，接著立刻加以佐證。她直接提到了廣告兩次：「貴公司的廣告上說⋯⋯」以及「就像你們在徵才啓事中提到的」，並以她自身的經歷來做回應。

Angie 還將第二段落拆成兩段。第一段談到了她的經驗與會計技能，第二段則著重於她的個人特質與溝通技巧。但是她將此部分拆開的眞正原因只是爲了讓內文區塊保持簡短，並便於閱讀。

### Sample 3 Tyson

I have over ten years of management experience in the technology industry as a sales manager, market development strategist, and operations expert. Most recently, I have overseen the opening of a US$4 million computer parts distribution center in Lima, Peru. I was involved in all aspects of the project, from conceiving of the initial business plan to supervising the actual construction of the facility. Having led a 12-person project team that negotiated favorable tax treatment from the Peruvian government, devised a logistics plan for all of Central and South America, and designed and built a 10,000-square-meter complex in only 15 months, I can say that I enjoy the challenge of delivering major projects on time and under budget. I am very excited about the possibility of bringing this same level of execution to JMicron.

我在科技業有十年以上的管理經驗，擔任過業務經理、市場開發策略師以及營運專家。最近我負責督導在祕魯的利馬成立耗資四百萬美元的電腦零件經銷中心。我參與了該案的各個層面，從構思初步營業計畫到監督廠房的實際施工等。在率領十二人的專案小組和祕魯政府協商租稅優惠措施，制訂了中南美各國的物流計畫，並在短短十五個月內設計並建造了一萬平方公尺的園區之後，我可以這麼說，我樂於面對準時並在預算內完成重大專案的挑戰。我非常興奮可能有機會將同等的執行力帶到 JMicron。

Tyson 在背景概述中強調本身工作經驗的廣度，但是接著他立刻簡述最近的成就。他從「構思初步營業計畫」到「監督廠房的實際施工」無役不與。請注意 Tyson 如何將他的成就量化：「四百萬美元」、「十二人的專案小組」、「一萬平方公尺的園區」、「十五個月」。即使這是一封非常傳統的信，Tyson 依然成功地藉由用字遣詞展現了他對工作的熱忱——他「樂於面對挑戰」，且「非常興奮可能有機會」做出貢獻。

### Sample 4　Brian

I believe that several areas of my expertise would be relevant to the position. Specifically, I have:

- A commitment to growth. Throughout my career, every business unit I have led has seen significant—sometimes dramatic—increases in revenue.

- A passion for innovation. I have personally developed and implemented numerous inventive sales and marketing strategies that have since become standard procedures used throughout Taiwan.

- A deep knowledge of the local banking and finance industries. My intimate familiarity with the legal framework governing banking operations in Taiwan and my strong personal relationships with the key players in the banking, finance, and corporate worlds has made me a much sought-after business leader.

- A collegial style of management. Whether leading a group of fifteen or fifty, I get the most out of my team by supporting them through regular coaching and empowering them to create and own individual projects.

- A strong interest in technology. I established Cathay United Bank's Internet Marketing Unit before most people knew what the Internet was, and I am a founding member of the Taiwan Web Marketing Association.

- A strong voice in the community. As a regular newspaper columnist and frequent commentator on television and radio, I am a recognized public authority on the Taiwan economy. I am also known for my numerous community outreach efforts.

我相信，我有好幾個方面的專業能力與此職位息息相關。特別是我：
· 致力於成長。在我整個職涯中所帶領過的每個事業單位的營收都有顯著的成長，有時甚至是激增。
· 熱衷於創新。我親自開發並實施了多項原創的銷售與行銷策略，後來這些策略都成為全台採用的標準程序。
· 對地方的銀行與金融業瞭若指掌。我對於規範台灣銀行運作的法律架構相當熟悉，且與銀行、金融與企業界的重要人士私交甚篤，這使我成了相當搶手的事業領導人。
· 採同儕式的管理作風。不管是帶領十五人還是五十人的團隊，我都會讓他們發揮最大的效用，一方面透過定期指導來支持他們，一方面授權他們制訂並掌管個別的企劃案。
· 對科技具有濃厚興趣。在大部分的人都還不知道網際網路為何之前，我就建立了國泰世華銀行的網路行銷部。我也是台灣網路行銷協會的創始會員。
· 對社區深具影響力。身為報紙固定的專欄作家，並經常上電視和廣播電台發表評論，我是公認的台灣經濟權威。我在社區發展上的許多作為也廣為人知。

Brian 在第一段的尾聲提出了背景概述，接著在第二段立即展現他的銷售功力。對絕大多數人來說，這封信都嫌太長，但 Brian 所要論證的是，他很適合督導動輒高達數百萬美元的大案子。在這種情況下，他的求職信肯定要比「我的履歷如附」式的求職信長一些；不過，即便如此，他還是控制在一頁的長度。

Brian 所採用的條列式作法讓成堆的資料更易於閱讀。須注意的是，他的引言（"I have ..."）和各條列的開場白（"A commitment to growth." 等）都構成合乎文法的完整句子，而且格式從第一頁到最後一頁完全一致。

事實上，Brian 的信寫得相當籠統；他的許多成就都沒有量化，而且他著重於成就的廣度，而不是只鎖定其中一、兩項。這是個策略性的決定；因為這是封針對不存在的職位主動發出的求職信，所以收件者大概不會花多少時間去思考這個工作適合由哪種人來擔任。正因如此，Brian 選擇將這封信寫得比較像是自我介紹，而不像是一般的求職信。

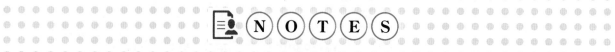

# Unit 12

# 結 尾
# The Close

> 求職信的結尾多半很客套而且簡短，但還是很重要。
> 若能處理得宜，對於獲得面試機會將有很大的助益。

| 結尾寫作重點 | |
|---|---|
| 長度 | 兩、三句話 |
| 目的 | 1. 陳述（或重申）求職者是該職位的最佳人選<br>2. 請求面試<br>3. 舉例說明現任工作<br>4. 以正面語氣結束 |
| 結構 | 1. 對應陳述<br>2. 行動陳述<br>3. 作品集提供（彈性選擇）<br>4. 通用式結語（彈性選擇） |

## 結構

求職信的結尾段落通常涵蓋上列四個要素，但是這些要素不需要以特定的順序出現，以下一一說明。

### 對應陳述

和第二段「自我推銷」的關聯性陳述一樣，對應陳述的目的在於確認求職者對該職務有濃厚興趣，並強調所具備的技能與經驗完全符合職位要求。求職者可以應用第157頁提到的「聲明＋益處」模式，但在這個部分要特別強調「相容性」。

### 行動陳述

論證了求職者為何應獲聘的理由之後，接下來就是要努力獲得面試的機會。千萬不要讓人資主管在還沒有聽到求職者的意見，就做出不錄用的決定。

請求面試有兩種方式。第一種是較溫和的作法，求職者可以向對方表示只要人資主管方便，求職者就有興趣並且有空接受面試；這種作法趨於保守，但絕對適用於任何情況。唯一的缺點是，在這樣的狀況下求職者得仰賴完全不認識的人來決定自己的就業前途，要是人資主管不打電話，一切都只是空想。第二種作法比較積極，求職者可以告訴人資主管，將會在一段明確的時間內和他聯絡，以確認應徵進度。這是以主動的態度來表明求職者的承諾，也可為後續的追蹤提供正當的理由。

「溫和型行動陳述」的寫法請參考本單元所介紹的關鍵句型，「積極型行動陳述」則可直接運用以下幾個常見例句：

- **I'll check in with you in a few days to perhaps set up a date and time for an interview.**
  我在幾天內會和您確認，或許我們可以敲定一個面試的日期和時間。

- **I'll call you later this week to see if there's a convenient time we could get together.**
  我在本週稍後會打電話給您，以瞭解我們是否能找個方便的時間會面。

- **I'll get in touch with you on Monday to arrange a time for us to meet and discuss the position in more detail.**
  我在週一會跟您聯絡，以安排時間彼此見個面並討論該職位的進一步細節。

- **I'll give your office a call early next week to find out when we might meet to discuss the position.**
  我在下週一、二會撥電話到您的辦公室，以確定我們何時可見面討論這個職位。

※ 積極型行動陳述可加入簡短的前言來稍加軟化語氣。

- **If I don't hear from you by next week, I'll give you a call to follow up.**
  假如我在下週前沒得到您的回音，我會撥電話給您以追蹤後續情況。

- **I would love to talk about this opportunity with you in person. I'll call your office next week to see when that could be arranged.**
  我非常盼望能親自和您談談這個機會。我下週會打電話到您的辦公室，以瞭解我們可以安排在什麼時候見面。

- **Could we schedule a time for me to come in and talk about this in person? I'll contact you later this week to set up an appointment.**
  我們能不能約個時間讓我親自登門談談這件事？我在本週稍後會跟您聯絡，以安排約見事宜。

---

### 👍 履歷成功 Tips

有些人資主管會覺得過於積極的行動陳述很冒失（甚至令人討厭），但是如果雇主欣賞精力旺盛與主動出擊的人，就可以增加獲得面試的機會。事實上，就算求職者沒有採取積極的作法，也有權追蹤應徵的進度；只要不要變成煩人精，打幾通簡短而有禮貌的電話給雇主，是避免人資主管遺忘或是錯失面試機會的好辦法。值得留意的是，如果求職者在信件中承諾要追蹤後續情況，絕對要言出必行。因為，如果連答應打個電話這麼簡單的事都做不到，這等於是在告訴對方「別雇用我」！

## 作品集提供（彈性選擇）

　　除了求職信和履歷外，未來的雇主還可能要求職者附上作品集；在應徵某些特殊職務的狀況下求職者也可以主動提供過去所製作過的作品。如果雇主沒有要求，而求職者在未獲得許可的狀況下透過 email 附件傳送、甚至直接郵寄實體樣本，通常會被認為不太禮貌。直接表明可提供作品集是與人資主管建立對話的有效方式；這樣不但能促成人資主管跟求職者聯絡，對話也會在聯絡的進行過程中展開。如果是線上作品集，提供簡短且容易輸入的網址將會大大提高人資主管採取行動的機率；假如求職者所提供的作品集網址過長，那就試著利用「縮網址」服務將網址縮短以便人資主管點選。

## 通用式結語（彈性選擇）

　　不管是溫和型還是積極型，用行動陳述來作為信件的結尾絕對不會有問題。不過假如求職者覺得行動陳述有點過於強勢，或者認為以行動陳述作為信件結尾稍嫌唐突，可以選擇使用通用的商業信函結語來緩和局面。這種公式化的句子多少都會被忙碌的人資主管給忽略，但是卻有替信件維持親切而正面語氣的效果。信件結尾有兩種常見的表達方式：「期待」陳述及「感謝」陳述。

### 1 期待（look forward ...）

　　下表可混搭使用，Step 3 的部分亦可選擇不加。

| Step 1 | Step 2 | Step 3 |
|---|---|---|
| **I look forward to**<br>期待能<br>**I'm looking forward to**<br>期待能<br>※ "I look forward to" 和 "I'm looking forward to" 沒有明顯的差別。有些人覺得 "looking" 聽起來比 "look" 親切（即 "look" 比 "looking" 正式），但這純粹是主觀看法。選擇看起來最順眼的那個就沒問題。 | **meeting you**<br>與您見面<br>**meeting with you**<br>與您見面<br>**speaking with you**<br>與您談談<br>**discussing the position with you**<br>與您討論這個職位 | **soon**<br>很快<br>**in person**<br>親自<br>**personally**<br>親自 |

以下介紹幾個常見的例句：

- **I'm looking forward to speaking with you soon about the position.**
  期待能很快地與您談談這個職位。

- **I look forward to meeting with you in person to discuss the position in greater detail.**
  期待能親自和您見面，以討論該職位的進一步細節。

- **I look forward to discussing the position with you personally and determining how my skills can best benefit Chunghwa Telecom.**
  期待能親自和您討論此職位，並確定我的技能如何為中華電信帶來最大的利益。

### 2 感謝

在信件的結尾表達謝意能讓求職信看起來較為正式；假如整封信的語氣中規中矩，在最後加上表達謝意的詞語便再適合不過了。反之，如果信件的語氣較為輕鬆，也並不需要特別表達感謝之意。感謝通常是求職信的最後一句話，但有時也可以用在結尾段落的開頭。

以下介紹幾個常見的例句：

- **Thank you for your time and consideration.**
  謝謝您的時間和考慮。

- **Thank you for taking the time to consider my application.**
  謝謝您花時間考慮我的應徵。

- **I appreciate your consideration of my application.**
  很感激您考慮我的應徵。

※「期待」和「感謝」陳述也可合併成一句話，如下例所示：

- **I appreciate your consideration of my application and look forward to discussing my qualifications with you in person soon.**
  很感激您考慮我的應徵，也期待很快能親自和您討論我的資歷。

- **I look forward to meeting with you soon to discuss the exact requirements of the position and thank you for taking the time to consider my application.**
  期待很快能與您見面討論該職位的確切要求，也感謝您花時間考慮我的應徵。

◆ 對應陳述

## **1** I am very excited about ....

我非常興奮……。

例 I am very excited about the possibility of working for Foxconn, and I am convinced that I would be a great match for the position.
我非常興奮可能有機會為鴻海效力，而且我堅信，我相當適合這個職位。

## **2** Based on ..., I am confident (that) ....

根據……，我確信……。

例 Based on the experience and achievements outlined on my resume, I am confident you will agree that I have much to offer Google.
根據我在履歷中所列出的經驗和成就，我確信您會同意，我能幫 Google 做不少事。

## **3** I am sure/I believe/I have no doubt (that) ....

我確定／我相信／我非常確定……。

例 I am sure that I would be a great fit for LINE's business development team.
我確定我非常適合 LINE 的事業開發團隊。

◆ 溫和型行動陳述

## **4** I would welcome the opportunity to discuss ....

我希望有機會能討論……。

例 I would welcome the opportunity to meet with you to discuss exactly how I can best contribute to AUO's success.
我希望有機會能與您見面討論我能如何為友達光電的成功帶來最大的貢獻。

## **5** I would welcome the opportunity for an interview to discuss ....

我希望有機會接受面試以討論……。

例 I would welcome the opportunity for an interview to discuss the position in greater detail.
我希望有機會接受面試以討論該職位的進一步細節。

**6 I would appreciate the chance to _V_ .**

我會很感謝有機會 動詞 。

例 I would appreciate the chance to meet with you in person to discuss how I can help take FedEx to the next level of success.

我會很感謝有機會親自與您見面討論我能如何協助 FedEx 更上一層樓。

**7 I hope that we will have an opportunity to _V_ .**

我希望我們能有機會 動詞 。

例 I hope that we will have an opportunity to discuss how my skills and experience could benefit Giant Bicycles.

我希望我們能有機會討論我的技能與經驗對捷安特自行車會有何益處。

**8 I would love/I would very much like to _V_ .**

我非常期盼能 動詞 。

例 I would love to meet with you in person and talk about your company's needs and my qualifications in more detail.

我非常盼望能親自與您見個面，詳細地談一談貴公司的需求以及我個人的資歷。

※ 溫和型行動陳述可加入軟性的截止期限來強化求職者的積極形象，這麼做目的是要稍微提醒一下人資主管盡早進行聯絡，但決定權還是在他手上。

**9 I will be _Ving_ until [Time 1]. Would it be possible to schedule an interview [Time 2]?**

我到〔時間 1〕前會 現在分詞 。有沒有可能在〔時間 2〕安排面試？

例 I will be traveling abroad until the end of September. Would it be possible to schedule an interview sometime during the first week in October?

我到九月底前都會在國外旅遊。有沒有可能在十月的第一週安排面試？

**10 I will be _Ving_ from [Time 1] to [Time 2], so if you were free then, I would love to be able to meet with you.**

我從〔時間 1〕到〔時間 2〕會 現在分詞 ，假如到時候您有空，我非常盼望能和您見個面。

例 I will be vacationing in Hong Kong from November 14 to 17, so if you were free then, I would love to be able to meet with you.

我從 11 月 14 日到 17 日會到香港度假，假如到時候您有空，我非常盼望能跟您見個面。

**11** I will be <u>Ving</u> from [Time 1] to [Time 2]. I think it would be a great time for us to meet and discuss the position in greater detail.

我從〔時間 1〕到〔時間 2〕會 現在分詞 ，我想那會是我們見面討論該職位進一步細節的好時機。

例 I will be visiting relatives in Taipei from December 12 to 16. I think it would be a great time for us to meet and discuss the position in greater detail.

我從 12 月 12 日到 16 日會到台北拜訪親戚，我想那會是我們見面討論該職位進一步細節的好時機。

◆ 作品集提供

線上

**12** I would be happy to provide you with <u>N</u>.

我很樂意提供 名詞 。

例 I would be happy to provide you with samples of my work.

我很樂意提供我的作品樣本。

**13** My work is available for download at [URL], and I'd be happy to <u>V</u> if you would prefer.

我的作品可以從〔網址〕下載；如果您認為比較好，我也很樂意 動詞 。

例 My work is available for download at andyportfolio.com.tw, and I'd be happy to send you PDF files if you would prefer.

我的作品可從 andyportfolio.com.tw 下載；若您認為比較好，我也很樂意寄 PDF 檔給您。

**14** I have attached <u>N</u>. You can view more at my website: [URL].

我附上了 名詞 。您可以在我的網站上看到更多：〔網址〕。

例 I've attached photographs of three booths I designed for the Taipei International Book Exhibition. You can view many more at my website: msjoy.com.tw.

我附上了我為台北國際書展所設計的三個攤位的照片。您可以在我的網站 msjoy.com.tw 看到更多。

**15** Links to <u>N</u> are available on my website: [URL].

名詞 的連結可以在我的網站上找到：〔網址〕。

例 Links to hand-coded CSS websites I've built as well as dozens of code snippets I've written are available on my website: snowkuo.com.tw.

我架設了一個自行編碼的 CSS 網站，還寫了幾十段的程式碼，它們的連結可以在我的網站 snowkuo.com.tw 找到。

一般郵寄

**⑯ I have enclosed　N .**

我附上了 名詞 。

例 I've enclosed two product catalogs that I designed and typeset.

我附上了兩份我所設計及排版的產品型錄。

**⑰ I've sent you　N　under separate cover. The package should arrive at your office on [Date].**

我已另函寄了 名詞 給您，包裹應於〔日期〕送達您的辦公室。

例 I've sent you three of my T-shirt designs under separate cover. The package should arrive at your office on April 22.

我已另函寄了三款我的 T 恤設計給您，包裹應於 4 月 22 日送達您的辦公室。

**Sharon Wu** → 大學剛畢業，尚無任何工作經驗。

**Angie Lee** → 在正式公司上班的經驗較少。

**Tyson Chen** → 擁有相當豐富的職場技能。

**Brian Yeh** → 主動出擊爭取職務的職場老手。

接下來我們來看看以上各具特色的四位求職者如何撰寫他們的求職信。

## Sample 1 Sharon

Based on my academic training, real-world reporting experience, and passion for journalism, I'm confident that I would be a great fit for the investigative reporting team at *CommonWealth*. My published pieces and other writings are available for download at sharonwu.com.tw, and I'd be happy to send you PDF files if you would prefer. Thank you for taking the time to consider my application. I'll call you later this week to arrange a time for us to meet and discuss the position in more detail.

根據我的學術背景、實際的報導經驗，以及對新聞業的熱情，我確信我相當適合《天下雜誌》的調查報導小組。我的發表作品和其他著作可從 sharonwu.com.tw 下載；如果您比較偏好離線瀏覽，我也很樂意寄 PDF 檔給您。謝謝您花時間考慮我的應徵。我在本週稍後會打電話給您，以安排時間彼此見個面，並討論該職位的進一步細節。

Sharon 的結尾段落完全是照章行事。她首先採用了有力的對應陳述，然後立刻邀請人資主管親自看看她的作品予以印證。提議寄 PDF 檔給人資主管展現了她的謹慎，但也是促使人資主管主動和她聯絡的方法。她的行動陳述格外積極，不過由於她已經採用了非常規的開場白，所以此時運用這項策略可說是利遠大於弊。

## Sample 2 Angie

Seriously though, I'm confident that I'm a great fit for Starlight International. I'd love to meet with you in person to talk about my background and the position in more detail.

說真的，我確信我非常適合星光國際。我非常盼望能親自跟您見個面，詳細地談一談我個人的背景和這個職位。

Angie 在自我推銷的段落末尾開了個玩笑，所以她很快以 "Seriously though," 「說真的」作為對應陳述的開端，以便將重點拉回到正題上。她維持著前兩段專業但非正式的語氣，並將縮寫和強烈的情緒（"I'd love to ..."「我非常盼望」）併入傳統的對應及行動陳述中。Angie 所用的是溫和型行動陳述，因為就她從廣告中所得到的推論來看，「星光國際」的工作環境似乎相當輕鬆自在。

### ✏ Sample 3 Tyson

> If I don't hear from you by next week, I'll give your office a call to see if there's a convenient time we could get together to discuss how I may be able to assist with JMicron's current projects and future plans.
>
> 假如我在下週前沒得到您的回音，我會撥電話到您的辦公室，以瞭解我們是否能找個方便的時間見面，討論我能如何在 JMicron 現有的專案及未來的計畫中幫上忙。

Tyson 的關聯性陳述是寫在第二段「自我推銷」的最後，因此他認為後面立刻接著對應陳述可能會有點多餘。他也沒有提出佐證文件，並捨棄了通用式結語。事實上，Tyson 的結尾就是一段很明確的積極型行動陳述。他以 "If I don't hear from you by next week," 「假如我在下週前沒得到您的回音」作為開端，稍微將語氣軟化以激發人資主管採取行動。這個結尾完全是在商言商，而這也正是 Tyson 試圖塑造的語氣。

### ✏ Sample 4 Brian

> I will be traveling with my family in Europe at the end of July, and would welcome the opportunity to meet with you in Dublin to discuss the position in greater detail. I understand that your expansion plans are still in development, so it may be too early for that, but please know that I would be happy to consult with you at any time during the process.
>
> Best wishes for success in your endeavor.
>
> 我在七月底時會和家人到歐洲旅遊，希望有機會能在都柏林與您見面討論該職位的進一步細節。我知道你們的拓展計畫還在醞釀期，所以這件事可能言之過早，但請記得，我很樂意在這個過程中隨時跟您交換意見。
>
> 衷心祝福貴公司鴻圖大展。

Brian 在結尾中的整體語氣充滿了溫馨與善意。但是在這層表面善意的背後還透露了一個訊息：「我有選擇高階職務的本錢，雖然我對這個機會很感興趣，但最後接不接受的決定權還是在我手上。」像這樣高段的修辭策略在下一單元中我們會再詳細討論。

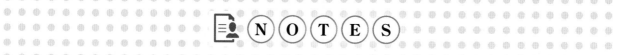

# Unit 13

# 調整及潤飾
## Customizing and Polishing

一封看起來像是從書上照抄或是拼湊而來的求職信，
很難讓求職者從一大群優秀的競爭對手中脫穎而出。
只做到最低標準雖然不見得會使求職者被判出局，
但卻會帶給人資主管求職者願意接受最低標準的印象。

前面的單元針對求職信提供了明確的架構說明，以及許多可直接套用的句型和範例，接下來的進階寫作技巧則比較抽象。假如求職者的時間有限，或者只是希望能直接套用範例，則可放心地略讀甚至跳過本單元。不過，如果求職者想要得到夢寐以求的工作，或渴望進入非常競爭的公司，那就值得花點時間仔細閱讀本單元，並利用其中所介紹的技巧進行微調，以獲得最大成效。下列幾點建議有助於將求職信的水準從「還好」提升到「眞棒」。

## 內容保持積極正面

積極正面的重要性毋須贅述。假如求職者和前幾任雇主有過歧見、有一段時間沒有工作，或曾經在職涯中受挫，那就要小心不要讓絕望、消極、冷淡的字眼出現在求職信裡。在求職信中抱怨前任主管或雇主，也只會讓人資主管質疑求職者的成熟度與判斷力；就連提到「經濟爛透了」這麼平凡的事也可能使求職信失色不少。另外，求職信中的用字遣詞也務必小心，千萬不要讓人資主管覺得求職者對於該公司或職位並不感興趣。一定要將對這個新工作機會的興奮之情正確地表達出來，這樣才比較有可能提高人資主管邀請求職者前去面試的機率。

## 以談話式寫法取代過多商業用語（公式化）

近年來由於競爭愈來愈激烈，對於求職信寫法的要求也愈來愈高。如果求職者希望自己的履歷能脫穎而出，就必須排除公式化的商業用語，而採用比較私人談話的方式來吸引人資主管的目光。如果求職信跟履歷一樣，只是洋洋灑灑地列出一堆資料，那會顯得相當不誠懇；如果你對所應徵的職位或公司並非眞心感興趣又無法利用文字做出像樣的包裝，那麼當你和任何一個背景雷同但更認眞的求職者競爭時，處境就會很不利。

---

**👍 履歷成功 Tips**

美國喜劇演員格魯喬・馬克斯（Groucho Marx）曾經說過：「人生的祕密就在於眞心。假如你裝得出來，那你就是做到了。」

試比較下列這兩段描述：

A　My unremitting optimization of market insights garnered from a decade
☹　of experience in quantitative analysis coupled with my acute qualitative
　　observations is what has provided my strategic vision with its prescience
　　and distinctiveness.
　　由十年的量化分析經驗所累積出之不斷精進的市場見解，再加上敏銳的質化觀察，
　　造就了我具先見之明且獨樹一格的策略視野。

B　I've been studying this market for ten years. Running and interpreting
☺　detailed statistical analyses of market data is "what I do," but my decisions
　　are based just as much on careful personal observations. Both approaches
　　are vital, and through them I have identified dozens of emerging trends
　　weeks—and sometimes even months—before other players in the market.
　　我研究這個市場十年了。執行及解讀詳細的市場資料統計分析是「我的職責」，但
　　我同樣地仰賴謹慎的個人觀察來做決策。這兩種方法都很重要，我也因此比市場上
　　的其他業者早幾週、有時甚至是幾個月，掌握到數十種隱然成形的趨勢。

在範例 A 當中，幾乎每隔幾個字就會出現某種形式的商業術語。這不僅會造成閱讀上
的不便，更糟的是會顯得有些虛偽。範例 B 並沒有避用正常的商業語言（"detailed
statistical analyses of market data"「詳細的市場資料統計分析」等），但是語氣簡單明
瞭，所包含的術語僅運用於簡單的敘事脈絡中。這樣的敘述方式比較接近朋友詢問你
如何勝任工作時，你所可能會出現的反應。

再看看下面這兩段描述：

☹　Please find the enclosed resume in response to the product manager position
　　for the P-Quot team advertised on May 1, 2014 at http://www.hitek-one.
　　com.tw. As indicated on my resume, I have over ten years …
　　針對貴公司 2014 年 5 月 1 日刊登於 http://www.hitek-one.com.tw 之 P-Quot 團隊
　　產品經理職位，請見隨附履歷。如我的履歷所示，我有十年以上的時間……

☺　I was excited to learn from your website that HiTek One is looking for
　　someone to manage the P-Quot team. I have over ten years …
　　我很興奮地從貴公司的網站上得知，HiTek One 正在找人管理 P-Quot 團隊。我有十
　　年以上的時間……

上面兩個範例都詳述了求職者所要應徵的職位，以及職務相關資訊的來源，假如你是人資主管，你會比較想要跟哪一位求職者面談？看履歷絕對不是世界上最有意思的工作，因此撰寫求職信時一定要將「減輕人資主管的閱讀負擔」列爲重要的考量。求職者應透過求職信試著直接與人資主管進行對話，並盡可能清楚地描述自己進入該公司之後可以幫上什麼忙。像 "please find the enclosed"「請見隨附」和 "as indicated on my resume"「如我的履歷所示」這種老套的用語完全無助於求職者達成上述目標。

另外，弱化商業用語的原則有一個重要的例外情況須注意。假如刊登徵才廣告的公司恰好使用了某些術語，那麼將它們納入求職信中準沒錯；關於這點，請見以下第三項建議。

## 凡事適可而止

求職信的語氣會因所應徵的職位層級、公司的特性及求職者的個人風格等因素而有所變化。到目前爲止，本書都強調求職信不應太正式或太公式化；但同樣重要的是，切忌矯枉過正。假如求職信的語氣從「非正式」降級爲「閒聊」，或是從「興奮」上升至「莫名的狂喜」，求職者的履歷就不可能有人會看，更不用說是被認眞考慮。

求職信的首要目的是要顯示求職者能幫助公司獲取最大的利益，另一個目的則是在說明求職者是那種大家都樂意每天一起工作的好同事。在大公司裡，求職者的履歷所經歷的應徵流程就會凸顯出這種差別。履歷首先會由人力資源部門進行審查，以確定求職者符合職務的各項基本要求；接著履歷會被呈交給決定是否聘雇的部門經理，由他來評估求職者的專業資歷，並研判求職者是不是那種他每天早上進辦公室會想要看到且對他報以微笑的人。在履歷當中，求職者確實需要賣弄一定程度的專業術語才能通過第一道關卡，可是一旦履歷到了決定聘雇的部門經理手上，求職者就必須將個人魅力展現出來。

以下是將「非正式」發揮到極致的不專業範例：

> ☹ the sysadmin job you've got up on 518 looks pretty cool. i do more or less the same thing for a little bank in nantou, so if you could hook me up, i'm sure i'd do a good job for you. :-) resume attached. thx!
> 你們在 518 上所推的系統管理員工作看起來酷斃了！我在南投一家小銀行做的事也差不多，所以要是你們能錄取我，我一定會努力把它做好。:-) 履歷如附件，謝啦！

這是個極端的例子，在這個電子郵件與手機通訊軟體蓬勃發展的年代裡，可以確定的是，使用比這更不正式的求職信寫法還是大有人在。**求職信中絕對不應包含不完整的句子、表情符號、「網路拼法」或簡寫；句首字母及專有名詞的字首應大寫更是基本常識**。不過，只要將這些缺點改正，這其實是一封相當有看頭的信。上例的文字相當正面且友善，也將作者的技能與經驗清楚地與公司的需求做了連結。只要修改一下，不但可以維持正面與友善的特徵也能夠提高專業程度。例如：

與正式度一樣，求職信中所展現出來的熱忱度也必須小心調節。缺乏熱忱會被解讀為對公司和人資主管的時間都不尊重，但是太過熱忱又會使求職者看起來很飢渴。假如求職信的語氣像是在大喊「這是我心目中的完美工作！！！這就是我尋找了一輩子的工作！！！」，大部分的人資主管應該會將求職信與履歷一起送入碎紙機，然後暗自希望你不要打電話來詢問。不要過度推銷自己，而是要讓人資主管在腦海中產生「雖然這位求職者非常適合這個職位，但實際上卻優秀到足以在任何地方找到工作（而且大概很快就會找到）」的印象。這正是前一個單元中 Brian 在求職信的結尾段落中所採用的策略。記住，**求職信的目標和履歷相同，是要讓求職者得到面試機會，而不是一份工作**。求職信不必說服人資主管給予工作，但是要讓他覺得，既然求職者已經花費心力在應徵，若沒有與求職者面談一下將會是很可惜的事。

---

### 👍 履歷成功 Tips

切記，就算是採用非正式的語氣，求職信還是一種商業信函，所以最好遵照商業信函的標準慣例。

---

# 調整以適用不同性質的工作

　　履歷實際上是一種回顧，其中羅列了求職者所具備的技能以及過去曾達到的成就。如果處理得宜，履歷能夠輕易地展示求職者之前如何讓任職過的公司變得更好；但是對握有雇用權的人資主管而言，這只是第一步。他還必須設法將求職者的過去與公司的未來連結起來，而這就是求職信足以發揮作用的地方。跟履歷不同的是，求職信是在做預告，其目的是要告訴人資主管，求職者如何能夠滿足公司的需求。這些特定的需求（及擔憂、困擾）其實是雇主唯一關切的事，因此對特定的公司、職位和行業愈了解，就愈能夠有效地因應。

## 針對「公司」調整

　　求職信是用來凸顯求職者背景中對雇主而言最有價值的面向；若不曉得雇主重視什麼，就不可能做到這點。如果求職者是主動應徵，而且不確定這家不熟悉的公司裡究竟有沒有這個職位，就更需要「多做點功課」。

假如求職者在該公司裡有熟人，那麼就請他們透露一點內部消息。

☺ Chris Shao, a market strategist in MegaH's business development division, told me that you will be opening a new office in Moscow in December. As a graduate of the Russian language program at Chengchi University …
邁佳愛曲事業開發部的市場策略師邵克思告訴我，貴公司十二月將在莫斯科成立新的辦事處。身為政治大學俄語系的畢業生……

假如應徵公司曾經上過新聞版面，那就將它提出來，並設法將這則新聞與求職者的背景連結。

☺ Over the last ten months I have followed with interest the explosive growth of Jump Donuts as your franchises expanded from Taipei to Taoyuan and Taichung. As the former manager of two successful bakeries in Pingtung …
過去十個月來，我一直都在關注「跳跳甜甜圈」的爆炸性成長，貴公司的加盟店從台北擴張到了桃園和台中。我曾在屏東兩家成功的烘焙坊當過店長……

假如求職者在某個專業範疇上與該公司往來過，那就務必詳細說明這個經驗。

> ☺ While working in the marketing department at BuzzerBeater, I had the opportunity to place numerous ads through the Alpha Agency, and I was impressed with how Alpha's ad reps would always go out of their way to accommodate our idiosyncratic requests.
> 在「零秒出手」的行銷部任職時，我曾有機會透過阿爾發廣告公司推出許多廣告；對於阿爾發的廣告專員總是盡其所能地配合我們的特殊要求，我印象非常深刻。

就算求職者過去只是該公司的消費者，也可以試著寫進去。

> ☺ As a satisfied user of the Johansson PowerVac for over five years, I am confident that I can not only explain to potential customers the many advanced features of the device, but also communicate to them the sheer joy of using it.
> 身為 Johansson PowerVac 五年多的滿意用戶，我確信我不僅能向潛在顧客說明該裝置的許多先進功能，還能將使用它的純粹樂趣傳遞給他們。

最後，假如求職者真的找不到什麼公司的消息，那麼可以考慮採用「通用式評論」（generic comment）的作法。

> ☺ OReal's reputation for quality is what inspired me to explore the possibility of joining your production team.
> 歐瑞爾的品質聲譽激發了我思索加入貴公司生產團隊的可能性。

不過，求職者需要注意的是，幾乎任何一家公司都會標榜自己的「品質聲譽」，因此拍這種馬屁可能會遭經驗老道的人資主管封殺。假如求職者不確定這麼做能成功，最好換一種作法。以上這些針對公司來調整的策略有個共同點，那就是將自己與要應徵的公司扯上關係。被熟悉的事物所吸引是人類的天性，所以跟所要應徵的企業扯上的任何關係都可能有助於增加面試的機會。

## 🔖 針對「職位」調整

如果求職者所要應徵的是廣告中所刊登的職位，那麼有很多原本是求職者該做的研究功課等於是已經完成了。徵才廣告會透露出公司所徵求的人才究竟該具備什麼特質，因此求職信應該要非常貼切地反映出廣告的用語及內容。

所謂「反映徵才廣告的用語」指的是必須找出廣告中的關鍵字，例如個人技能、特定類型的專業經驗，甚至是具體的個性特徵等；求職者應將這些關鍵字一五一十地納入求職信中。透過這樣的方式可以讓人資主管覺得：「對，這個求職者知道我在講什麼，也知道我要的是什麼！」；換句話說，求職者必須和撰寫徵才廣告的人使用「相同的語言」。

「反映徵才廣告的內容」則是指根據職位的具體條件來陳述求職者的資歷。這點通常不難做到，只要修改求職信以確定徵才廣告中指定的各項條件在某個地方有提到即可。不過，求職者也可以選擇依據廣告所列出的要求逐一對照，並在每一點後面簡短地解釋為何自己符合這項條件。

## 針對「行業」調整

假如求職者覺得難以針對職位和公司來調整信件，那麼至少應該針對領域或行業來進行調整。

> ☺ After the opening of the High Speed Rail, many tourism-dependent businesses along older rail lines have struggled to survive, but this challenge has inspired some to adopt exceptionally creative and successful online promotions. My experience as an Internet marketing consultant in the tourism industry …
>
> 自從高鐵開通之後，舊鐵路沿線許多依賴觀光的行業就只能咬牙苦撐，但這個挑戰也激發了一些人採用極具創意且成功的線上促銷。我在觀光業擔任網路行銷顧問的經驗……

提到特定行業中各家公司所面臨的重大挑戰，尤其若能舉出求職者本身正面因應此挑戰的具體例子，是個證明自己對該領域瞭若指掌的好方法。換句話說，大多數的公司都偏好聘請專業的老手，而不是剛入行的菜鳥。

求職信要是沒有提到職位、公司或行業的任何資訊，實際上就只剩下一個可能的預設主題：求職者自己。在某種程度上，寫到求職者的個人資訊在所難免，可是一旦焦點變成了求職者，而不是求職者能幫助公司做什麼，人資主管可能很快就會失去興趣。千萬不要認為人資主管會將發展求職者的職涯，或是確認求職者能否在公司裡學到東西當作首要的任務；求職者該做的並非告訴人資主管這是你心目中的完美工作，而是要利用各種證據表明自己是這份工作的最佳人選。

# 選擇適當的版面及格式

　　在前面我們曾提到求職信的長度。一般來說，第一段和第三段應寫一到三句話，第二段通常三到五句話，但也可能多到十句話以上，端視求職者的背景和作法而定。若是用電子郵件來寄求職信，建議採取此標準的低標（在下一節我們會進一步說明）；若是應徵十分專門或高階層的職位，則應該要接近高標。

　　但無論如何，求職信都不應該超過一頁，即便是有多達幾十年經驗的高階主管也一樣。**好的求職信能將求職者最顯赫的一、兩項資歷凸顯出來；爛的求職信則只是將求職者所做過的一切一項項羅列出來。**讓求職信保持簡短，也可降低人資主管不耐煩的機率；求職信主要的目的在於表達友好，重點部分應留在履歷中。

　　事實上，許多履歷設計原則都能應用在求職信中。比方說，假如求職信的第二段看起來像是一堵密密麻麻的文字牆，那就需要做調整。求職者可以將它拆成兩段（像 Angie 一樣），或是運用條列式呈現（像 Brian 一樣）。

　　求職信和履歷是同一個應徵配套的兩個部分，因此它們看起來也應如此：兩者所用的邊界、字型和字體都要一樣。至於求職信的格式則建議使用最廣泛的商業信函格式，也就是「齊頭式」。在這種格式中，所有的內文都向左對齊，包括段落的開場白在內。以下我們來仔細地看看這種格式。

---

### 👍 履歷成功 Tips

撰寫求職信時，除了避免使用空洞、艱澀的商業用語外，還應避免過度的形式化，因為如此一來往往會掩蓋求職者真正的個性，進而拉大與人資主管間的距離，而這正與求職信的目的背道而馳。遵照一般商業信件的格式很好，但是不要用公式化的表達方式。

## 📑 典型齊頭式求職信格式

⮐

**1** Your Street Address（你的地址）**2**
Your City, Country, Postal Code（你的城市、國家、郵遞區號）
Your Email Address (Optional)（你的電子郵件地址）〔彈性選擇〕
Your Phone Number (Optional)（你的電話號碼）〔彈性選擇〕
⮐

Date（日期）**3**
⮐

Re: [Job Title] Position (Optional)（〔職稱〕職位）〔彈性選擇〕**4**
⮐

Recipient's Name（收件人姓名）**5**
Recipient's Title（收件人頭銜）
Recipient's Company's Name（收件人的公司名稱）
Recipient's Street Address（收件人地址）
Recipient's City, Country, (Postal Code)（收件人的城市、國家、〔郵遞區號〕）
⮐

Dear Recipient's Name,（收件人姓名，您好：）**6**
⮐

**7** Lorem ipsum dolor sit amet, consectetuer adipiscing elit. Suspendisse quis purus non enim semper luctus. Aenean hendrerit nisi a nunc.
⮐

Lorem ipsum dolor sit amet, consectetuer adipiscing elit. Suspendisse quis purus non enim semper luctus. Aenean hendrerit nisi a nunc. In rutrum sollicitudin velit. Donec venenatis urna id quam. Fusce ut augue. Nunc dignissim felis eget nibh. Nunc enim lorem, convallis sit amet, congue rutrum, molestie gravida, ipsum. Nulla in turpis ut orci pretium sodales. Nullam ipsum enim, facilisis eget, ultricies non, aliquam a, nisl.
⮐

Lorem ipsum dolor sit amet, consectetuer adipiscing elit. Suspendisse quis purus non enim semper luctus. Aenean hendrerit nisi a nunc. In rutrum sollicitudin velit. Donec venenatis urna id quam.
⮐

Complimentary Close,（禮貌性結語）**8**
⮐
⮐
⮐ Your Signature [handwritten]（你的親筆簽名）**9**
⮐

Your Name [typed]（你的姓名）〔打字〕**10**
⮐
⮐

* ⮐ = 一行的空間

194

## 1 邊界（**Margins**）

求職信的邊界應與履歷相同。有關邊界的規範請見 Unit 9「設定內文版面」。

## 2 求職者的地址（**Your Address**）

地址通常靠左對齊（請見 Tyson 和 Brian 的求職信），但是也可將履歷中的標題當作一種信頭（請見 Sharon 和 Angie 的求職信）。電子郵件地址和電話號碼則可彈性選擇是否納入；它們並非傳統商業信函的一部分，但在此納入已愈來愈普遍。求職者的姓名無須納入地址中，因為它會出現在信件的底部（不過將它設計成信頭的一部分也無妨）。

## 3 日期（**The Date**）

日期不應使用縮寫或速記：正確應為 January 20, 2014，應避免 Jan. 20, 2014 或 1-20-14）等。假如你是應徵歐洲公司的職位，那就應該要採用歐洲的寫法：20 January 2014。

## 4 參考欄（**The Reference Line**）

參考欄也可彈性選擇。它會顯得有些不自然，所以唯一真正必須納入的時候是當求職者向非常官僚的公司應徵非常官僚的職位時。假如求職者真的將它納入，那麼就要註明職稱及職務編號（如果有的話）。

## 5 收件者的姓名、頭銜、公司名稱及地址
## （**The Recipient's Name, Title, Company, and Address**）

收件者的頭銜可寫在同一行，接續收件者姓名（請用逗號分開），或者寫在下一行。記得，公司名稱可以在同一行接續頭銜，也可以換到下一行；千萬不要將這三個元素擺在同一行。另外，在此絕對不要納入收件者的電子郵件地址或電話號碼。

## 6 稱呼語（**The Salutation**）

稱呼語由幾個部分組成：

(1) 一定要以「Dear」這個字開頭。「Dear Mr. Chen」（陳先生您好）遠比「To Whom It May Concern」（敬啟者）來得親切、友善。假如不曉得履歷到底會是由誰來審閱，那就打電話到欲應徵的公司詢問。

(2) 人資主管的稱呼（Mr. 或 Ms.）和姓名緊接在「Dear」之後。要注意的是，用「Ms.」來稱呼女性會比較妥當，除非知道她偏好使用 Miss 或 Mrs.。女性不管是否結婚，用 Ms. 準沒錯。另外，在此只要寫姓氏即可，除非你不知道人資主管的性別（你同樣可以打電話去公司確認這點）。最後，一定要確定人資主管的姓名沒有拼錯。

(3) 假如不知道人資主管的姓名，而且也無從查起，那就必須使用通用的稱呼語，例如「Dear Hiring Manager」或「Dear Personnel Manager」（人資主管您好）。但是這種寫法對於求職者試圖將信件個人化的目標相當不利，所以最好盡可能打聽到對方的姓名。

(4) 稱呼語的後面可接逗號，以塑造出比較友好的語氣，也可接標準但相當正式的冒號。

## ⑦ 段落（**Paragraphs**）

在齊頭式商業信函中，段落無須特別縮排。

## ⑧ 禮貌性結語（**The Complimentary Close**）

禮貌性結語套用公式即可。以下是一些常見的選擇：

| 結語 | 語氣 |
|---|---|
| **Sincerely,** | 親切而專業 |
| **Yours sincerely,** | 專業 |
| **Best regards,** | 專業 |
| **Thank you,** | 非常不正式 |
| **Thanks,** | 在大部分的情況下都非常不正式 |

注意，只有第一個字的第一個字母要大寫，而結語之後應接逗號。

## ⑨ 求職者的親筆簽名（**Your Signature**）

簽名應用藍筆或黑筆親手寫出。

## ⑩ 求職者的姓名（**Your Name**）

姓名應置於禮貌性結語之下三到四行。

請仔細閱讀附錄的求職信完整範例，將有助於瞭解求職信格式及版面的相關原則如何落實。

## 編輯與校對求職信

寫完求職信、檢查過樣式和語氣，也在頁面上設定好了格式，便可以準備寄出；但別急，求職者還得先讓這封信通過編輯上的考驗才行。履歷和求職信寫作的鐵則就是「不可犯錯」。單單一個拼字上的錯誤就可能足以毀掉求職者找到工作的希望。因此，必須鉅細靡遺地找出求職信和履歷中的問題。不過，假如只靠求職者個人來找問題，很可能會有疏漏的地方。事實上，要在自己寫的東西裡發現錯誤並不容易，所以可以找個朋友幫忙將求職信與履歷仔細地看一遍，而且最好是找以英語為母語的人士。假如求職者不認識能幫上忙的人，台灣有不少專業的編輯業者會很樂意以合理的費用協助校對與檢查（還有許多國際編輯業者也提供相同的服務，但是費用較高）。另外，在 taiwanted.com 和 tealit.com 等網站上也能找到自由編輯的母語人士；有些人比其他人有經驗，但大部分的人至少應該都能很快地看出並協助求職者改正明顯的錯誤。

我們深信，若有遵照本書所提出的建議，肯定可以寫出足以打敗不少競爭對手的履歷和求職信。但如果苦心撰寫的傑作只因錯漏字等失誤而損及獲得面試的機會，那麼求職者肯定會感到懊惱萬分。

如果求職者能選擇如何遞交履歷，紙本應該是最佳選擇；但是遞交履歷的方式多半是由公司來決定，而非求職者可以隨意更動。**假如公司要求以電子郵件傳送履歷，求職信該如何處理？是否應以附件形式寄出？答案是：「否」。在這種情況下，電子郵件的正文欄就是撰寫求職信的位置。**

將求職信寫成電子郵件（而非透過電子郵件傳送），須稍微調整以下幾個地方：

### 1 主旨欄（Subject Line）

須將職位的頭銜直接明示於主旨欄。例如：

| Subject:<br>主旨： | Market Analyst position<br>市場分析職位 |
| --- | --- |

假如求職者想要留下良好的第一印象，可以試著加上一句對自己的簡短描述：

| Subject:<br>主旨： | Market Analyst position--I am a specialist in shipping and logistics<br>市場分析職位——我是運送及物流方面的專家 |
| --- | --- |

### 2 商業信函文體（Business Letter Style）

電子郵件版求職信仍然是一種商業信函，因此一定要保有商業信函的關鍵元素：直接以稱呼語（"Dear Mr. Pattinson,"）開場，並以禮貌式結語（"Best regards,"）收尾。按照正常的方式分段來寫（各段之間留一行的空間），切忌使用表情符號或網路拼法等。不過，商業信函的某些標準元素則必須加以調整：不要在正文的任何地方納入日期或收件者的 email 地址，你的郵寄地址、email 地址和電話號碼則必須置於你的簽名底下，而不是擺在頂端。

### 3 格式（Format）

請以純文字格式寄出。就算求職者使用 HTML 或 Rich Text (RTF) 的格式轉寫求職信，其中所包含的訊息還是可能會被收件者的電腦降級為純文字。因此以純文字格式寄出，將比較能夠控制最終版本呈現出來的樣子。基於這個原因，最好也避免使用條列式。

## 4 長度（Length）

如果求職信未超過一頁，那麼將有很高的機會在不須經過任何修改的狀況下，將求職信納入電子郵件的一個畫面中。若發現將求職信貼到電子郵件正文欄後出現不易閱讀的問題，請試著縮減信件的長度，或稍微拆解與調整。請比較下列 Tyson 的電子郵件版求職信和附錄 B 當中的完整版求職信函。

## Tyson 的電子郵件版求職信

Dear Ms. Chou,

Jerry Cheng, head of an operations unit at JMicron and a former classmate of mine from UCLA, suggested I speak with you about the possibility of leading your Korean Business Development Team. I have over ten years of management experience in the technology industry as a sales manager, market development strategist, and operations expert.

Most recently, I have overseen the opening of a US$4 million computer parts distribution center in Lima, Peru. Having led a 12-person project team that negotiated favorable tax treatment from the Peruvian government, devised a logistics plan for all of Central and South America, and designed and built a 10,000-square-meter complex in only fifteen months, I can say that I enjoy the challenge of delivering major projects on time and under budget. I am very excited about the possibility of bringing this same level of execution to JMicron.

I'll call you next week to discuss how I may be able to assist with JMicron's current projects and future plans.

Sincerely,
Tyson Chen

tysonchen@msn.com.tw
0918-992-751

153 An Kang Road
Taipei, Taiwan

周小姐您好：

鄭傑瑞（JMicron 營運處負責人，也是過去我在加州大學洛杉磯分校的同學）建議我跟您談談，看看有沒有機會帶領你們的韓國事業開發團隊。我在科技業有十年以上的管理經驗，擔任過業務經理、市場開發策略師，以及營運專家。

最近我負責督導在祕魯的利馬成立耗資四百萬美元的電腦零件經銷中心。在率領十二人的專案小組和祕魯政府協商租稅優惠措施，制訂了中南美各國的物流計畫，並在短短十五個月內設計並建造了一萬平方公尺的園區之後，我可以這麼說，我樂於面對準時並在預算內完成重大專案的挑戰。我非常興奮可能有機會將同等的執行力帶到 JMicron。

我在下週會打電話給您，討論我能如何在 JMicron 現有的案子及未來的計畫中幫上忙。

陳泰森
敬上

tysonchen@msn.com.tw
0918-992-751

台灣台北市安康路 153 號

　　這封電子郵件版求職信和第 217 頁上的完整版非常類似，它們同樣具有三個段落，而且除了最後一句外，每句話都一樣。

　　Tyson 原本的第二段在電子郵件中會顯得有點長，因此透過兩個動作將它縮短。首先，將 Tyson 的背景概述移到了第一段；接著，在電子郵件版的求職信中刪掉了一句話；最後，還將 Tyson 在第三段中的句子縮減了一半。總括來說，電子郵件版大約比完整版短了 20%。刪減過後的求職信看上去肯定會比較好讀一點，但這樣是否足以彌補過程中所流失的內容和語言流暢度，則是個未知數。類似這樣的修改應視每一個個案來決定。

# 附錄
# Appendices

# Sharon Wu

49 Ren'ai Road
Taipei 106, Taiwan

swu1982@gmail.com
0918-123-123

## Objective

**Mass Communication/Business Administration double major**, searching for a media position where my skills in writing, broadcasting, and video editing will be of value.

## Professional Experience

**TVBS Weekly**
*Research Intern*

Taipei
Summer 2013

Wrote feature articles and prepared source materials for reporters and editors. Drew on formidable Internet research skills to track down sources.

- Contributed six magazine pieces, work normally reserved for full-time staff writers.
- Provided vital reference materials to reporters, which resulted in the breaking of the "Taiwan Ten" story. Commended by supervisor for creative use of online databases to gather information.
- Invited to continue writing for the magazine as a freelancer.

## Education

**Tamkang University**, Taipei
*Bachelor of Arts, Mass Communication*, 2014
- Journalism coursework included: News Writing, TV Interviewing, News in English
- Technical coursework included: TV News Production, Advertising and Production, Advanced Radio Production, Digital Video Editing

*Bachelor of Arts, Business Administration*, 2014
- Emphasis in consumer behavior and quantitative research methodologies
- Senior Thesis: *"Lucrative Bias: Advertising Rate Fluctuations During National Elections"*

## Publications

*TVBS Weekly*
"Who Got Rich? The Great High Speed Rail Property Grab Ten Years Later." 5 Sep. 2012
"Korean Cosmetic Surgery Disasters: What You Should Know Before You Go." 22 Aug. 2012
"Taiwan vs. Japan: The Ultimate Love Hotel Showdown." 8 Aug. 2012
"Is He Cheating on You? Six Ways to Find Out For Sure." 25 Jul. 2012

*Other Writings*
Numerous articles for the Tamkang University e-News
Additional writing samples online at sharonwang.com.tw

## Technical Skills

*Video Editing:* Avid Media Composer, Adobe Premiere Pro
*Sound Editing:* Pro Tools, Logic, Cakewalk Sonar, Adobe Audition, Audacity
*Office Applications:* Word, Excel, PowerPoint

## 📌 Sharon 的版面設計重點

---

### Sharon Wu ①

49 Ren'ai Road
Taipei 106, Taiwan

swu1982@gmail.com
0918-123-123

② **Objective** ④
③ **Mass Communication/Business Administration double major**, searching for a media position where my skills in writing, broadcasting, and video editing will be of value.

⑤
**Professional Experience**

**TVBS Weekly**
*Research Intern*

Taipei
Summer 2013

Wrote feature articles and prepared source materials for reporters and editors. Drew on formidable Internet research skills to track down sources.

- Contributed six magazine pieces, work normally reserved for full-time staff writers.
- Provided vital reference materials to reporters, which resulted in the breaking of the "Taiwan Ten" story. Commended by supervisor for creative use of online databases to gather information.
- Invited to continue writing for the magazine as a freelancer.

**Education**

**Tamkang University**, Taipei
*Bachelor of Arts, Mass Communication*, 2014
- Journalism coursework included: News Writing, TV Interviewing, News in English
- Technical coursework included: TV News Production, Advertising and Production, Advanced Radio Production, Digital Video Editing

---

**附錄**

### 建議字型

Bookman Old Style

### 建議字體（級）

| ① 姓名 20 | ② 標題 13 | ③ 內文 11 | ④ 段落間距 6 | ⑤ 欄位間距 16 |
|---|---|---|---|---|

### 線條與項目符號

- 由一連串的全形破折號組成一條線，接在各標題之後（而不是底下，以節省空間）。
- 項目符號只在「工作經驗」欄與「學歷」欄中使用，以便讓讀者的目光聚焦於此。

※ 右側的欄位前後一致：Sharon 的電子郵件和電話號碼有對齊「工作經驗」欄中的 "Taipei" 和 "Summer 2013"。

# Angie Lee

02-2314-2222

## Goal

Office administration position where I can put my thirteen years of accounting and clerical experience to use.

## Qualifications

- Six years as a bookkeeper with a track record of balanced accounts.
- Strong administrative background with special expertise in payroll, office management, and corporate communication.
- Quick learner. Hard worker. Team player.

## Professional Experience

### Accounting
Performed bookkeeping functions for church association, including accounts payable, accounts receivable, and payroll. (6 years)

### Clerical
Acted as personal assistant to the branch manager of McConaughey & Co.'s Taipei sales office—typed office memos, business correspondence, and annual reports. Managed filing system. Took and transcribed minutes. (2 years)
Developed automated systems using Excel to track annual church attendance and chart results of fund-raising events. (4 years)

## Professional and Technical Training

**Chinese Culture University**, School of Continuing Education, Taipei, 2013–present
- Extension courses in cost accounting, tax accounting, office management and administration.
- Attended lectures on time management and meeting management.

**Master of Computer Certificate (MOCC)**, Chinese Computer Education Association, in progress
- Certified Professional in Word and Excel.
- Currently attending classes in PowerPoint and Access.

**Computer Skills**
- MS Office, Windows 7, Windows 8.1
- Typing: 65 w.p.m. English, 50 w.p.m. Chinese

## Activities and Interests

- Guest speaker at Zhong Shan Girls' High School, Taipei. Lectured about applied mathematics in business and daily life.
- Drawing, computer illustration, pressed flower art

## ❷ Angie 的版面設計重點

**Angie Lee** ①

02-2314-2222

② **Goal**

③ Office administration position where I can put my thirteen years of accounting and clerical experience to use. ⑤

**Qualifications**

- Four years as a bookkeeper with a track record of balanced accounts.
- Strong administrative background with special expertise in payroll, office management, and corporate communication.
- Quick learner. Hard worker. Team player.

**Professional Experience**

④ **Accounting**
Performed bookkeeping functions for church association, including accounts payable, accounts receivable, and payroll. (6 years)

建議字型

Tahoma

建議字體（級）

| ① 姓名 22 | ② 標題 14 | ③ 內文 11 | ④ 段落間距 0 | ⑤ 欄位間距 14 |
|---|---|---|---|---|

線條與項目符號

- 這裡用了兩種線條。最上方的粗線隔開了 Angie 的姓名，底部的粗線隔開了她的 email 和地址。另外，固定格式的細「頂線」則將她的各項資料分開（Angie 是利用「表格」→「框線及網底」選單中的「框線」功能來達到這個效果）。

- Angie 還用了兩種項目符號：「資歷」區塊用的是小方塊，「專業及技術訓練」和「活動及興趣」區塊用的則是連字號。在履歷用到兩種項目符號絕對是上限，但 Angie 的兩種不同的條列式部分被未採條列式的「工作經驗」區塊隔開，所以是可行的作法。

※ 為了讓履歷看起來清爽又具現代感，Angie 在此用了無襯線字型。

# Tyson Chen

153 An Kang Road                                                                                        H: 02-8666-0303
Taipei, Taiwan                            tysonchen@msn.com.tw                      C: 0918-992-751

**OBJECTIVE**          Searching for an international position where my skills in sales management and market development, and my proven ability to set up new businesses and increase revenue will be of value.

**STRENGTHS**          **Sales Leader**                  Led company in sales three years in a row (2010–2013).
                       **Latin America Expert**  Grew Latin American market by 200%. Fluent in Spanish.
                       **Team Mentor**                Trained, motivated, and managed new sales talent.

**EXPERIENCE**         **DIRECTOR OF MARKET DEVELOPMENT**
                       CardFast Inc., Taipei, 2012–present

                       Develop computer chip market and manage chip distribution in Central and South America.
                       • Set up 12 new sales offices in Chile and Argentina.
                       • Trained all local sales staff in Latin America.
                       • Maintained employee retention rate of 90%, well above industry average of 85%.

                       **SALES MANAGER**
                       Asura Group Ltd., Taipei, 2004–2011
                       • Tripled sales revenue from US$1 million in 2004 to US$3.2 million in 2011.
                       • Directed 12-person sales force that secured new business with more than 100 clients.
                       • Spearheaded sales growth in the Taiwan market by shifting sales strategy to take advantage of referrals by sister companies of Asura.

**EDUCATION**          **Master of Business Administration**
                       **UCLA Anderson School of Management**, Los Angeles, 2003

                       • Advanced International Management Certificate
                       • Six-month exchange at Pontificia Universidad Católica de Chile (PUC) Santiago, Chile
                       • Main areas of research: commodity pricing strategies in new markets, global distribution channel management, motivation and leadership training

                       **Bachelor of Science in International Business**
                       **Chung Yuan Christian University,** Chongli, 2001

**LANGUAGES**          Native Mandarin speaker, fluent in Taiwanese, English, and Spanish, conversant in Portuguese.
                       Three years in South America, two years in the U.S.A., traveled throughout Asia and Europe. Willing to travel or relocate abroad.

**AFFILIATIONS**       Electronics Exporters Association of Taipei, 2003–present
                       South America Semiconductor Industry Association, 2009–present

                                                                     *"Tyson is a bridge-builder, a connector."*
                                                       — Xavier Alvarez, President of the Taiwan-Peru Business Council

## 🔑 Tyson 的版面設計重點

---

### Tyson Chen ①

153 An Kang Road
Taipei, Taiwan               tysonchen@msn.com.tw

H: 02-8666-0303
C: 0918-992-751

**OBJECTIVE**
②                    Searching for an international position where my skills in sales management and
③                    market development, and my proven ability to set up new businesses and increase
                     revenue will be of value.

**STRENGTHS**        **Sales Leader**          Led company in sales three years in a row (2010–2013).
                     **Latin America Expert**  Grew Latin American market by 200%. Fluent in Spanish.
                     **Team Mentor**           Trained, motivated, and managed new sales talent.
                                                    ⑤
**EXPERIENCE**       **DIRECTOR OF MARKET DEVELOPMENT**
                     CardFast Inc., Taipei, 2012–present

                     Develop computer chip market and manage chip distribution in Central and South
                     America.
                     • Set up 12 new sales offices in Chile and Argentina.
                     • Trained all local sales staff in Latin America.
                     • Maintained employee retention rate of 90%, well above industry average of 85%.

                ④    **SALES MANAGER**
                     Asura Group Ltd., Taipei, 2004–2011
                     • Tripled sales revenue from US$1 million in 2004 to US$3.2 million in 2011.
                     • Directed 12-person sales force that secured new business with more than 100 clients.
                     • Spearheaded sales growth in the Taiwan market by shifting sales strategy to take
                       advantage of referrals by sister companies of Asura.

附
錄

---

**建議字型**

Garamond

---

**建議字體（級）**

| ① 姓名 20 | ② 標題 11 | ③ 內文 11 | ④ 段落間距 5 | ⑤ 欄位間距 20 |
|---|---|---|---|---|

---

**線條與項目符號**

- Tyson 的姓名和聯絡方式用一條線與履歷的其他欄位隔開。這是必要之舉，否則以三欄呈現的標題部分就會跟底下的兩欄格式有所衝突。
- 簡單的項目符號只用在陳述成就的部分（工作成就和學歷成就皆然）。

※ Tyson 的履歷採用了兩欄格式。大寫標題中字母與字母的間隔是 1.5（而不是 Unit 9 所建議的 2），目的是要讓左欄變得比較窄，右欄變得比較寬。在頁面的底部，Tyson 的推薦人部分靠右對齊，這麼做並無特別理由，只是因為這樣比較清爽好看。這種設計雖然並不華麗，但可為履歷增添一點個性。

# Brian Yeh

30 Ba De Road, 6F, Taipei, Taiwan
0927-532-948
brianyeh@yahoo.com.tw
www.brianyehonline.com.tw

---

## SUMMARY

Banking professional specializing in corporate financial management, large-scale financing, and administration. Proven ability to expand customer base, capture high-value accounts, and lead community outreach efforts. Especially skilled in increasing workplace efficiency, motivating colleagues, and ensuring that teams work in harmony to meet organizational goals.

---

## PROFESSIONAL EXPERIENCE

CATHAY UNITED BANK, TAIPEI
**Vice President of Marketing and Strategy**, 2005–2013

Challenged to bring in new commercial and consumer accounts and develop strategic alliances with corporations and other financial institutions.

- Generated more than NT$200 million per year in increased revenue over a 8-year span.
- Increased market share among multinational firms with branch offices in Taipei by 7 percent by instituting an innovative top-to-top sales strategy.
- Negotiated long-term partnerships with over 100 major corporations, ensuring a stable revenue stream until 2025 and beyond.
- Established the bank's Internet Marketing Unit, which resulted in over 21,000 new banking and credit card customers since 2007.
- Developed procedures for cross-selling wealth management and other banking services to existing clientele, leading to a 300 percent increase in deposits managed by the Consumer Banking Unit.
- Led Cathay United's community outreach efforts to position the bank as a visible participant in local activities.

**General Manager**, 2000–2005

Oversaw daily operations for twelve 14 Northern Taiwan branches, including branch sales, new business development, customer service, and credit analysis. Reported directly to the Vice President of Operations.

- Managed a staff of over 50 employees, including branch and department managers, internal auditors, and support staff.
- Administered an annual discretionary budget of NT$30 million.
- Negotiated terms with credit card companies, including payment cycles and interest rates.
- Analyzed credit reports and financial statements to determine creditworthiness of customers.
- Consulted individually with top-tier clients to advise them on how Cathay United could best meet their borrowing or investment needs.

FIRST BANK, TAIPEI
**Sales Manager**, 1991–2000

Established sales strategy for retail banking services, including home loans, fixed-rate deposits, credit cards, and mortgages.

- Boosted total sales 18 percent in first year by introducing sales incentive program.
- Maintained double-digit sales growth for nine consecutive years.
- Received Employee of the Year Award in 1999.

**Branch Manager, Shihlin Branch**, 1988–1991

## EDUCATION

**Master of Business Administration**, University of Wisconsin–Madison
**Bachelor of Business Administration**, National Chengchi University, Taipei

## ADDITIONAL INFORMATION

### Community Outreach
- Initiated and supervised City Commercial's Play Park Program, which has donated over NT$1.6 million toward the purchase and maintenance of safe playground equipment for parks in Taipei.
- Co-created Virtual Stock Market, a free education program with online and classroom components that teaches students financial planning fundamentals.
- Board Member, Young Entrepreneur's Business Incubator Forum
- Board Member, New Taipei City Arts Council
- Taipei City Government, Small and Medium Size Enterprise Service Center, Volunteer Consultant (Most Valuable Volunteer, Taipei City Government, 2010)
- Rotary Club of Taipei, Public Relations Committee

### Professional Affiliations
- Board Member, Bankers Association of the Republic of China, 2011–present
- Board Member, New Taipei City Business Development Council, 2005–present
- Founding Member, Taiwan Web Marketing Association, 2000–present
- Member, Pacific Basin Financial Market Research Group, 1992–1996

### Print Media
- *Business Today* – Over 50 occasional columns on investment and personal finance, 2000–present.
- Interviewed for numerous newspaper and magazine articles, including feature stories in the *Commercial Times*, the *Economic Daily News, CommonWealth* and a *YouWork* cover story ("Bringing Online Social Networking to the Executive Set," January 2014).

### Electronic Media
- Television: Appeared as a commentator on Money Talk, Stock Market Spotlight, The Trading Post, and others.
- Radio: Regular guest on Business 101.

附
錄

## 🖋 Brian 的版面設計重點

**建議字型**

Georgia

**建議字體（級）**

| ① 姓名 20/14 | ② 標題 11 | ③ 內文 11 | ④ 段落間距 0 | ⑤ 欄位間距 22 |
|---|---|---|---|---|

**線條與項目符號**

- Brian 運用了 Unit 9 中建議的標題風格。「頂線」設為 100% 黑色、線粗 1½；「底線」則設為 50% 灰色、線粗 1。還有一條細線將第二頁的姓名及頁數與第二頁的其他內容分開。

- Brian 和 Angie 一樣，也用了兩種項目符號。但和 Angie 不同的是，他將比較重要的條列圓點「凸排」在左邊界的空白部分。

※ 這是兩頁的履歷，所以 Brian 的姓名在第一頁寫了一次（20 級），在第二頁又寫了一次（14 級）。

# Sharon Wu

49 Ren'ai Road
Taipei 106, Taiwan

swu1982@gmail.com
0918-123-123

October 15, 2014

Kevin Ho
Managing Editor, CommonWealth Magazine
11F., No. 139, Sec. 2, Nanjing East Road
Taipei 104

Dear Mr. Ho,

The Investigative Reporter ad on your website states that you require two years of experience, but frankly Mr. Ho, I can't wait that long. I'm ready to start right now.

I will graduate from Tamkang University in June with degrees in mass communication and business administration. As a student, my love of reporting led me to become a regular contributor to the university's online news service, but my real newswriting experience comes from the time I spent at *TVBS Weekly*. Although hired as a researcher and fact checker, I successfully managed to get six magazine pieces published in only three months. These were all articles written on spec and produced in addition to my regular work. I'm excited by the possibility of bringing this same level of commitment to *CommonWealth Magazine*.

Based on my academic training, real-world reporting experience, and passion for journalism, I'm confident that I would be a great fit for the investigative reporting team at *CommonWealth*. My published pieces and other writings are available for download at sharonwu.com.tw, and I'd be happy to send you PDF files if you would prefer. Thank you for taking the time to consider my application. I'll call you later this week to arrange a time for us to meet and discuss the position in more detail.

Sincerely,

*Sharon Wu*

Sharon Wu

# Sharon Wu

台灣 106 台北市
仁愛路 49 號

swu1982@gmail.com
0918-123-123

2014 年 10 月 15 日

何凱文
《天下雜誌》總編輯
104 台北市南京東路二段 139 號 11 樓

何先生您好：

貴公司網站上關於調查記者的廣告中說，你們要求兩年的經驗，但是不瞞您說，何先生，我等不了這麼久，我現在已經準備好可以開始工作了。

我六月將從淡江大學畢業，取得大眾傳播與企管學位。身為學生，由於對報導的熱愛，我定期都會為大學的網路新聞社撰稿，但我真正撰寫新聞的經驗是來自為《TVBS 周刊》服務的時候。雖然受雇為研究及查證人員，但是我在短短的三個月內就成功爭取到刊出六篇雜誌文章。這些報導全都是自動自發寫成的，而且是正常工作以外的產物。我很興奮可能有機會把同樣程度的拚勁帶到《天下雜誌》。

根據我的學術背景、實際的報導經驗以及對新聞業的熱情，我確信我相當適合《天下雜誌》的調查報導小組。我的發表作品和其他著作可從 sharonwu.com.tw 下載；如果您覺得比較好，我也很樂意寄 PDF 檔給您。謝謝您花時間考慮我的應徵。我在本週稍後會打電話給您，以安排時間彼此見個面，並討論該職位的進一步細節。

吳雪倫
敬上

Angie 的求職信是針對徵才廣告撰寫而成，我們先看看廣告上寫了些什麼。

| Ad | |
|---|---|
| Company | Starlight International |
| Industry Category | Business Services |
| Product Description | Consulting |
| **Description of Job Vacancy** | |
| Job Title | Administrative Assistant (Code: YT04YZ4821) |
| Category | HR/Management/Administration |
| Location | Taipei City |
| Salary | Negotiable |
| Duties | • Managing all aspects of small international office, including billing and invoicing, HR (time cards), maintaining equipment, ordering office supplies, etc.<br>• Administration: email, telephones, scheduling<br>• Interacting with clients, mainly native English speakers |
| **Required Qualifications** | |
| Experience | 3 years minimum |
| Education Level | University |
| Major | Business Administration preferred |
| Languages | English: Listening/Fluent  Speaking/Fluent  Reading/Fluent  Writing/Fluent |
| Other | • International workplace: colleagues are Taiwanese, British, and American<br>• MS Office<br>• Must work some weekends<br>• Good sense of a humor a definite plus |

| 徵才廣告 | |
|---|---|
| 公司 | 星光國際 |
| 行業類別 | 商業服務 |
| 產品說明 | 顧問 |
| **職缺說明** | |
| 職稱 | 行政助理（代號：YT04YZ4821） |
| 類別 | 人力資源 / 管理 / 行政 |
| 地點 | 台北市 |
| 薪資 | 面議 |
| 職責 | ・管理小型國際辦事處的各項業務，包括開立帳單及發票、人力資源（出勤卡）、維護設備、採購辦公用品等。<br>・行政：電子郵件、電話、安排時間<br>・與客戶往來，以英文母語人士為主。 |
| **所須資格** | |
| 經驗 | 至少三年 |
| 教育程度 | 大學 |
| 主修 | 企管系佳 |
| 語言 | 英語：聽 / 流利　說 / 流利　讀 / 流利　寫 / 流利 |
| 其他 | ・國際化的工作環境：同事包括台灣人、英國人、美國人<br>・MS Office<br>・有時週末須加班<br>・有高度幽默感者絕對加分 |

# Angie Lee

02-2314-2222

March 20, 2014

Ivan Chang
Starlight International
12F, No. 260, Section 2, Civic Boulevard
Taipei, Taiwan

Dear Mr. Chang,

I was very excited to learn from the 518 Job Bank website that Starlight International is hiring an administrative assistant. I'm pretty sure I'm exactly who you're looking for.

Your ad said you want someone with at least three years of experience. I have more than twice that, including two years at an American company in Taipei. I've handled the accounting at my church for six years, and I've never misplaced a single dollar. I'm confident I can make a similar contribution at Starlight International.

As an executive assistant at a foreign company, I talked with people all over the world both in English and Mandarin almost every day. I loved it. I believe that getting to know your clients and making them feel comfortable would be just as rewarding. And, as you mentioned in the job announcement, I'm willing to work some weekends—just as long as you don't ask me to work during the week. (That's a joke. You're looking for someone with a sense of humor, right?)

Seriously though, I'm confident that I'm a great fit for Starlight International. I'd love to meet with you in person to talk about my background and the position in more detail.

Thanks!

*Angie Lee*

Angie Lee

---

angielee@hotmail.com · 34 Zhongshan North Road, Section 1 · Taipei, Taiwan

# Angie Lee

2014 年 3 月 20 日

張億凡
星光國際
台灣台北市市民大道二段 260 號 12 樓

張先生您好：

我非常興奮地從 518 人力銀行的網站上得知，星光國際公司在徵行政助理。我相當確定，我就是你們所要找的人。

貴公司的廣告上說，你們想找的人至少要有三年經驗，而我的經驗是它的兩倍有餘，其中包括兩年在台北的一家美商公司。我在所屬的教會做了六年的會計，從未記錯過一毛錢；我確信我在星光國際能做出類似的貢獻。

在外商公司擔任主管助理時，我幾乎每天都要用中英文和世界各地的人通話。而我樂在其中。我相信認識你們的客戶並讓他們覺得自在也一樣會讓我獲益良多。而且，就像你們在徵才啓事中提到的，我願意有時在週末加班——只要你們別要我在平日上班就行了（開個玩笑。你們不是要找有幽默感的人嗎？）。

說眞的，我確信我相當適合星光國際，我非常盼望能親自和您見面，詳細談談我個人的背景與這個職位。

感謝！
李安祺

---

angielee@hotmail.com  ·  34 Zhongshan North Road, Section 1  ·  Taipei, Taiwan

153 An Kang Road
Taipei, Taiwan
tysonchen@msn.com.tw
H: 02-8666-0303
C: 0918-992-751

September 28, 2014

Kelly Chou
VP Business Development
JMicron Technology Corporation
8F, No. 13, Innovation Road 1, Hsinchu Science Park
Hsinchu, Taiwan, R.O.C.

Dear Ms. Chou,

Jerry Cheng, head of an operations unit at JMicron and a former classmate of mine from UCLA, suggested I speak with you about the possibility of leading your Korean Business Development Team.

I have over ten years of management experience in the technology industry as a sales manager, market development strategist, and operations expert. Most recently, I have overseen the opening of a US$4 million computer parts distribution center in Lima, Peru. I was involved in all aspects of the project, from conceiving of the initial business plan to supervising the actual construction of the facility. Having led a 12-person project team that negotiated favorable tax treatment from the Peruvian government, devised a logistics plan for all of Central and South America, and designed and built a 10,000-square-meter complex in only 15 months, I can say that I enjoy the challenge of delivering major projects on time and under budget. I am very excited about the possibility of bringing this same level of execution to JMicron.

If I don't hear from you by next week, I'll give your office a call to see if there's a convenient time we could get together to discuss how I may be able to assist with JMicron's current projects and future plans.

Sincerely,

*Tyson Chen*

Tyson Chen

附錄

台灣台北安康路 153 號

tysonchen@msn.com.tw

H: 02-8666-0303

C: 0918-992-751


2014 年 9 月 28 日


周凱莉

事業開發副總裁

JMicron 科技公司

中華民國台灣新竹市新竹科學園區創新一路 13 號 8 樓


周小姐您好：


鄭傑瑞（JMicron 營運處負責人，也是過去我在加州大學洛杉磯分校的同學）建議我跟您談談，看看有沒有機會帶領你們的韓國事業開發團隊。


我在科技業有十年以上的管理經驗，擔任過業務經理、市場開發策略師及營運專家。最近我負責督導在祕魯的利馬成立耗資四百萬美元的電腦零件經銷中心。我參與了該案的各個層面，從構思初步營業計畫到監督廠房的實際施工等。在率領十二人的專案小組和祕魯政府協商租稅優惠措施，制訂了中南美各國的物流計畫，並在短短十五個月內設計並建造了一萬平方公尺的園區之後，我可以這麼說，我樂於面對準時並在預算內完成重大專案的挑戰。我非常興奮可能有機會將同等的執行力帶到 JMicron。


假如我在下週前沒得到您的回音，我會撥電話到您的辦公室，以瞭解我們是否能找個方便的時間見面，討論我能如何在 JMicron 現有的專案及未來的計畫中幫上忙。


陳泰森

敬上

Brian Yeh
30 Ba De Road, 6F
Taipei, Taiwan

May 7, 2014

Sorcha MacSweeney
President
United Savings Bank of Ireland
1 Bridge Street
Dublin, Ireland

Dear Ms. MacSweeney,

I was very interested to learn from Jenny Hsu, my colleague on the board of the Bankers Association of the Republic of China, that the United Savings Bank of Ireland plans to expand its online banking and investment services to Asia late next year. As a banking industry leader with over thirty years in senior positions, and as a pioneer in the field of online banking in Asia, I would very much like to be considered to lead this new venture in Taiwan.

I believe that several areas of my expertise would be relevant to the position. Specifically, I have:

- A commitment to growth. Throughout my career, every business unit I have led has seen significant—sometimes dramatic—increases in revenue.

- A passion for innovation. I have personally developed and implemented numerous inventive sales and marketing strategies that have since become standard procedures used throughout Taiwan.

- A deep knowledge of the local banking and finance industries. My intimate familiarity with the legal framework governing banking operations in Taiwan and my strong personal relationships with the key players in the banking, finance, and corporate worlds has made me a much sought-after business leader.

- A collegial style of management. Whether leading a group of fifteen or fifty, I get the most out of my team by supporting them through regular coaching and empowering them to create and own individual projects.

- A strong interest in technology. I established Cathay United Bank's Internet Marketing Unit before most people knew what the Internet was, and I am a founding member of the Taiwan Web Marketing Association.

- A strong voice in the community. As a regular newspaper columnist and frequent commentator on television and radio, I am a recognized public authority on the Taiwan economy. I am also known for my numerous community outreach efforts.

附
錄

I will be traveling with my family in Europe at the end of July, and would welcome the opportunity to meet with you in Dublin to discuss the position in greater detail. I understand that your expansion plans are still in development, so it may be too early for that, but please know that I would be happy to consult with you at any time during the process.

Best wishes for success in your endeavor.

Yours sincerely,

*Brian Yeh*

Brian Yeh

葉萊恩
台灣台北市八德路 30 號 6 樓

2014 年 5 月 7 日

索察・麥卡思維尼
總裁
愛爾蘭聯合儲蓄銀行
愛爾蘭都柏林橋路 1 號

麥卡思維尼小姐，您好：

我非常感興趣地從我在中華民國銀行公會董事會的同事徐珍妮那兒得知，愛爾蘭聯合儲蓄銀行明年底打算將網路銀行及投資服務拓展至亞洲。身為在高階職位待了三十多年的銀行業領導人，以及亞洲網路銀行領域的先鋒，我非常希望能被考慮來帶領台灣的這項新事業。

我相信，我有好幾個方面的專業能力與此職位息息相關。特別是我：

- 致力於成長。在我整個職涯中所帶領過的每個事業單位的營收都有顯著的成長，有時甚至是激增。

- 熱衷於創新。我親自開發並實施了多項原創的銷售與行銷策略，後來這些策略都成為全台採用的標準程序。

- 對地方的銀行與金融業瞭若指掌。我對於規範台灣銀行運作的法律架構相當熟悉，並且與銀行、金融與企業界的重要人士私交甚篤，這使我成了搶手的事業領導人。

- 採同儕式的管理作風。不管是帶領十五人還是五十人的團隊，我都會讓他們發揮最大的效用，一方面透過定期指導來支持他們，一方面授權他們制訂並掌管個別的企劃案。

- 對科技具有濃厚興趣。在大部分的人都還不知道網際網路為何之前，我就已建立了國泰世華銀行的網路行銷部。我也是台灣網路行銷協會的創始會員。

- 對社區深具影響力。身為報社固定的專欄作家，並且經常上電視和廣播電台發表評論，我是公認的台灣經濟權威。我在社區發展上的許多作為也廣為人知。

我在七月底時會跟家人到歐洲旅遊，希望有機會能在都柏林跟您見面討論該職位的進一步細節。我知道你們的拓展計畫還在醞釀期，所以這件事可能言之過早，但是請記得，我很樂意在這個過程中隨時跟您交換意見。

衷心祝福貴公司鴻圖大展

葉萊恩
敬上

　　下列是經常出現在專業履歷中的行動動詞。請記住，履歷中所使用的動詞一定要能凸顯出求職者的過去成就。以下提供幾個有助於確定用對動詞的方法。

① 附錄中所列出的動詞有很多在本書裡都有使用到，所以可注意一下本書所列舉的句型和範例。

② 查字典。有一本搭配詞字典（Collocations Dictionary）固然理想，但是好的學習字典也能提供實用的用法指引。

③ 用 Google 查詢某個動詞的用法，但是別忘了加上「resume」這個字。從那些被貼上網的履歷中，你可以學習到如何使用這個動詞；用這種方法所找到的履歷不保證寫得好，不過如果你看到某個句型或用法出現在好幾份履歷上，那麼以此為準大概錯不了。

※ 為方便直接套用，下列字彙以過去式列出。

## ☆ 成就

| | | | |
|---|---|---|---|
| accomplished | 達成 | limited | 限制 |
| accounted for | 負責…… | made | 造成 |
| achieved | 獲得 | outperformed | 勝過 |
| added | 加入 | overcame | 克服 |
| attained | 達到 | phased out | 逐步淘汰 |
| averted | 避開 | posted | 宣告 |
| completed | 完成 | realized | 落實 |
| delivered | 交予 | rejected | 駁回 |
| effected | 生效 | reversed | 扭轉 |
| eliminated | 消除；淘汰 | revitalized | 復甦 |
| finished | 結束 | revolutionized | 徹底改造 |
| fought | 對抗 | solved | 解決 |
| generated | 產生 | succeeded in | 成功地…… |
| grew | 成長 | surpassed | 超越 |
| halted | 停止 | terminated | 終止 |
| influenced | 影響 | won | 贏得 |

## ☆ 改善

| | | | |
|---|---|---|---|
| **accelerated** | 促進；加快 | **maximized** | 最大化 |
| **activated** | 活化；使活潑 | **minimized** | 最小化 |
| **automated** | 自動化 | **modernized** | 現代化 |
| **boosted** | 提高 | **multiplied** | 大幅增加 |
| **broadened** | 擴大 | **optimized** | 最佳化 |
| **cut** | 削減 | **quadrupled** | 使成四倍 |
| **doubled** | 使成雙倍 | **raised** | 提升 |
| **decreased** | 減少 | **reduced** | 減低 |
| **eliminated** | 消除 | **shortened** | 縮短 |
| **enhanced** | 提高 | **refined** | 精緻化 |
| **enlarged** | 擴大 | **reinforced** | 強化 |
| **exceeded** | 超過 | **simplified** | 簡化 |
| **expanded** | 擴充 | **slashed** | 大幅削減 |
| **expedited** | 促進 | **streamlined** | 流線化；簡化 |
| **halved** | 減半 | **strengthened** | 強化 |
| **heightened** | 提高 | **trimmed** | 縮減 |
| **improved** | 改善 | **tripled** | 使成三倍 |
| **increased** | 增加 | **updated** | 更新 |
| **lowered** | 降低 | **upgraded** | 升級 |

## ☆ 指導

| | | | |
|---|---|---|---|
| **advised** | 建議 | **inspired** | 激發 |
| **coached** | 指導 | **instilled** | 灌輸 |
| **cultivated** | 培養 | **instructed** | 指示 |
| **educated** | 教導 | **lectured** | 告誡 |
| **enabled** | 致使 | **mentored** | 教誨 |
| **encouraged** | 鼓勵 | **mobilized** | 動員 |
| **facilitated** | 促進 | **motivated** | 激勵 |
| **fostered** | 促成 | **offered** | 提議 |
| **guided** | 引導 | **trained** | 訓練；培養 |

## ☆ 溝通

| | | | |
|---|---|---|---|
| **addressed** | 解說 | **liaised** | 取得聯絡 |
| **briefed** | 簡報 | **listened** | 聽取 |
| **conferred** | 商議 | **moderated** | 主持 |
| **consulted** | 諮詢 | **presented** | 提出 |
| **corresponded** | 通信 | **published** | 發表 |
| **drafted** | 草擬 | **spoke** | 談話 |
| **edited** | 編輯 | **talked** | 談論 |
| **hosted** | 招待；主持 | **translated** | 翻譯 |
| **interviewed** | 面談 | **wrote** | 撰寫 |

## ☆ 創始與開發

| | | | |
|---|---|---|---|
| **began** | 展開 | **founded** | 創立 |
| **built** | 建造 | **initiated** | 發起 |
| **conceived** | 構思；設想 | **instituted** | 設立；制定 |
| **created** | 創造 | **invented** | 發明 |
| **designed** | 設計 | **launched** | 推出 |
| **developed** | 開發 | **opened** | 成立 |
| **devised** | 策劃；想出 | **originated** | 創始；引發 |
| **engineered** | 策劃；打造 | **pioneered** | 率先 |
| **established** | 建立 | **proposed** | 提案；提議 |
| **formed** | 組成 | **set up** | 制定 |
| **formulated** | 規劃；想出；配置 | **started** | 開啟 |

## ☆ 分析與規劃

| | | | |
|---|---|---|---|
| **analyzed** | 分析 | **estimated** | 估計 |
| **anticipated** | 預測 | **evaluated** | 評估 |
| **ascertained** | 確定 | **examined** | 檢視 |
| **assessed** | 評估 | **interpreted** | 解讀 |
| **determined** | 研判 | **investigated** | 調查 |
| **discovered** | 發現 | **verified** | 驗證 |

## ☆ 基本管理

| | | | |
|---|---|---|---|
| **approved** | 核准；認可 | **delegated** | 委託 |
| **arranged** | 安排 | **ensured** | 確保 |
| **assigned** | 指派 | **executed** | 執行 |
| **carried out** | 實行 | **handled** | 處理 |
| **conducted** | 進行；實施；經營 | **implemented** | 實施 |
| **contracted** | 簽約 | **issued** | 發行；核發 |
| **controlled** | 控制 | **operated** | 營運 |
| **coordinated** | 協調 | **performed** | 履行；表現 |
| **dealt with** | 因應；處理 | **reviewed** | 審查 |
| **decided** | 決定 | **undertook** | 進行；從事 |

## ☆ 營運變動

| | | | |
|---|---|---|---|
| **adapted** | 調適 | **rearranged** | 重新安排 |
| **adopted** | 採用 | **rebuilt** | 重建 |
| **consolidated** | 整併 | **reorganized** | 重組 |
| **converted** | 轉換 | **reshaped** | 重塑 |
| **incorporated** | 組成公司 | **restructured** | 改組 |
| **installed** | 任命；就職 | **revamped** | 改造 |
| **integrated** | 整合 | **revised** | 修訂 |
| **introduced** | 引進 | **standardized** | 標準化 |
| **merged** | 合併 | **systematized** | 系統化 |
| **realigned** | 再結盟 | **transformed** | 轉型 |

附錄

## ☆ 支援

| | | | |
|---|---|---|---|
| **aided** | 幫助 | **participated in** | 參加 |
| **assisted** | 協助 | **partnered** | 合夥 |
| **collaborated** | 協同 | **provided** | 提供 |
| **contributed** | 貢獻 | **served** | 供給 |
| **helped** | 幫忙 | **supplied** | 供應 |
| **involved** | 參與 | **supported** | 支持 |

## ☆ 人力資源

| appointed | 任命 | employed | 雇用 |
|---|---|---|---|
| assembled | 召集 | enlisted | 徵召 |
| designated | 指派 | hired | 聘請 |
| downsized | 縮編 | recruited | 徵募 |

## ☆ 行政

| complied | 彙整 | processed | 處理 |
|---|---|---|---|
| documented | 記載 | procured | 採購 |
| filed | 申報 | purchased | 購買 |
| maintained | 維持 | scheduled | 安排時程 |
| monitored | 監控 | submitted | 提交 |
| prepared | 準備 | tracked | 追蹤 |

## ☆ 財務

| audited | 稽核 | financed | 融資 |
|---|---|---|---|
| balanced | 使收支平衡 | forecast | 預測 |
| budgeted | 編訂預算 | invested | 投資 |
| calculated | 計算 | liquidated | 清償 |
| computed | 運算 | projected | 推估 |
| earned | 賺取 | saved | 節省 |

## ☆ 行銷與銷售

| advertised | 打廣告 | negotiated | 協商 |
|---|---|---|---|
| approached | 與……聯繫 | persuaded | 勸說 |
| convinced | 說服 | promoted | 促銷 |
| demonstrated | 展示 | publicized | 宣傳 |
| leveraged | 發揮（影響力等） | represented | 代表 |
| marketed | 行銷 | sold | 售出 |
| mediated | 調解 | targeted | 鎖定 |

常見職稱

## ☆ 員工

| | | | |
|---|---|---|---|
| Account Representative | 客戶代表 | Executive Assistant | 主管助理 |
| Administrative Assistant | 行政助理 | Intern | 實習生 |
| Administrator | 行政人員 | Marketer | 行銷人員 |
| Consultant | 顧問 | Office Assistant | 辦公室助理 |
| Customer Service Representative | 客服代表 | Receptionist | 接待人員 |

## ☆ 主管

| | | | |
|---|---|---|---|
| Account Manager | 客戶經理 | Management Consultant | 管理顧問 |
| Assistant Manager | 副理 | Manager | 經理 |
| Branch Manager | 分行經理 | Office Manager | 行政經理 |
| Business Manager | 業務經理 | Product Manager (PM) | 產品經理 |
| Development Director | 開發主任 | Regional Manager | 地區經理 |
| Human Resources Manager | 人資主管 | Supervisor | 主管；主任 |

## ☆ 管理高層

| | | | |
|---|---|---|---|
| Chair | 主席 | Owner | 擁有人 |
| Chairman of the Board | 董事長 | President | 總裁 |
| Director | 董事 | Senior Director | 資深董事 |
| Executive Director | 執行董事 | Senior Vice President (SVP) | 資深副總裁 |
| Executive Vice President (EVP) | 執行副總裁 | Treasurer | 會計主任 |
| General Manager (GM) | 總經理 | Vice Chairman of the Board | 副董事長 |
| Managing Director | 常務董事 | Vice President (VP) | 副總裁 |

※ 上列職稱之中文翻譯因公司及組織的不同而有所差異。

## ☆「長」字輩

| CAO | = chief analytics officer, chief administrative officer 分析長；行政長 |
|-----|---|
| CCO | = chief communications officer, chief credit officer 通訊長；信用長 |
| CEO | = chief executive officer 執行長 |
| CFO | = chief financial officer 財務長 |
| CIO | = chief information officer 資訊長 |
| CKO | = chief knowledge officer 知識長 |
| CLO | = chief legal officer, chief learning officer 法務長；學習長 |
| CMO | = chief marketing officer 行銷長 |
| COO | = chief operations officer, chief operating officer 營運長 |
| CQO | = chief quality officer 品質長 |
| CRO | = chief risk officer 風險長 |
| CTO | = chief technology officer, chief technical officer 科技長；技術長 |

## 常見職業

### ☆ 銷售・零售類

| | | | |
|---|---|---|---|
| **Cashier** | 收銀員 | **Sales Associate** | 銷售服務員 |
| **Insurance Agent** | 保險業務員 | **Salesperson** | 店員 |
| **Real Estate Agent** | 不動產業務員 | **Telemarketer** | 電話行銷員 |

### ☆ 服務類

| | | | |
|---|---|---|---|
| **Babysitter** | 幼兒看護 | **Hair Stylist/Hairdresser** | 美髮師 |
| **Barber** | 理髮師 | **Manicurist** | 美甲師 |
| **Bartender** | 酒保 | **Massage Therapist** | 按摩治療師 |
| **Beautician** | 美容師 | **Masseur** | 男按摩師 |
| **Bellman** | 行李服務員 | **Masseuse** | 女按摩師 |
| **Chauffeur/Driver** | 司機 | **Nanny** | 保母 |
| **Chef/Cook** | 廚師 | **Personal Trainer** | 個人教練 |
| **Concierge** | 住房管理員 | **Server** | 服務員 |
| **Cosmetologist** | 美妝師 | **Tour Guide** | 導遊 |
| **Domestic Worker** | 家政管家 | **Valet** | 泊車服務員 |

| Doorman | 門房 | Waiter | 男服務生 |
|---|---|---|---|
| Front Desk Clerk | 櫃台服務員 | Waitress | 女服務生 |

## ☆ 公共服務類

| Civil Servant/Public Servant | 公務員 | Lifeguard | 救生員 |
|---|---|---|---|
| Customs Officer | 海關關員 | Mail Carrier | 郵務士 |
| Detective | 偵探 | Police Officer | 警官 |
| Firefighter | 消防員 | Social Worker | 社工人員 |

## ☆ 教育類

| Docent | （大學）教師 | Researcher | 研究員 |
|---|---|---|---|
| Instructor | 指導員 | Substitute Teacher | 代課老師 |
| Lecturer | 講師 | Teacher | 老師 |
| Principal | 校長 | Teaching Assistant | 助教 |
| Professor | 教授 | Trainer | 教練 |
| Research Assistant | 研究助理 | Tutor | 家教 |

## ☆ 財務類

| Accountant | 會計師 | Estate Planner | 財產規劃師 |
|---|---|---|---|
| Actuary | 精算師 | Financial Adviser | 財務顧問 |
| Analyst | 分析師 | Financial Analyst | 財務分析師 |
| Assessor | 估價師 | Financial Planner | 財務規劃師 |
| Auditor | 稽查員 | Investment Analyst | 投資分析師 |
| Bank Teller | 銀行出納員 | Investment Banker | 投資銀行家 |
| Bookkeeper | 簿記員 | Loan Officer | 貸放專員 |
| Stock Broker | 股票經紀人 | Mortgage Broker | 房貸經紀人 |
| Buyer | 採購員 | Trader | 營業員 |

## ☆ 工程類

| Civil Engineer | 土木工程師 | Materials Engineer | 材料工程師 |
|---|---|---|---|
| Electrical Engineer | 電機工程師 | Mechanical Engineer | 機械工程師 |

## ☆ 醫學類

| | | | |
|---|---|---|---|
| **Acupuncturist** | 針灸師 | **Ophthalmologist** | 眼科醫師 |
| **Anesthesiologist** | 麻醉師 | **Optometrist/Optician** | 驗光師／配鏡師 |
| **Cardiologist** | 心臟科醫師 | **Orthodontist** | 牙齒矯正醫師 |
| **Cosmetic Surgeon** | 整型醫師 | **Pediatrician** | 小兒科醫師 |
| **Dentist** | 牙醫師 | **Pharmacist** | 藥劑師 |
| **Dermatologist** | 皮膚科醫師 | **Physical Therapist** | 物理治療師 |
| **Dietician** | 營養師 | **Physician** | 內科醫師 |
| **Emergency Medical Technician (EMT)** | 緊急救護技術員 | **Psychologist** | 心理醫師 |
| **Gynecologist** | 婦科醫師 | **Surgeon** | 外科醫師 |
| **Nurse** | 護士 | **Veterinarian** | 獸醫 |
| **Obstetrician** | 產科醫師 | **X-ray Technician** | X 光技師 |

## ☆ 法律類

| | | | |
|---|---|---|---|
| **Attorney at Law** | 律師 | **Judge** | 法官 |
| **Bailiff** | 法警 | **Lawyer** | 律師 |
| **Counsel** | 辯護律師 | **Legal Secretary** | 律師祕書 |
| **Court Clerk** | 法務書記 | **Notary Public** | 公證人 |
| **Court Reporter** | 法庭記錄員 | **Paralegal** | 法務助理 |
| **General Counsel** | 總法律顧問 | **Prosecutor** | 檢察官 |

## ☆ 電腦類

| | | | |
|---|---|---|---|
| **Computer Technician** | 電腦技師 | **System Administrator** | 系統管理員 |
| **Database Administrator** | 資料庫管理員 | **System Analyst** | 系統分析師 |
| **Information Architect** | 資訊架構師 | **System Architect** | 系統架構師 |
| **IT Consultant** | 資訊科技顧問 | **System Designer** | 系統設計師 |
| **Programmer** | 程式設計師 | **Web Designer** | 網頁設計師 |
| **Software Architect** | 軟體架構師 | **Web Developer** | 網頁開發員 |
| **Software Engineer** | 軟體工程師 | **Webmaster** | 網站管理員 |

## ☆ 藝術類

| Actor | 男演員 | Film Director | 電影導演 |
|---|---|---|---|
| Actress | 女演員 | Graphic Artist | 平面藝術家 |
| Animator | 動畫人員 | Illustrator | 插畫家 |
| Art Director | 藝術總監 | Interior Designer | 室內設計師 |
| Artist | 藝術家 | Make-up Artist | 化妝師 |
| Cartoonist | 漫畫家 | Model | 模特兒 |
| Choreographer | 編舞家 | Music Director | 音樂總監 |
| Composer | 作曲家 | Musician | 音樂家 |
| Conductor | 指揮家 | Painter | 畫家 |
| Dancer | 舞者 | Recording Engineer | 錄音工程師 |
| Designer | 設計師 | Screenwriter | 劇作家 |
| Entertainer | 藝人 | Sculptor | 雕刻家 |
| Extra | 臨時演員 | Singer | 歌手 |

## ☆ 媒體・傳播類

| Broadcast Engineer | 廣電工程人員 | Journalist | 新聞工作者 |
|---|---|---|---|
| Cameraperson | 攝影師 | Proofreader | 校對人員 |
| Columnist | 專欄作家 | Publisher | 出版商 |
| Copywriter | 文案人員 | Reporter | 記者 |
| Correspondent | 特派員 | Translator | 翻譯 |
| Editor | 編輯 | Video Editor | 視訊編輯 |
| Interpreter | 口譯員 | Writer | 作家 |

## ☆ 學者專家類

| Anthropologist | 人類學家 | Geographer | 地理學家 |
|---|---|---|---|
| Archaeologist | 考古學家 | Geologist | 地質學家 |
| Astronomer | 天文學家 | Historian | 歷史學家 |
| Biochemist | 生化學家 | Mathematician | 數學家 |
| Bioengineer | 生物工程學家 | Meteorologist | 氣象學家 |
| Biologist | 生物學家 | Microbiologist | 微生物學家 |

| Botanist | 植物學家 | Physicist | 物理學家 |
|----------|---------|-----------|---------|
| Chemist | 化學家 | Sociologist | 社會學家 |
| Ecologist | 生態學家 | Statistician | 統計學家 |
| Economist | 經濟學家 | Zoologist | 動物學家 |

## ☆ 其他

| Architect | 建築師 | Gardener | 園丁 |
|-----------|-------|----------|------|
| Cabinetmaker | 傢俱工 | Handyman | 雜工 |
| Carpenter | 木工 | Librarian | 圖書館員 |
| Construction Worker | 營建工人 | Locksmith | 鎖匠 |
| Courier/Messenger | 快遞人員 / 信差 | Mechanic | 技工 |
| Custodian/Janitor | 守衛 / 管理員 | Pilot | 飛行員 |
| Electrician | 電工 | Plumber | 水電工 |
| Farmer | 農人 | Printer | 印刷工 |
| Fisherman | 漁民 | Tailor | 裁縫師 |
| Flight Attendant | 空服員 | Taxi Driver | 計程車司機 |
| Foreman | 工頭；領班 | Truck Driver | 卡車司機 |
| Garbage Collector | 垃圾清潔員 | Welder | 焊工 |

## ☆ 專業教育

| 教育 Education | | 商學 Business | |
|---|---|---|---|
| **Educational Leadership** | 教育領導學 | **Accounting** | 會計 |
| **Educational Psychology** | 教育心理學 | **Business Administration** | 企業管理 |
| **Elementary Education** | 初等教育 | **Entrepreneurship** | 創業 |
| **Higher Education** | 高等教育 | **Finance** | 財政 |
| **Physical Education** | 體育 | **Human Resources** | 人力資源 |
| **Secondary Education** | 中等教育 | **Industrial Relations** | 工業關係 |
| **Special Education** | 特殊教育 | **Insurance** | 保險 |
| 健康科學 Health Sciences | | **International Business** | 國際企業 |
| **Anesthesiology** | 麻醉學 | **Labor Relations** | 勞工關係 |
| **Cardiology** | 心臟病學 | **Management** | 管理 |
| **Dentistry** | 牙醫學 | **Marketing** | 行銷 |
| **Forensic Science** | 法醫學 | 法學 Law | |
| **Gynecology** | 婦科學 | **Civil Law** | 民法 |
| **Internal Medicine** | 內科 | **Constitutional Law** | 憲法 |
| **Nursing** | 護理 | **Contracts** | 契約 |
| **Nutrition** | 營養學 | **Criminal Justice** | 刑事司法 |
| **Optometry** | 驗光法 | **International Law** | 國際法 |
| **Pediatrics** | 小兒科學 | **Jurisprudence** | 法理學 |
| **Pharmacy** | 藥學 | **Property Law** | 財產法 |
| **Physical Therapy** | 物理治療 | **Tax Law** | 稅法 |
| **Sports Medicine** | 運動醫學 | **Torts** | 侵權 |
| 政治學 Political Science | | 圖書館學 Library Science | |
| **Geopolitics** | 地緣政治學 | 性別與性 Gender and Sexuality | |
| **International Relations** | 國際關係 | **Gender Theory** | 性別理論 |
| **Public Administration** | 公共行政 | **Queer Studies** | 同志研究 |
| **Political History** | 政治史 | **Sexology** | 性學 |
| **Political Philosophy** | 政治哲學 | 考古學 Archaeology | |
| **Public Policy** | 公共政策 | **Paleontology** | 古生物學 |

附錄

## ☆ 人文學科

| 歷史 History | | 表演藝術 Performing Arts | |
|---|---|---|---|
| **Chinese History** | 中國史 | **Music** | 音樂 |
| **History of Science** | 科學史 | **Music Education** | 音樂教育 |
| **Intellectual History** | 思想史 | **Ethnomusicology** | 民族音樂 |
| **Taiwanese History** | 台灣史 | **Choreography** | 編舞 |
| **World History** | 世界史 | **Composition** | 作曲 |
| 文學 Literature | | **Conducting** | 指揮 |
| **Chinese Literature** | 中國文學 | **Dance** | 舞蹈 |
| **Comparative Literature** | 比較文學 | **Theater** | 戲劇 |
| **Creative Writing** | 創意寫作 | 語言學 Linguistics | |
| **English Literature** | 英國文學 | **Comparative Linguistics** | 比較語言學 |
| **Literary Criticism** | 文學批評 | **Computational Linguistics** | 電腦語言學 |
| **Literary Theory** | 文學理論 | **Discourse Analysis** | 言談分析 |
| **Taiwanese Literature** | 台灣文學 | **Historical Linguistics** | 歷史語言學 |
| **World Literature** | 世界文學 | **Lexicology** | 辭彙學 |
| 哲學 Philosophy | | **Morphology** | 字形學 |
| **Epistemology** | 知識論 | **Phonetics** | 語音學 |
| **Ethics** | 倫理學 | **Semantics** | 語義學 |
| **History of Philosophy** | 哲學史 | **Sociolinguistics** | 社會語言學 |
| **Logic** | 邏輯學 | **Syntax** | 語法學 |
| **Metaphysics** | 形上學 | 外語 Foreign Languages | |
| **Ontology** | 本體論 | **Arabic** | 阿拉伯語 |
| 視覺藝術 Visual Arts | | **English** | 英語 |
| **Aesthetics** | 美學 | **French** | 法語 |
| **Art History** | 藝術史 | **German** | 德語 |
| **Fine Arts** | 美術 | **Italian** | 義大利語 |
| **Drawing** | 繪畫 | **Korean** | 韓語 |
| **Painting** | 油畫 | **Japanese** | 日語 |
| **Photography** | 攝影 | **Russian** | 俄語 |
| **Sculpture** | 雕刻 | **Spanish** | 西班牙語 |

## ☆ 社會科學

| 社會學 Sociology | | 心理學 Psychology | |
|---|---|---|---|
| **Cultural Studies** | 文化研究 | **Abnormal Psychology** | 變態心理學 |
| **Demography** | 人口統計學 | **Behavioral Psychology** | 行為心理學 |
| **Social Movements** | 社會運動 | **Clinical Psychology** | 臨床心理學 |
| **Social Policy** | 社會政策 | **Cognitive Psychology** | 認知心理學 |
| **Social Theory** | 社會理論 | **Developmental Psychology** | 發展心理學 |
| **Social Work** | 社會工作 | **Educational Psychology** | 教育心理學 |
| **Sociology of Culture** | 文化社會學 | **Evolutionary Psychology** | 演化心理學 |
| 媒體研究 Media Studies | | **Humanistic Psychology** | 人文心理學 |
| **Advertising** | 廣告學 | **Neuropsychology** | 神經心理學 |
| **Film Studies** | 電影研究 | **Organizational Psychology** | 組織心理學 |
| **Interactive Media** | 互動式媒體 | **Psychotherapy** | 心理治療 |
| **Journalism** | 新聞學 | **Social Psychology** | 社會心理學 |
| **Mass Communication** | 大眾傳播 | 經濟學 Economics | |
| **Public Relations** | 公共關係 | **Behavioral Economics** | 行為經濟學 |
| **Speech Communications** | 口語傳播 | **Consumer Economics** | 消費經濟學 |
| **TV Studies** | 電視研究 | **Macroeconomics** | 總體經濟學 |
| 人類學 Anthropology | | **Microeconomics** | 個體經濟學 |
| **Cultural Anthropology** | 文化人類學 | **Monetary Economics** | 貨幣經濟學 |
| **Ethnography** | 民族誌 | **Political Economy** | 政治經濟學 |
| 區域研究 Area Studies | | **Public Finance** | 公共財政學 |
| **American Studies** | 美洲研究 | 地理學 Geography | |
| **Asian Studies** | 亞洲研究 | **Cartography** | 地圖學 |
| **Chinese Studies** | 中國研究 | **Cultural Geography** | 文化地理學 |
| **European Studies** | 歐洲研究 | **Economic Geography** | 經濟地理學 |
| **Japanese Studies** | 日本研究 | **Historical Geography** | 歷史地理學 |
| **Korean Studies** | 韓國研究 | **Physical Geography** | 自然地理學 |
| **Latin American Studies** | 拉丁美洲研究 | **Social Geography** | 社會地理學 |
| **Taiwanese Studies** | 台灣研究 | 宗教研究 Religious Studies | |

附
錄

## ☆ 自然、生活與應用科學

| 物理學 Physics | | 化學 Chemistry | |
|---|---|---|---|
| **Computational Physics** | 計算物理學 | **Biochemistry** | 生物化學 |
| **Fluid Dynamics** | 流體力學 | **Inorganic Chemistry** | 無機化學 |
| **Mechanics** | 力學 | **Organic Chemistry** | 有機化學 |
| **Materials Science** | 材料科學 | **Physical Chemistry** | 物理化學 |
| **Nuclear Physics** | 核子物理學 | 天文學 Astronomy | |
| **Quantum Physics** | 量子物理學 | **Astrophysics** | 天文物理學 |
| **Theoretical Physics** | 理論物理學 | **Cosmology** | 宇宙論 |
| **Thermodynamics** | 熱力學 | 地球科學 Earth Sciences | |
| 數學 Mathematics | | **Climatology** | 氣候學 |
| **Calculus** | 微積分 | **Geology** | 地質學 |
| **Differential Equations** | 微分方程式 | **Hydrology** | 水文學 |
| **Number Theory** | 數論 | **Meteorology** | 氣象學 |
| **Statistics** | 統計學 | **Oceanography** | 海洋學 |
| 生物學 Biology | | 工程學 Engineering | |
| **Anatomy** | 解剖學 | **Bioengineering** | 生物工程學 |
| **Botany** | 植物學 | **Chemical Engineering** | 化學工程學 |
| **Cell Biology** | 細胞生物學 | **Civil Engineering** | 土木工程學 |
| **Ecology** | 生態學 | **Electrical Engineering** | 電力工程學 |
| **Genetics** | 遺傳學 | **Electronic Engineering** | 電子工程學 |
| **Marine Biology** | 海洋生物學 | **Environmental Engineering** | 環境工程學 |
| **Microbiology** | 微生物學 | **Industrial Engineering** | 工業工程學 |
| **Molecular Biology** | 分子生物學 | **Materials Engineering** | 材料工程學 |
| **Zoology** | 動物學 | **Mechanical Engineering** | 機械工程學 |
| 電腦科學 Computer Science | | 農業 Agriculture | |
| **Computer Communications** | 電腦通訊 | **Agricultural Economics** | 農業經濟學 |
| **Distributed Computing** | 分散式運算 | **Agronomy** | 農藝學 |
| **Information Management** | 資訊管理 | **Animal Science** | 動物科學 |

| Information Science | 資訊科學 | Aquaculture | 水產養殖學 |
|---|---|---|---|
| Information Theory | 資訊理論 | Food Science | 食品科學 |
| Quantum Computing | 量子計算 | Forestry | 森林學 |
| Robotics | 機器人學 | Horticulture | 園藝學 |
| Software Engineering | 軟體工程 | Veterinary Science | 獸醫學 |

相較於強調個人特質（如 "Ambitious"「有企圖心」），量化成就（如 "Promoted from sales trainee to area manager in only six months"「在短短六個月內就從見習業務員晉升為地區經理」）所帶來的加分作用肯定明顯許多。因此，所謂的個人特質最好盡量別提；換句話說，避免將「禮貌」或「誠實」這類的基本特質寫進履歷中，或許是比較聰明的作法。試想，一個特別聲明自己很誠實的人，人資主管會相信嗎？

求職者可以用形容詞（"hardworking"「工作勤奮」）或名詞（"hard worker"「工作勤奮的人」）來展現個人特質。若想為自己的言論增加一點公信力，則可透過別人的話來稱讚自己。例如：

- **As my references will tell you, I'm an extremely [Personal Characteristic] person.**
  正如我的推薦人所說，我是個十分〔個人特質〕的人。

- **My references will confirm that ....**
  我的推薦人會證實……。

- **I was commended by my previous supervisor for my [Personal Characteristic].**
  我過去的主管對我的〔個人特質〕讚賞有加。

- **In my six years as sales manager, I was recognized for my [Personal Characteristic].**
  在我擔任業務經理的六年內，我的〔個人特質〕備受肯定。

**形容詞**

## ☆ 認真又可靠

| | | | |
|---|---|---|---|
| **careful** | 細心的 | **organized** | 井井有條的 |
| **conscientious** | 盡責的 | **patient** | 有耐心的 |
| **dependable** | 可信賴的 | **practical** | 務實的 |
| **detail-oriented** | 注重細節的 | **punctual** | 守時的 |
| **disciplined** | 守規矩的 | **reliable** | 可靠的 |
| **meticulous** | 一絲不苟的 | **responsible** | 負責的 |
| **objective** | 客觀的 | **solution-oriented** | 注重解決問題的 |
| **observant** | 觀察力敏銳的 | **thorough** | 徹底的 |

## ☆ 勤奮又有企圖心

| | | | |
|---|---|---|---|
| **ambitious** | 有企圖心的 | **hardworking** | 勤奮的 |
| **dedicated** | 全心投入的 | **(highly) motivated** | （十分）積極的 |
| **efficient** | 有效率的 | **persistent** | 有毅力的 |
| **focused** | 專心的 | **strong-minded** | 意志堅強的 |

## ☆ 有經驗又有能力

| | | | |
|---|---|---|---|
| **accomplished** | 嫻熟的 | **licensed** | 有證照的 |
| **capable** | 能幹的 | **proficient** | 精通的 |
| **certified** | 檢定合格的 | **qualified** | 合格的 |
| **competent** | 稱職的 | **skilled** | 熟練的 |
| **experienced** | 有經驗的 | **trained** | 受過訓練的 |

## ☆ 隨和又靈活

| | | | |
|---|---|---|---|
| **adaptable** | 適應力強的 | **easygoing** | 隨和的 |
| **cooperative** | 合作的 | **energetic** | 有活力的 |
| **creative** | 有創意的 | **enthusiastic** | 熱忱的 |
| **down-to-earth** | 踏實的 | **flexible** | 靈活的 |

### 名詞

## ☆ 複合字

| | | | |
|---|---|---|---|
| **good listener** | 好聽眾 | **problem solver** | 解決問題的人 |
| **hard worker** | 勤奮的人 | **quick learner** | 學習迅速的人 |
| **high achiever** | 有高成就的人 | **team player** | 重團隊的人 |

## ☆ 搭配詞

| | |
|---|---|
| **demonstrated technical aptitude** | 扎實的技術才能 |
| **effective organizational skills** | 實際有效的組織技巧 |
| **exceptional leadership ability** | 優異的領導能力 |
| **extensive programming experience** | 豐富的程式設計經驗 |
| **proven sales expertise** | 公認的銷售專業能力 |
| **strong communication skills** | 高超的溝通技巧 |

# 附錄 H：同場加映──面試加分補給

花了許多時間準備履歷並寄出後，求職者所冀望的無非就是接到面試通知，然後順利找到自己夢寐以求的工作。因此，在本書的最後，我們特別提供一些面試前後的重要提醒與技巧，以協助求職者一路過關斬將、達成理想。

面試通常分為以下四種類型：

① **個人面試**：最大的特徵是以一對一的方式進行。
② **集體面試**：一位面試官同時應對多位求職者，或者是多位面試官同時應對多位求職者。
③ **模擬會議**：多位求職者針對特定的主題進行討論，再由面試官基於其中的表現加以評比。
④ **電話／視訊面試**：為了節省求才機構所必須負擔的交通成本而透過電話或網際網路進行面試。

在比較大型的徵才活動當中，求才機構可能會在面試開始之前透過不同類型的筆試對求職者有更深入的瞭解，如智力測驗、性向測驗、壓力測試或是語言測試等。

一般而言，面試包含以下三個流程：

### 求職者自我介紹

求職者應事先準備不同版本的自我介紹（包含各種語言，甚至是台語版本），重新審視之前準備好的履歷表，並且回想這些學經歷各面向的內容，以便於面試過程中隨時運用。

### 面試官提問

## 常見的問題包括：

· 應徵職務的內容為何？
· 求職動機為何？（此時求職者可透露資訊來源，並且充分表達自己想要進入此公司工作的動機，以及本身所具備適合此職務的人格特質）。
· 可對此職務做出什麼貢獻？
· 對此職務的想法或預期的作法為何？（通常問到這樣的問題時，表示錄取機會相當高）。

- 過往的學經歷。
- 過往工作經歷中的相關成就為何？
- 過往經歷中喜歡／不喜歡的工作部分為何？
- 離開前一家公司的原因（請注意，在回答此問題時，切忌說出抱怨的字眼，而應將過去到現在所得到的技能，與未來的發展建立連結）。
- 未來的職涯規劃。
- 關於求職者的技能：是否具備此職務所須相關能力？除了核心能力外，是否有其他的技能？求職者所擁有的技能中，最喜歡及最不喜歡或是最好的及最缺乏的部分為何？
- 求職者的人格特質／求學生活／社團、工作經驗以人生經驗。
- 求職者的優缺點（在指出缺點時，應表明該缺點不會影響未來的工作績效，甚至可轉化成工作的助力。以「我不喜歡與人接觸」為例，這項特質如果是運用在需要專心一志、不須與人接觸的研究員身上，就可能是一個很好的優點。
- 企圖心。求職者應針對應徵職務的性質做適當的展現。例如業務員就必須具備高度的企圖心。
- 興趣。面試官提出這個問題主要的用意通常不是在問求職者的嗜好，而是想要瞭解求職者的價值觀。

### 求職者發問

　　這類的狀況通常會發生在面試的最後階段，常見的問題是「你對公司或工作內容有沒有什麼疑問？」此時千萬別急著詢問一些關於公司福利的問題；求職者應提出與工作本身有關且深入的問題，以助於更瞭解未來的職務內容。至於薪資、福利等較敏感的問題，則建議在求職的最後階段才詢問。

　　接下來，我們將面試分為前中後三個階段，並針對不同階段提出建議：

# 面試前

　　求職者在面試前可進行的準備工作：

- 事先廣泛蒐集與求才機構有關的各類資料，吸收該機構的相關資訊及其所提供的產品與服務，並盡可能瞭解該機構的文化背景、組織架構，以及所應徵的職務內容。
- 重新審視寄出的履歷表內容，回想當初寫下各項紀錄的原因，以及在不同的職務中獲得什麼樣的經驗和能力，以凸顯求職者的賣點；同時求職者也應設法在

本身所具備的特長、優點與所應徵的職務之間建立關聯性，並且在過程中站在求才機構的立場來考慮其需求。

・對於可能被問到的問題事先做好準備；可能的話，不妨找有過相關面試經驗的親友進行模擬演練。

・求職者參與面試時的衣著造型應符合求才機構的文化與工作性質，頭髮、鬍鬚、鼻毛應事先修剪，體味、口臭須多留意，也應該避免佩戴與應徵職務不相稱的飾物。

・記得隨身攜帶筆記本，針對面試可能談到的話題預做準備；面談進行的過程中，也可隨時將重要的事項記錄下來。

・切勿輕忽第一印象對面試結果可能造成的影響；求職者的第一印象除了會受到肢體動作與穿著打扮左右之外，面試時的談話內容以及說話的聲調也會有所影響。

・建立自信心並做好心理準備，患得患失或是過於緊張均無助於獲得工作機會。

## 面試當天

在面試當天，求職者應注意：

・面試前不應安排其他活動，面試與面試之間也應該要有適度的時間間隔，以免產生連鎖影響。

・除非有重大事件發生，否則不應輕易與面試公司更改面試時間。

・事先確認好面試的時間與地點，並確實暸解路程中的交通狀況以及所須時間。

・確認面試負責人的姓名以及所須攜帶物品，面試當天預留充裕的時間提早出發；提前抵達認識環境有助於緩和情緒，同時也能傳遞有備而來的印象。

・面試時務必留意肢體語言，眼光應正視面試官；目光游移閃爍會讓面試官認為求職者是不牢靠或缺乏穩定性的人。

・對於面試官的說明，適時點頭以表示明白對方所述。如果有不懂的地方，可以說：「您的意思是不是指……？」或「對不起，我不太暸解您的意思，麻煩再說明一下好嗎？」此外，回答問題前最好先思考一下，停頓幾秒無妨，最重要的是做出適當的答覆。

・面試官的肢體語言也很重要，求職者應隨時察言觀色，根據面試官的反應，適時修正回應的內容與方式。

・隨時保持微笑，並常用「請」、「謝謝」、「對不起」等禮貌性用語；面試結束後宜與面試官點頭致意，並感謝求才機構給予面試機會。

★ 下表列出一些在面試過程中的加分與扣分行為以供參考：

| ☹ 扣分行為 | ☺ 加分行為 |
|---|---|
| ·坐姿不雅、肢體語言過多<br>·自我介紹過度草率<br>·使用艱澀難懂的專業用語或外語<br>·迫不及待詢問待遇、要求過高的薪資<br>·過度自信、過度彰顯自我、趾高氣揚<br>·生涯規劃與企業期望不符<br>·答非所問或沉默以對<br>·談論政治或社會議題<br>·抨擊師長或之前的主管<br>·過度批判公司的福利制度<br>·喜好批評卻無創見<br>·發問語氣過度尖銳<br>·忘記攜帶面試工具 | ·讓面試官控制或更換主題，不要搶話或插話<br>·言語論述充滿自信心，展現對應徵職務的興趣，也能夠清楚表達意見<br>·對面試官的問題給予肯定並從容不迫地回答<br>·對於不瞭解的事情，可以提問請教，不要逞強<br>·對於不清楚的訊息可以主動、客氣地詢問，以表示自己的專心<br>·坦誠的語言，平順的音量與聲調<br>·注意面試官的身體語言，懂得察言觀色<br>·認真聆聽面試官說話，並且將眼光注視對方<br>·適度地自我推銷，創造「捨我其誰」的優勢<br>·詢問面試官對自己的建議，以便日後改進<br>·要說客套話 |

## 面試結束後

面試結束後，求職者可以試著做以下動作：

① 寫感謝信給面試官，最好限時寄達，用以加深或勾起其對自己的印象。

② 面試後一週若尚未接獲回音，可主動打電話給求才機構請教是否已有結果。若被錄取，則向對方請教報到應注意事項；若未被錄取，可委婉請教原因為何，作為日後改進的參考，並表示將來若有類似機會會繼續應徵，以表達自己對該機構的興趣。倘若面試官接到這樣的電話，通常會給予鼓勵或建議，甚至改變面試結果破例錄用求職者。

## 面試過後的追蹤（Following-up）

在面試完畢後，不要假設求才機構會主動聯繫；如果求職者感覺面試進行得還算滿意，可當場詢問面試官什麼時候會有面試結果，或者何時可再聯繫。若求職者當時沒問，那麼可於一週後再打電話，或寄出後續追蹤信件，以確認求職機構的決定。假如求職者已經被其他公司錄取，但是也很想考慮該公司，那麼便可以請求對方立即或盡快給予答覆。如果在預計有答覆的時間內未得到回音，寄一封郵件給相關聯絡窗口詢問進展在實務上並無不妥。

多數的求職者通常會忽略後續追蹤（Following-up）這個步驟，事實上，寫追蹤信是讓求職者和其他競爭者分出高下的關鍵動作。一方面可以表達感謝，並顯示求職者對工作機會的渴望；另一方面，也能加深面試官的正面印象，並且瞭解自己的勝算有多大。如果求職者迫切地想要獲得工作，那麼面試後的追蹤就不僅是一個可選項，而是必選項。

面試過後的追蹤可透過打電話或傳送電子郵件的方式來進行；在過程當中應注意以下事項：

· 內容切記簡短、有禮，強調求職者的資歷與熱情並真誠地署名。
· 寫下在面試中忘記提及的事項；對於當時回答得不理想的問題，也可藉此機會修正答案。
· 一般而言，面試官都會給一個時間期限，如果面試官承諾在一週內給予答覆，建議在五天之後再打電話詢問結果。
· 利用電話進行追蹤時，應重申求職者對該職務的渴望，同時盡可能地提供關於自己更多的資訊，並注意說話的語氣和態度。
· 切忌使用目前工作的電子郵件帳號寄出感謝信，也不要用現任公司的信紙、信封等撰寫。
· 寄感謝函給所有曾於面試過程中幫忙的人，包括面試官、祕書人員及介紹人等。若能透過電話親自道謝，則再好不過。
· 對於曾落選的公司也應保持聯絡。或許情境改變，過去拒絕的公司重新開出適當的職缺，求職者也可重新考量。

有些較大型的公司在雇用人才的過程中須經過很長的時間與流程，才會做出最後決定，因此求職者在等待期間也應該繼續找尋其他機會。

★ 下面是在一般情況下皆可通用的追蹤郵件（Email）範例：

| From: | Tyson Chen <tysonchen@msn.com.tw> |
|---|---|
| To: | Kelly Chou <kchou@jmicron.com.tw> |
| Subject: | Korean Business Development Team |

Dear Ms. Chou,

Thank you for meeting with me yesterday afternoon to discuss JMicron's development plans in Korea.
After speaking with you, I am even more confident that my skills and experience are a perfect match for the position.

If I can provide you with any additional information, please let me know.
Thanks again, and I look forward to hearing from you soon.

Yours sincerely,

Tyson Chen
0918-992-751

| 寄件者： | Tyson Chen <tysonchen@msn.com.tw> |
|---|---|
| 收件者： | Kelly Chou <kchou@jmicron.com.tw> |
| 主　旨： | 韓國事業發展團隊 |

周女士您好：

感謝您昨天下午與我面談討論 JMicron 在韓國的發展計畫。
在與您談話之後，我更加確信我的技能和經驗與此職位非常謀合。

假如您需要我提供任何其他資訊，請不吝通知。
再次感謝，並期待盡快收到您的回覆。

陳泰森
敬上
0918-992-751

國家圖書館出版品預行編目資料

外商・百大英文履歷勝經 / David Katz、Mark Hammons、
林建江作. -- 初版. -- 臺北市：貝塔, 2014. 06
面； 公分
ISBN 978-957-729-953-6（平裝）
1. 英語 2. 履歷表 3. 商業應用文
805.179 103007328

# 外商・百大英文履歷勝經
## The Beta English Resume Bible

作　　者 / David Katz、Mark Hammons、林建江
執行編輯 / 游玉旻

出　　版 / 波斯納出版有限公司
地　　址 / 100 台北市館前路 26 號 6 樓
電　　話 / (02) 2314-2525
傳　　真 / (02) 2312-3535
郵　　撥 / 19493777 波斯納出版有限公司
客服專線 / (02) 2314-3535
客服信箱 / btservice@betamedia.com.tw

總 經 銷 / 時報文化出版企業股份有限公司
地　　址 / 桃園市龜山區萬壽路二段 351 號
電　　話 / (02) 2306-6842

出版日期 / 2022 年 9 月初版三刷
定　　價 / 360 元
I S B N / 978-957-729-953-6

喚醒你的英文語感！

Get a Feel for English !

喚醒你的英文語感！

Get a Feel for English !